Om nooit te vergeten

Sarah Jio bij Boekerij:

Die avond aan het meer
Bloesem in de nacht
De geheimzinnige tuin
Eiland in bloei
Om nooit te vergeten

www.boekerij.nl

Sarah Jio

Om nooit te vergeten

Als Kailey plotseling oog in oog komt te staan met haar oude liefde, staat haar leven op zijn kop

BOEKERIJ

ISBN 978-90-225-8118-6
ISBN 978-94-023-1498-4 (e-book)
NUR 302

Oorspronkelijke titel: *Always*
Vertaling: Harmien Robroch
Omslagontwerp: Johannes Wiebel | punchdesign, München
Omslagbeeld: © Shutterstock
Zetwerk: ZetSpiegel, Best

Een toost op oude liefde en nieuwe liefde,
maar boven alles, op de liefde die nooit vergaat

Heb genoeg moed om de liefde nog eenmaal te vertrouwen,
en steeds weer nog eenmaal.

– MAYA ANGELOU

1

15 november 2008

'O nee, waarom doe ik dat toch altijd?' zeg ik tegen mijn verloofde Ryan, als we het restaurant binnengaan.

'Wat, schatje?'

'Mijn tas in de auto laten liggen.'

We hebben de autosleutels net afgegeven bij de parkeerservice en als we uit het raam kijken, zien we dat Ryans witte BMW wordt weggereden. 'Ik haal hem wel even, mijn vergeetachtige schat,' zegt hij, en hij geeft me een zoen op mijn wang. 'Ga jij maar vast zitten. Ik ben zo terug.'

Vier jaar geleden hadden we ons eerste afspraakje bij Le Marche, het Franse restaurant aan Fourth Avenue waar ze een wachtlijst van meer dan vijf maanden hebben. Op de een of andere manier had Ryan een tafeltje voor ons weten te bemachtigen, net als vanavond. Mijn verloofde, zo lijkt het, krijgt alles voor elkaar.

'Ik wil dat je een volmaakte avond hebt,' zei hij, toen hij me verraste met de reservering. Hij pakte mijn hand vast alsof hij hem nooit meer wilde loslaten. De diamant, veel groter dan ik had gewild, glinsterde aan mijn vinger. We gaan in juli trouwen, in het Fairmont.

'Hebt u een reservering?' vraagt de gastheer, als ik mijn jas afgeef.

'Ja,' zeg ik. 'Voor twee personen. Onder de naam Winston.' Het is bijna niet te geloven maar over een paar maanden ben ik mevrouw Ryan Winston; tenminste, als ik Ryans naam aanneem. Hij wil dat graag en aan de ene kant ik ook wel. Ik bedoel, we hebben het hier over 'de familie Winston', vertrouwelingen van de families Gates en Nordstrom. Dat is een naam waar je niet voor wegloopt.

Maar ik ben altijd Kailey Crain geweest. KC, al noemt niemand me meer zo sinds... nou ja, sinds de basisschool. Maar goed, dat laat je toch niet zo gemakkelijk los. Ik doe mijn ogen stijf dicht, open ze weer en probeer de herinnering die opkomt weg te duwen.

'Deze kant op,' zegt de gastheer, en hij gaat me voor naar een tafeltje bij het raam. Ik kijk naar buiten en zie hoe de lichtjes buiten door de regendruppels wel edelstenen lijken. Seattle is dan wel een oude, grijze dame, maar ze glinstert nog altijd onder een grijze deken. Ik frunnik zenuwachtig aan de rechtermouw van mijn jurk en stroop hem wat op, zoals ik doe als ik in het gezelschap ben van het soort mensen met wie Ryan is opgegroeid. Hij is geen grote fan van de tatoeage op mijn schouder en, ach, ik eigenlijk ook niet echt. De inkt van tien jaar geleden is een beschamende herinnering aan een verleden dat geen toekomst is geworden, aan de dromen die in het niets zijn opgelost. Ik kon ze niet vasthouden en toch staat het woord TOUJOURS, Frans voor 'altijd', in mijn huid gebrand. Ik wrijf over mijn schouder en zou willen dat ik een magisch gummetje had.

Ik ga zitten, leg mijn mobiel op tafel en kijk naar stelletjes die langsslenteren, weggedoken in hun capuchons en onder gedeelde paraplu's. Een vrouw van in de twintig klampt zich vast aan haar vriend of echtgenoot en ze lachen als ze omzichtig een modderige plas ontwijken. Het tafereel doet me denken aan toen ik tweeëntwintig was, het jaar waarin Tracy en ik naar Seattle verhuisden. In die tijd waren we naïef en idealistisch. We geloofden in ware liefde en eind goed, al goed.

Grappig hoe het kan lopen.

Ik zie mijn gezicht in het raam weerspiegeld. Mijn schouderlange bruine haar pluist een beetje. Kennelijk is de tijd die ik bezig ben geweest om mijn dikke golvende krullen met een stijltang te bewerken dus totaal verspilde moeite geweest. Maar wat doet het ertoe? Zegt Ryan niet heel vaak dat hij van mijn krullen houdt? Van mijn groene ogen? De sproetjes op mijn neus. Ik moet glimlachen. Mijn leven is compleet, met mijn baan bij de *Herald* en de plannen voor de verbouwing van het American Craftsman-pand in Wallingford dat ik heb gekocht samen met... Ryan, natuurlijk.

Ik glimlach als hij met mijn tas in zijn hand het restaurant binnenkomt.

'Het plenst echt,' zegt hij, terwijl hij me mijn zwarte Michael Kors overhandigt die hij me afgelopen jaar met Kerstmis heeft gegeven. Hij strijkt zijn kletsnatte haar glad. Aantrekkelijk, zo kan ik hem het beste omschrijven. Klassiek aantrekkelijk. Tracy's eerste indruk, gefluisterd in het toilet van een restaurant op de avond dat ik hen aan elkaar voorstelde, was dat hij op de prins uit een Disney-verhaal leek. Dat was ook zo, nog steeds. Lang en gespierd en met dik, donker haar: geef hem een schild en een wit paard en hij lijkt sprekend op de animatieprins die Assepoester in vervoering bracht. Ik bof maar.

Hij schuift zijn arm over tafel en pakt mijn hand. 'Ik heb eerder vandaag gebeld om er zeker van te zijn dat ze je lievelingsbordeaux hadden. Het moet een volmaakte avond worden.'

Ik glimlach, terwijl hij mijn hand naar zijn lippen brengt.

'Details vind ik belangrijk,' zegt hij met een tedere blik. 'Je bent de laatste tijd een beetje afwezig en ik wil er voor je zijn.'

Ik speel met mijn verlovingsring en knik. Hij is altijd in staat me te doorgronden, misschien wel beter dan ik zelf. 'Het is razend druk sinds ik het zakelijke katern heb toegevoegd aan mijn bestaande verslaggeving van het leven in Seattle,' antwoord ik. 'Ik heb op mijn tandvlees gelopen om die serie over Pioneer Square af te krijgen.'

Het eerste van drie artikelen is vandaag gepubliceerd. Ryan heeft het ongetwijfeld gelezen, maar we hebben afgesproken dat we het niet altijd met elkaar eens hoeven te zijn als het gaat om onze beroepsmatige interesses. Hij is een intelligente man en scherpzinnig genoeg om te weten dat hij mijn avond verpest voordat die goed en wel is begonnen als hij kritiek uit op mijn artikel.

Hij omzeilt onze regels door te praten over de mening van anderen, van mensen die niet aan ons gezellige tweepersoonstafeltje zitten. 'Weet je, ik heb veel collega's die vinden dat je de wijk in een straal van zes straten tegen de vlakte zou moeten gooien.'

Ik schud mijn hoofd. 'Is dat jouw mening of die van je risicomanagementteam?'

'Je kunt toch moeilijk negeren dat daar alleen maar verslaafden en zwervers zitten. Je kunt amper een paar meter lopen zonder in menselijke uitwerpselen te trappen.'

'Tja,' zeg ik, en ik vraag me af of het het waard is om mijn standpunt uit te leggen, als ik denk aan Ryans romantische plannen voor vanavond, 'maar die mensen hebben hulp nodig en de Hope Gospel Mission is de enige organisatie die iets doet. De levensvatbaarheid van de stichting is cruciaal voor een gezonde wijk, vind ik. Je kunt het mij niet kwalijk nemen dat ik ze wil helpen om open te blijven.'

De sommelier komt bij ons staan, opent de fles die Ryan voor ons heeft uitgekozen en schenkt voor ons allebei een glas in.

'Schat,' zegt Ryan teder, terwijl ik een slokje neem. 'Ik ken niemand met zo'n groot hart als jij. Hoe zou ik jou dat nou kwalijk kunnen nemen? Hoe zou ik jou ook maar iets kwalijk kunnen nemen?'

Ik denk aan de gevoelige inhoud van de serie, aan hoeveel moeite het me kost om ervoor te zorgen dat mijn emoties me er niet van weerhouden onpartijdig te zijn, zoals het een goede journaliste betaamt. Ik ben de hele middag bezig geweest met het interview met de manager van de Mission, een dikke vrouw die Melissa heet. Ze keek me diep in de ogen en smeekte me zo ongeveer om de organisatie te beschermen tegen de ontwikkelaars met wie Ryan samenwerkt – aannemers die maar al te graag goedkope flats uit de grond stampen en ondertussen de reddingslijnen van honderden daklozen wegnemen.

Het is waar, Pioneer Square is een verwaarloosde wijk van Seattle en nieuwbouw zou nieuw leven in de straten kunnen blazen, maar Ryan heeft een somber beeld geschetst van een plek die lang geleden – en nog steeds – veel voor me heeft betekend. Iedereen die hart heeft voor de minderbedeelden kan zien dat het plan om de buurt grondig onder handen te nemen, niet alleen de sluiting zou betekenen van de Hope Gospel Mission, maar ook dat er duizenden goedkope woningen voor mensen met een laag inkomen en twee opvanghuizen tegen de vlakte zouden gaan. En dus blijft het een patstelling tussen de projectontwikkelaars, van wie Ryan in veel gevallen de financiële verwachtingen beheert, en de stad Seattle.

'Ik hou het gewoon liever zoals het is,' zeg ik. 'De buurt heeft de sfeer van het oude Seattle. Het is er ruig, dat weet ik. Maar het is er echt. En er wonen zoveel mensen.'

'Heb jij er niet ooit gewoond?'

Het is een vraag waar ik liever geen antwoord op geef, dus speel ik met het servet op mijn schoot. 'Nee,' zeg ik uiteindelijk. 'Maar ik kende vroeger iemand die er woonde.' Ik vertel er niet bij dat mijn nieuwsgierigheid naar die iemand door de jaren heen wel eens de overhand heeft gekregen en me zo nu en dan heeft verteerd als een gezwel. Ik heb Google helemaal leeggezogen. Cade, zo leek het, was niet alleen bij mij weggegaan, maar leek van de aardbol verdwenen. Maar dat is allemaal verleden tijd.

Ryan trekt wantrouwig een wenkbrauw op. 'En wie is die iemand?'

'Niemand,' zeg ik, en ik wil het dolgraag over iets anders hebben. Ik wil net zomin praten over mijn eigen liefdesleven als over het zijne, zeker als het gaat over de vrouw met wie hij vóór mij iets had: Vanessa, het mooie meisje uit het zuiden. Haar vader en Ryan waren beste vrienden en onroerendgoedmagnaten met connecties aan de oost- en westkust. Zij zou de volgende mevrouw Ryan Winston worden, totdat ik zijn leven binnenstruikelde en hun gezamenlijke plannen verpestte. Stel je de blik op hun gezicht voor: 'Mama, papa, dit is Kailey. Ik hou van haar. En ze heeft een tatoeage!'

Terwijl ik in het begin van onze relatie de situatie nog probeerde te snappen, was Ryan heel direct: 'Je weet net zo goed als ik dat Vanessa en ik veel beter vrienden kunnen zijn,' zei hij. 'We zijn samen opgegroeid.'

'En ze is nog steeds verliefd op je,' antwoordde ik scherp.

Ryan schudde zijn hoofd. 'Nee, hoor.'

'Ryan,' zei ik. 'Ik ben een vrouw. Ik heb gezien hoe ze naar je keek toen we in West Virginia waren.' Ze was samen met haar familie in het Greenbrier geweest voor de jaarlijkse parade waar Ryan en zijn familie en vrienden al generatieslang aan meedoen: de mannen golfen en de vrouwen lunchen. Ik had de beproeving weten te overleven door een aardige ober zover te krijgen stiekem whisky in mijn thee te doen.

Geesten, noemde Tracy dit soort jeugdige liefdes. We mogen ze niet laten rondwaren.

Ik kijk naar mijn aantrekkelijke verloofde die rechtop op zijn stoel gaat zitten. Ja, we hebben een verschillende achtergrond en zien de wereld anders. Hij daagt me uit en ik zou niet anders willen. Maar datgene wat ons verleden heeft gevormd, blijft daar. Ryan is mijn heden. Ik ben dankbaar dat onze gescheiden wegen zijn samengekomen, ons hier hebben gebracht. Vanavond. Voor altijd. En eeuwig.

'Ik hou zo veel van je,' fluister ik. Ik schuif mijn arm over het witte tafelkleed en pak zijn hand vast.

'Ik hou ook van jou,' zegt hij, zo intens dat ik zweer dat ik het tot in mijn ziel voel.

Ondertussen tikt de regen tegen de ramen. Een volle maan schijnt tussen de wolken door en doet zijn best om achter het donkere wolkendek vandaan te komen. Een supermaan, vertelde Tracy. Als arts met een merkwaardige voorliefde voor het mystieke heeft ze uitentreuren verteld over een of andere astrologische eclips die vanavond kennelijk plaatsvindt. En hoewel ik helemaal geen belangstelling heb voor astrologie, geniet ik stiekem van haar dagelijkse verslagen. Op de een of andere manier kan ik dat zweverige best hebben, als het gebracht wordt door mijn beste vriendin.

Nu vraag ik me af of Ryans gespannenheid aan metafysica te wijten is. Ik peins hierover terwijl ik nog een slokje wijn neem, zijdezacht en peperig tegelijk. De bubbels knisperen in het glas en er komt een herinnering boven. Zoals altijd duw ik hem weg, ver weg, waar hij hoort. De pijn in mijn hart die ik zo lang heb gekend, voel ik al lang niet meer.

Ik heb het misschien nooit kunnen afsluiten, maar ik heb wijsheid geproefd. Iedereen die wel eens een gebroken hart, of zelfs maar een gekneusd hart, heeft gehad, heeft geleerd dat de feiten duidelijkheid bieden. Hij is weggegaan. En ik ben tot het besef gekomen dat je iemand die weg wil, moet laten gaan.

Ryan schenkt me nog eens bij en praat over zijn dag. Bescheiden vertelt hij me over een incident waarbij een collega tijdens een vergadering met de directeur in slaap was gevallen. Het had behoorlijk pijnlijk kunnen worden, totdat Ryan heel subtiel zijn mobiel liet piepen, waardoor zijn slapende collega net op tijd wakker werd. Rond mijn ogen verschijnen rimpeltjes als ik bedenk hoe lief hij is. Er breekt een glimlach op mijn gezicht door.

'Ik ben gelukkig,' zeg ik. De woorden rollen van mijn tong, of misschien wel uit mijn hart. 'Je maakt me zo gelukkig.'

'Jij mij ook, schatje,' zegt hij.

Mijn mobiel bromt en laat me weten dat ik een voicemail heb, maar ik kijk niet en stop hem in mijn tas.

Ryan knipoogt en wenkt de serveerster. Even later staat ze bij ons tafeltje. 'Hebt u voor mij een negroni?'

'Jazeker, meneer,' zegt ze, en ze loopt naar de bar.

We delen de zalm met aardappeltjes gebakken in eendenvet

en een portie garnalen. 'Die zijn een beetje pittig,' zegt Ryan, als hij een hap heeft genomen, 'vind je niet?'

Ryan houdt van avontuurlijk eten, een noodzaak voor de verloofde van een foodie, maar anders dan ik houdt hij niet van pittig. Ik heb hem serieus bijna een derdegraads brandwond op zijn tong bezorgd toen ik voor het eerst een ontbijt voor hem maakte. De tabasco, die ik door de eieren had geklopt voor wat extra pit, viel niet goed. Ook weer geleerd.

'Heb je liever iets anders?' opper ik, maar Ryan zegt dat hij het prima vindt om toe te kijken hoe ik van het eten geniet. We praten over de bruiloft. Als er zo nu en dan een stilte valt om na te denken over iets wat nooit bij de ander zou zijn opgekomen, kijken we allebei naar verschillende delen van het restaurant. We vullen elkaar aan. Het leven met Ryan is prettig en zo zal het de rest van ons leven zijn. Met een voldaan gevoel drink ik mijn tweede glas wijn leeg.

Ryan betaalt de rekening en we halen onze jassen op. 'Blijf jij maar lekker hier, dan haal ik de auto,' zegt hij, terwijl ik mijn zwarte wollen jas dichtknoop en het doosje met daarin het voorproefje van de bruidstaart aanneem, een presentje van de chef-kok, dat onze serveerster zorgvuldig heeft ingepakt.

Het regent niet meer, maar de temperatuur is gekelderd. 'Wat attent van je,' zeg ik. 'Dank je wel, schat.'

Ik kijk hoe hij in zijn perfect op maat gemaakte pak de straat door loopt. Ik bof, dat weet ik. Deze man, met zijn aantrekkelijke lijf. Hij is succesvol en grappig en dol op mij. Ryan heeft het allemaal. Ik haal diep adem en knik.

Buiten loopt een zwerver met een baard naar een stel dat ook op hun auto staat te wachten. Zichtbaar geïrriteerd draaien ze zich om en lopen de andere kant op, terwijl hij zich terugtrekt en in kleermakerszit op de stoep gaat zitten.

De portier van het restaurant schudt zijn hoofd. 'Sorry hoor,' zegt hij. 'Als ze hier eenmaal rondhangen, is het moeilijk om ze weer weg te krijgen.'

'Misschien heeft hij gewoon honger,' zeg ik. 'Hebt u niet wat restjes voor hem in de keuken?'

De man schudt zijn hoofd. 'Met alle respect, mevrouw, we zijn geen gaarkeuken. Trouwens, meestal willen ze toch alleen maar geld. Voor drugs, waarschijnlijk.'

Ik weet door mijn werk dat dat een generalisatie is. Dakloosheid is niet alleen te wijten aan drugsmisbruik. Er zijn honderden andere redenen waardoor mensen op straat terechtkomen. Maar ik kan deze manier van denken beter aanvechten met behulp van een artikel dan met een spontane discussie.

Ik neem de zijuitgang en werp behoedzaam een blik op de dakloze. Hij is mager, akelig mager, en zijn kleren hangen om zijn lijf. Ik denk aan de tas met het stuk taart in mijn hand en zet een stap zijn kant op. Had ik maar meer dan dit product van suiker en bloem, maar goed, er gaan ook eieren door taart.

'Pardon?' zeg ik vragend. Hij lijkt me niet te horen, dus zeg ik het nog een keer, iets luider. 'Pardon, ik heb hier iets te eten. Zou u dat… lusten?'

Hij kijkt op als ik dichterbij kom en als onze blikken elkaar kruisen, komt er een gevoel van vertrouwdheid over me heen dat ik niet kan verklaren. Ik laat de tas vallen en hij belandt aan mijn voeten op de natte stoep. Herinneringen schieten alle kanten op als pagina's tekst uit een dossierkast die omvalt. Als de man mij al herkent, laat hij het niet merken. Ik zie koplampen opdoemen en hoor een auto tot stilstand komen. Ik kijk om en zie dat het Ryan is. Op hetzelfde moment bukt de man zich. Met zijn knokige hand pakt hij de tas en haalt het doosje met eten tevoorschijn. Hij kijkt er even naar, waarna hij het aarzelend openmaakt. Ik zie de honger in zijn ogen en vervolgens schiet zijn hand op het stuk taart af en propt hij het in zijn mond, terwijl de kruimels aan zijn baard plakken.

Ryan doet het raampje open. 'Gaat het, Kailey?'

Ik knik, doe een stap naar achteren, loop als verdoofd naar de auto en stap in.

Ik vertel Ryan niet dat het eigenlijk helemaal niet gaat.

Ik vertel Ryan niet dat ik deze man ken.

Ik vertel hem niet dat hij Cade heet en dat hij ooit de liefde van mijn leven was.

2

19 april 1996

'Geloof jij in zielsverwanten?' vraagt Tracy met een boek in haar hand, terwijl ze opkijkt van de bank in ons gedeelde appartement in Seattle.

We waren direct verliefd op deze ruimte, met aan een kant een bakstenen muur en aan de andere kant plafondhoge ramen, ook al was het kleiner dan mijn slaapkamer thuis. Twee mensen zouden geen schoenendoos van vijfendertig vierkante meter moeten delen, maar pas afgestudeerden die in een van de gaafste gebouwen aan First Avenue willen wonen met uitzicht over Elliott Bay, moeten compromissen sluiten. Gelukkig snurkt Tracy niet.

'Nee,' zeg ik tegen Tracy, en ik zie hoe ze haar polsen behendig draait om haar lange, donkere haar in een losse paardenstaart vast te zetten. Ze bezit een natuurlijke schoonheid met haar hoge jukbeenderen, soepele lichaam en aangeboren stijlgevoel dat haar als model veel zou opleveren, al zou ze liever haar eigen ogen uitsteken dan voor de camera poseren.

Tijdens onze studie in Chicago deelden we een kamer en na

ons afstuderen pakten we de kaart van Amerika erbij en kozen Seattle. Een week later propten we al onze spullen achter in de oude Subaru van haar vader met de kapotte radio en reden (urenlang luid en vals zingend) het halve land door naar de regenachtigste stad van Amerika. Die maand vond ik een baan als junior verslaggever voor de *Seattle Herald* en Tracy studeerde elke dag voor haar toelatingsexamen voor de studie geneeskunde. Onze jeugddromen kwamen uit.

'Maar elke avond thuisblijven is dan ook níét de manier om iemand te vinden, liefje,' zegt Tracy, terwijl ze haar boek weglegt en haar bril wat hoger op haar neus duwt.

Ik schenk koffie in uit het Mr. Coffee-apparaat dat oma de week voordat ik ging studeren bij Target voor me heeft gekocht en laat me in de versleten, rode eivormige IKEA-stoel bij het raam vallen. Tracy en ik zouden een reclamespotje voor IKEA kunnen zijn.

'Heb je je horoscoop al gelezen?' vraagt Tracy.

'Trace, je weet dat ik niet in die onzin geloof.'

'Nou,' zegt ze, 'dan lees ik hem voor.' Ze pakt de krant van het tafeltje, slaat een paar bladzijden om en leest even voor zichzelf. 'Aha,' zegt ze uiteindelijk. 'Er zit een nieuwe liefde aan te komen.' Ze knikt. 'Maar hier staat: *Je moet ervoor openstaan. Blijf niet thuis, maar doe iets spontaan en onverwachts. Je weet nooit wie je tegenkomt.*'

Ik rol met mijn ogen.

'Ga vanavond met ons mee uit!' roept Tracy.

Ze heeft verkering met een zekere Mark die chirurg in opleiding is. Hij is lang, kalend en lacht hard. Als ze een vrije avond hebben, en dat komt niet vaak voor, neemt hij haar mee naar concerten en toneelstukken, of ze gaan rond Green Lake wandelen. Soms denk ik wel eens dat ik een Mark in mijn leven nodig heb. Het lijkt mij ook wel eens fijn als iemand me meeneemt naar het theater, de boerenmarkt of een concert.

'Mark heeft kaartjes voor Mazzy Star, in de Crocodile.'

'En als ik ja zeg,' zeg ik, en ik trek mijn linkerwenkbrauw op, 'stem ik dan onbedoeld in met een blind date?'

'Nou,' zegt Tracy ondeugend, 'toevállig komt zijn vriend Eric mee.'

'Ik weet het niet, hoor,' zeg ik, en ik volg met mijn ogen de trage gang van een veerboot die de baai verlaat.

'Ga nou gewoon mee,' zegt Tracy, 'al was het alleen maar omdat je gek bent op Mazzy Star.'

'Ik ben inderdaad wel gek op Mazzy Star,' zeg ik met een grijns.

Ze knikt. 'Goed zo. Dan is het geregeld.'

Het begint te regenen en Tracy, Mark en ik duiken weg onder de luifel bij de club, terwijl een vrouw met tatoeages, een korte pony en een neusring onze kaartjes aanneemt. Binnen is het donker en door de luidsprekers klinkt ingetogen muziek die ik niet ken. De lucht is rokerig en om de haverklap zie ik iemand met een paar versleten Dr. Martens lopen. Seattle is geweldig.

'Eric komt zo,' zegt Mark. 'Willen jullie iets drinken?'

'Doe mij maar een wodka met spa,' zegt Tracy.

'Voor mij hetzelfde,' zeg ik, en Mark loopt braaf naar de bar.

Tracy geeft me een por. 'Volgens Mark is Eric een van de beste chirurgen in opleiding in het ziekenhuis.'

Ik haal mijn schouders op.

Tracy glimlacht. 'Geniet er nou gewoon van. Wie weet vind je hem wel heel leuk. En trouwens…'

Ik doe een stap naar achteren als iemand tegen me aan botst. De man heeft een camera met een enorme lens en als de flits is afgegaan, laat hij hem zakken. 'O, sorry,' zegt hij met een glimlach. 'Ik zag je niet staan.' Hij is iets ouder dan ik, heeft donker haar en een spoor van stoppeltjes op zijn kin. Zijn laarzen en vale geruite overhemd duiden op een link met de muziekwereld, maar toch heeft hij iets unieks. Aan zijn glimlach kan ik niet goed zien of hij nou zelfverzekerd of arrogant is. Of allebei.

'Ziet het podium er niet geweldig uit onder die lichten?' Hij brengt zijn camera weer omhoog en laat hem achter elkaar flitsen. 'Hope heeft een van de beklemmendste stemmen die ik ooit heb gehoord,' zegt hij. 'Maar ze is heel bescheiden, weet je? Ze is niet zo'n diva die zichzelf helemaal geweldig vindt.'

Ik knijp mijn ogen samen. 'Je zegt het alsof je haar kent.'

'Ik ken haar ook,' zegt hij, en hij glimlacht naar mij.

Arrogant, beslist.

'Ik heb haar vijf jaar geleden gecontracteerd,' zegt hij. 'Alleen voor een soloalbum, maar ik denk dat het haar op weg heeft geholpen.'

'Je hebt een eigen label?'

Hij knipoogt. 'Ik zit in de bizz.'

De bizz.

'Je had haar demo moeten horen,' gaat hij verder. 'Pure magie.' Hij tikt tegen zijn borst. 'Zo'n magie die je kan voelen.'

'Hoe bedoel je?' vraag ik behoedzaam. Ik ben geïntrigeerd.

Hij doet een stap dichterbij. 'Goede muziek brengt je in vervoering. Het verándert je zelfs.' Hij pakt mijn hand en duwt hem tegen mijn borst. Ik krijg meteen kippenvel. 'Daar. Een artiest met talent kan muziek creëren die het hart raakt.'

Hij laat mijn hand los, maar ik hou hem tegen mijn borst geduwd.

'Nou ja, dat is dus het soort artiest dat ik zoek.'

Mark komt terug met de drankjes en ik laat mijn arm weer zakken.

'Ik ben Cade,' zegt hij, en zijn ogen boren zich in de mijne. Als hij zijn hand uitsteekt, heb ik het gevoel dat we de enige twee mensen in de club zijn.

Ik neem hem slapjes aan. 'Kailey Crain.'

'KC,' zegt hij met een grijns.

Mark schraapt zijn keel en ik zie dat er een lange man met bruine krullen naast hem staat. Hij draagt een overhemd dat hij heeft ingestopt in een spijkerbroek die net een paar centimeter te kort is. 'Kailey, dit is Eric.'

'Ah,' zegt Cade, met een glimlach en een snelle spottende buiging, 'het was gezellig. Geniet van het optreden.'

Ik voel Erics blik op mij.

'Zo... Mark vertelde me dat je schrijfster bent,' zegt hij gretig.

'Ja,' zeg ik, en ik neem een slokje. Mijn cocktail is sterk en ruikt naar ontsmettingsmiddel; ik huiver als ik het vocht door mijn keel voel glijden. 'Ik ben journalist voor de *Herald*, maar eten is mijn lievelingsonderwerp.'

Onbewust glijdt mijn blik door de zaal naar Cade die zijn hand nu op de schouder van een aantrekkelijke blondine heeft gelegd. 'En jij?' vraag ik, en ik dwing mezelf naar Eric te kijken. 'Wat is jouw chirurgische specialisme?'

'Voeten,' zegt hij.

Ik schiet in de lach, maar klap mijn mond dicht zodra ik zie dat zijn blik onveranderd blijft, zelfs geen spoor van een glimlach. 'O, dat was geen grapje? Je bent serieus gespecialiseerd in...' Ik zwijg even om mezelf te vermannen. '... voeten?'

'Ja,' zegt hij met een uitgestreken gezicht. 'Misschien ben

ik bevooroordeeld, maar ik vind dat tenen, enkels en hielen tot de meest bijzondere lichaamsdelen behoren. Vind jij niet?'

'O,' zeg ik, en ik doe heel erg mijn best om niet te lachen, 'ik heb geloof ik nooit zo nagedacht over, eh... voeten. Maar ja, ze zijn wel... geweldig? Ze brengen ons waar we naartoe moeten.'

Hij werpt een blik op mijn voeten terwijl de band van het voorprogramma net een voor mij onbekend nummer inzet. Het publiek begint te applaudisseren. Na een paar nummers leunt de voetendokter opzij. 'Dit is misschien een beetje brutaal,' zegt hij met een glimlach, 'maar je hebt vast prachtige voeten.' Hij trekt een wenkbrauw op. 'Die zou ik graag eens willen zien.'

Ik verslik me bijna in mijn drankje. 'Nou,' zeg ik, en ik schuifel wat naar links, 'doe mij nog maar een cocktail.'

'Ik haal er wel een voor je,' zegt de voetendokter.

'Nee, nee,' zeg ik snel. 'Er staat een lange rij. Laat... mij... maar.'

Hij knikt, neemt een slok bier en draait zich om om iets tegen Mark te zeggen die ik op dit moment wel kan vermoorden. Tracy ook. Ik loop naar de bar en bestel een wodka met spa. Een dubbele, deze keer.

'Voor mij hetzelfde,' zegt Cade, die als uit het niets naast me verschijnt.

Ik werp hem een zenuwachtige glimlach toe en richt mijn blik weer op het podium.

'Hoe is je date?'

'Het is geen date,' protesteer ik.

'O schei uit, ik kan van veraf zien dat dit jullie eerste date is,' zegt hij met een geamuseerde grijns.

'Oké,' geef ik toe, 'als je het zo nodig wilt weten, het is een heel beroerde blind date waar ik niet mee heb ingestemd.'

'Dus ben je naar de bar gevlucht.'

'Inderdaad.'

'Wat doet die vent?'

'Hij is arts, gespecialiseerd in...' Ik zwijg even en moet lachen. '... voeten.'

'Dat meen je niet.'

'Ja, echt,' zeg ik. 'Hij vroeg of hij de mijne mocht zien!'

'Treurig.'

'Nogal.'

De bartender brengt ons twee wodka's met spa en voordat ik bezwaar kan maken, zegt Cade tegen de man dat hij ze maar op zijn rekening moet zetten.

'Zeg,' zegt hij, en hij neemt een slokje. 'Ik heb een idee.'

'Wat dan?' vraag ik nieuwsgierig.

'Als je mij nou eens jouw date laat verpesten.'

Ik trek een wenkbrauw op.

'Ik bedoel, jouw date die geen date is.' Hij glimlacht. 'Wil je je achter de schermen verstoppen?'

'Backstage?'

'Ja,' zegt hij. 'Dan kun je de rest van het optreden zien vanaf de beste zitplaatsen die er zijn en hoef je niet te praten met meneer Hoogwater.'

'Hij heeft echt veel te korte pijpen, hè?'

'Te erg. In sommige landen is dat een misdaad,' voegt hij eraan toe.

Ik lach.

'Nou, wat zeg je?'

Ik kijk hem met een voorzichtige glimlach aan. 'Waarom niet?' zeg ik uiteindelijk.

Hij pakt mijn hand vast en leidt me door de menigte naar een donkere deur die wegvalt tegen de zwarte muren. We lopen door een lange gang en gaan uiteindelijk op een bank aan de zijkant van het podium zitten.

'Niet slecht, hè?' Na nog een paar nummers komt Mazzy Star het podium op en klinken de eerste maten van 'Fade Into You'.

'Gaaf nummer,' zeg ik.

'Vind ik ook,' zegt Cade. Hij beweegt zijn handen op de maat van de muziek alsof hij een denkbeeldig instrument bespeelt. 'Die tamboerijn,' gaat hij verder. 'Dat was een geniale toevoeging.'

'Ik kan me Mazzy Star niet voorstellen zonder,' zeg ik. 'Dat is hun sound.'

Hij knikt en brengt zijn hand omhoog op het moment dat de piano begint alsof hij het teken geeft. 'Geweldige modulatie,' zegt hij.

'Je bent zeker muzikant,' zeg ik.

Hij schudt zijn hoofd. 'Nee, ik kan geen noot lezen. Maar ik weet hoe muziek in elkaar zit.' Hij klopt tegen zijn borst. 'Zoals ik je daarstraks al zei: ik voel het.' Hij is even stil en voegt er dan aan toe: 'Hier.'

Ik zou naar de band moeten kijken, maar kan mijn blik niet van hem afhouden.

'Moet je die improvisatie horen,' zegt hij zacht. '"*I want to hold the hand inside you.*" Wat een prachtige tekst. Raakt me elke keer weer.'

Ik knik. 'Ik hoorde dat nummer voor het eerst toen ik nog studeerde. Ik heb het helemaal grijsgedraaid.'

'Wat betekent het voor je?'

Ik ben even stil, voel me licht en zweverig door mijn tweede drankje. Ik doe mijn ogen dicht en denk heel even aan mijn naïeve ideeën over liefde. 'Ik denk dat het getuigt van het verlangen volledig één te zijn met degene van wie je houdt. Dat je iemand kunt missen die een kamer verderop zit of dat je naast die persoon zit en een overweldigend verlangen voelt om...'

'... nog dichter bij hem te zijn,' eindigen we in koor.

Ik glimlach en wend mijn blik af. Cades blik glijdt weer naar het podium. Hij pakt mijn hand vast. Ik laat hem.

3

15 november 2008

Mijn hart gaat tekeer als de telefoon aan de andere kant overgaat. Ik staar naar de keukenklok: 23.34 uur. *Tracy, neem alsjeblieft op. Word wakker. Word wakker. Word wakker.*

'Hallo?' Ze klinkt slaperig en chagrijnig.

'O, wat ben ik blij dat je opneemt,' fluister ik.

'Kailey,' zegt ze monotoon en geërgerd. 'Dit kan maar beter belangrijk zijn. Ik heb de hele week dienst gehad. Ik sliep echt nét.'

'Sorry,' zeg ik.

'Wacht even, waarom fluister je?'

'Ik wil Ryan niet wakker maken. Je gelooft nooit wie ik vanavond heb gezien.'

Ze gaapt. 'Ik geef het op.'

'Tracy, luister. Ik heb Cade gezien.'

'Cáde Cade?'

'Ja, Cade. Cade.'

'Weet je het zeker?'

Bovenaan de trap hoor ik iets kraken, dus loop ik er op mijn tenen naartoe en kijk om een hoekje om te zien of Ryan wakker is. Nee. Het is Eddie maar, mijn oude zwarte labrador die op de overloop zit. Hij is elf, maar vanbinnen nog altijd een puppy.

'Ja, ik weet het zeker,' fluister ik. 'Maar Trace, hij was zichzelf niet. Hij... hij herkende me niet eens.'

'Hoe bedoel je?'

'Bij het restaurant vanavond. Hij was... hij was...' Ik zwijg even. Ik durf het bijna niet hardop te zeggen. 'Hij was dakloos.'

'Ik begrijp het niet,' antwoordt Tracy.

'Ik herkende hem amper met die baard,' ga ik verder. 'En zijn kleren waren vieze vodden. Ik wist niet wat ik moest doen of zeggen na al die jaren. Nadat hij opeens was verdwenen. Ik was ervan overtuigd dat hij naar Australië was verhuisd of zoiets absurds, of dat hij was getrouwd of zo.' Tranen prikken in mijn ogen. 'Maar ik denk dat hij echt in de problemen is geraakt, Tracy. Ik denk dat er iets afschuwelijks met hem is gebeurd.'

'Jeetje,' zegt ze. 'Heb je het Ryan verteld?'

'Nee,' antwoord ik. 'Nog niet. Ik was zo verbijsterd. Ik... ik kon het gewoon niet.'

'Wat ga je doen?'

'Ik moet hem helpen,' fluister ik, en ik schud mijn hoofd omdat het zo'n overweldigende gedachte is.

'Hoe, Kailey? Stel dat hij aan de drugs is. Stel dat hij gevaarlijk is. Stel dat...'

Ik schud mijn hoofd. 'Nee,' zeg ik. 'Cade kan nooit gevaarlijk zijn.'

Tracy is even stil. 'Wil je dat ik met je meega?'

'Ja,' zeg ik, en ik veeg een traan van mijn wang. 'Zou je dat willen doen?'

'Natuurlijk,' zegt Tracy.

'Ik hield van hem, Tracy,' fluister ik. 'Ik hield zo veel van hem.'

'Dat weet ik, lieverd. Ik weet het nog. Ik weet het allemaal nog.'

Als ik wakker word, stroomt er licht door de ramen, ik draai me om en duw mijn gezicht in het kussen.

'Goeiemorgen,' zegt Ryan teder, vanuit de badkamer. Hij heeft een handdoek om zijn middel. Waterdruppels glinsteren op zijn gespierde borst.

'Hoe laat is het?' vraag ik slaperig.

'Half tien,' antwoordt hij. 'Je hebt in geen tijden zo lang geslapen. Fijn. Dat had je nodig.'

Ik rek me uit en op hetzelfde moment trekt de mist op en zie ik de gebeurtenissen van de vorige avond opeens weer helder voor me. Ik heb Cade bij het restaurant gezien. Ik ga zenuwachtig rechtop zitten, terwijl Ryan een spijkerbroek en T-shirt aantrekt en naast me op bed ploft. 'Wat staat er op het programma voor de aanstaande mevrouw Winston?'

Ik trek mijn neus op. 'Ryan, je weet dat ik nog niet heb besloten of ik mijn naam wil veranderen.'

Hij kijkt even gekwetst, maar herstelt zich snel. 'Ik weet dat het een van de belangrijkste keuzes is die je ooit zult maken. Ik ben trots op je en wil graag samen met jou een naam delen als teken dat we voor elkaar hebben gekozen.'

'Als je het zo zegt,' reageer ik, en ik ben weer eens vol verbazing over zijn romantische aard, 'hoe kan ik dan weigeren? Ik beloof je dat ik gauw een beslissing zal nemen.'

Hij wrijft even over mijn nek. 'Zin om ergens te ontbijten?'

'Ik zou niets liever dan een luie zondagochtend met jou samen zijn,' zeg ik, 'maar ik heb te veel aan mijn hoofd om me te ontspannen. Deel twee in de serie moet binnenkort af en ik ben nog niet eens klaar met het achtergrondonderzoek. De zakelijke invalshoek is nieuw voor me en ik kan het me niet veroorloven om beginnersfouten te maken.' Het is geen complete leugen, maar ook niet helemaal de waarheid: ik was van plan om wat vaste bezoekers van Occidental Park te interviewen.

'Goed,' zegt hij. 'Zal ik iets voor je meenemen?'

'Nee,' zeg ik. 'Eerlijk gezegd zit ik nog vol van gisteravond. En ik wil ook Tracy heel graag weer eens zien. Die zal op z'n minst cafeïne willen.'

Hij knikt, geeft me een zoen op mijn voorhoofd en loopt naar de deur. Als zijn voetstappen wegsterven en ik de voordeur heb horen dichtvallen, pak ik mijn mobiel en bel Tracy. 'Kun je komen?'

Ze kreunt. 'Mag ik eerst nog een uurtje slapen?'

'Nee,' zeg ik dringend, zoals alleen goede vrienden tegen elkaar kunnen praten. 'Ik heb je nodig, Tracy.'

'Oké,' zegt ze, en ze gaapt lang. 'Ik kleed me even aan en giet nog wat cafeïne in mijn aderen. Ik ben er over een half uur.'

'Dank je wel.'

'Kailey, je klinkt alsof je jezelf niet bent.'

'Ik ben mezelf ook niet,' zeg ik heel eerlijk. 'Mijn leven staat opeens op zijn kop.'

Ik duw de zuiger van mijn cafetière omlaag, schenk een extra grote beker in, loop vertwijfeld naar de woonkamer en laat me op de bank zakken. Eddie komt naast me zitten en legt zijn kop op mijn schoot zoals hij jaren geleden al deed toen hij nog een puppy was. Zoals hij bij Cade deed. Ik kijk op als ik de deur hoor kraken.

‘Kailey?’

‘Kom binnen,’ zeg ik. ‘Ik ben zo blij dat je er bent.’

Tracy komt direct ter zake. ‘Vertel me alles.’

‘Nou,’ zeg ik, en ik zet mijn koffiebeker neer. ‘Ik was dus met Ryan bij Le Marche en toen was hij daar opeens bij het restaurant.’

Tracy knikt. ‘En je weet zeker dat hij het was?’

‘Heel zeker,’ zeg ik. ‘Althans, dat denk ik.’

‘Het is lang geleden, Kailey,’ zegt ze. ‘Misschien leek hij alleen op Cade? Of heb je aan hem gedacht en meende je daarom dat hij het was? Dat je zijn gezicht in die dakloze man zag. Dat bestaat dus echt, hè? Paranormaal begaafden praten over die dingen.’

Ik slaak een zucht. ‘Ik weet het niet.’

‘Hoe groot is de kans dat hij al die jaren onherkenbaar heel dicht bij ons is geweest?’ gaat Tracy verder.

‘Ik weet dat het onmogelijk lijkt,’ zeg ik. ‘Maar ik zag zijn ogen. Ik ken die ogen.’

Tracy knikt. ‘Oké, laten we dan de stad in gaan en kijken wat we kunnen doen.’

‘Wat kunnen we doen?’

‘We kunnen hulp voor hem regelen, maatschappelijk werk, dat soort dingen.’

Ik knik en denk aan alle contacten die ik heb opgedaan tijdens mijn verslaggeving over Pioneer Square, maar voel me ook een beetje verlamd. ‘Trace, ik weet amper waar ik moet beginnen.’

‘Allereerst,’ zegt Tracy, ‘gaan we met hem praten. Om te zien wat hij zegt. Om te zien of hij onze hulp wil.’

‘En als hij die niet wil?’

‘Dan is dat zijn keus. We kunnen het alleen maar aanbieden.’

Ik laat mijn hoofd in mijn handen zakken. 'Wat zou er met hem zijn gebeurd?'

Ze haalt haar schouders op. 'Het is lastig te zeggen waarom mensen dakloos raken en ik ben maar een eenvoudige longarts. Over het algemeen is een psychische aandoening oorzaak nummer één.'

Ik schud mijn hoofd. 'Cade had zo zijn problemen, maar geen psychische aandoening.'

'Dan komt het misschien door iets anders,' zegt Tracy op haar klinische toon die ik zelden hoor.

'Zoals?'

'Er zijn eindeloos veel mogelijkheden. Misschien heeft hij een ongeluk gehad waardoor hij aan acuut geheugenverlies leidt. Sommige mensen herstellen daar nooit van.'

'Denk je dat hij niet te helpen is?'

'Nee, nee,' zegt ze. 'Dat zeg ik helemaal niet. Je kunt iemands toestand niet precies beoordelen zonder een uitgebreid onderzoek, een hersenscan. En eerlijk gezegd ben ik er niet van overtuigd dat het echt Cade is die je hebt gezien.'

Ik schraap mijn keel en ben niet in staat haar twijfels te accepteren. 'Als hij herstelt...' zeg ik. Ik zwijg even en voel de spanning. Al die jaren dacht ik dat hij voorgoed was verdwenen. En nu is hij misschien terug. 'Tracy... Ik ga trouwen.'

'Ik weet het, lieverd,' zegt ze, en haar blik verzacht. 'Dit moet heel moeilijk voor je zijn. Maar laten we niet op de feiten vooruitlopen. Maak je nog geen zorgen. We vinden hem wel. En als hij het echt is, dan zien we wel verder.' Ze geeft me een kneepje in mijn hand. 'Er is veel tijd verstreken. We zijn niet eens dezelfde mensen meer.'

Ik laat haar woorden even tot me doordringen. Eddie likt

mijn hand en ik beloon zijn liefde met een aai op het gevoelige plekje achter zijn rechteroor.

'Misschien heb je gelijk,' zeg ik, en ik kijk om me heen naar het prachtige huis dat ik met mijn verloofde deel: op de schoorsteenmantel staan snuisterijen die we samen tijdens onze reizen hebben gevonden, de schilderijen aan de wanden zijn door zijn lievelingskunstenaar geschilderd, de eettafel waar tientallen vrienden aan hebben gezeten, waar er nog zoveel meer aan zullen zitten. Mijn leven lijkt zo volmaakt. Hoe kan ik het zorgvuldig gecreëerde heden waar ik zo hard voor heb gewerkt laten bezoedelen door mijn verleden? Ik huiver inwendig.

'Over vroeger gesproken,' zegt Tracy, en ze bladert door een tijdschrift van mijn salontafel, de nieuwste *Dwell*. Er zitten hier en daar ezelsoren in, ideeën voor onze verbouwing die ik Ryan wil laten zien. 'Weet je wie ik laatst bij de supermarkt tegenkwam?'

'Nou?'

'Een cheerleader van de middelbare school,' gaat ze verder. 'Chrissie Gearheart.' Ze schudt vol verwondering haar hoofd. 'Ze woont in Seattle met haar man en twee kinderen. En ik moet eerlijk toegeven dat het me goed deed om te zien dat het mooiste meisje van school zich officieel heeft laten verslonzen. Chrissie Gearheart. De droom van elke jongen.'

'Grappig,' zeg ik grinnikend. 'Waarom onthoudt iedereen altijd de voor- en achternaam van de cheerleaders?'

'Je hebt gelijk, zeg,' antwoordt Tracy. 'Ik zou de achternamen van de meisjes met wie ik samen lunchte niet meer weten, maar Chrissie Gearheart komt zo van mijn tong rollen.'

'Sheena Thompson,' doe ik een duit in het zakje. 'Het mooiste meisje van Roosevelt High School met de pompons.'

'Gek dat sommige dingen zo in het geheugen worden geprent,' zegt Tracy. Ze staat op, gooit het tijdschrift op de salontafel naast een stapel bruidstijdschriften die ik nog steeds moet doornemen. Ze knoopt haar jas dicht en haalt diep adem. 'Ben je klaar voor het heden?'

Ik knik, geef Eddie nog een laatste knuffel en sta dan op. 'Ik geloof het wel.'

4

18 mei 1996

Tracy en ik slingeren de waszakken over onze schouder en lopen naar buiten in de richting van de Sit & Spin. Er zijn heus wel wasserettes dichterbij, maar niet met de allure van het iconische cafeetje aan Fourth Avenue waar je koffie kunt drinken terwijl je kleren door de droger tuimelen.

'Kijk,' zegt Tracy, als we de hoek om gaan en een straat in lopen die is omzoomd met kersenbomen vol met de prachtigste roze bloesem.

'Waanzinnig,' zeg ik.

'Ja,' zegt Tracy, 'maar ik bedoel dat.'

We lopen verder en ze wijst naar een tak. Boven ons hoofd hangt een rood lint aan een van de hogere takken.

'Waar zou dat voor zijn, denk je?'

Ik haal mijn schouders op.

'Misschien is het net zoiets als die gele linten die mensen aan bomen vastmaken om soldaten in oorlogsgebied niet te vergeten,' zegt ze. 'En dan is dit de kleur om een oude liefde niet te vergeten.'

'Trace,' zeg ik. 'Je bent om te gillen.'

'Nee, ik meen het,' zegt ze. 'Dat is het vast. Een rood lint aan een tak voor je enige ware liefde.'

Ik rol met mijn ogen en we lopen de Sit & Spin binnen. Het ruikt er naar wasmiddel en gemalen koffie. Tracy en ik vinden een tafeltje in de hoek en gaan op zoek naar twee lege wasmachines. Vervolgens pakt Tracy een tekstboek uit haar tas. Anatomie. Niet echt lectuur, maar dat doe je als je toelatingsexamen geneeskunde wilt doen. Ik laat me in een oranje stoel zakken en neem een slokje van mijn schuimige latte met macadamiasiroop in een gigantische oranje theekop. Alleen hier kan een groezelige wasserette-cafécombinatie zo populair zijn.

'Volgens mij is dat die vent van Soundgarden,' fluistert Tracy.

Ik werp een schaamteloze blik over mijn schouder en zie Kim Thayil met baard die een biertje zit te drinken met een al even potige man.

'Mark is gek op Soundgarden,' zegt ze dromerig. 'Ik weet het niet. Ik ook wel, denk ik. Maar ik zou pas écht uit mijn dak gaan als ik Eddie Vedder hier zag.'

Ik neem een slok latte. 'Als ik ooit een hond neem, noem ik hem Eddie.'

Tracy grijnst. 'Moet je jou nou zien, amper een jaar in Seattle en nu al vernoem je je denkbeeldige hond naar de meest geliefde rockster van de stad.'

'Eddie,' zeg ik, en ik knik. 'Een golden retriever... nee, een zwarte labrador.' Ik til mijn wasmand op en er valt een slipje uit met een gat aan de achterkant. 'Shit, ik moet dringend winkelen,' zeg ik.

Tracy spert opeens haar ogen open. 'Niet direct kijken,' zegt ze. Ze duwt haar boek opzij en richt haar blik op haar latte, 'maar volgens mij komt die vent van het Mazzy Star-concert net binnen.'

Ongewild begint mijn hart sneller te kloppen. Hoewel ik die avond in de Crocodile mijn nummer op een servetje heb geschreven, is het al een maand geleden en heb ik niets van Cade gehoord. Is hij mijn nummer kwijtgeraakt? Zag ik meer in hem dan hij in mij? Was het een vluchtig Seattle-moment? Ik weet het niet.

'Ga met hem praten,' fluistert Tracy.

'Echt niet,' zeg ik heel luchtig, ook al had ik gehoopt dat ik hem inmiddels wel een keertje tegen het lijf zou zijn gelopen. Ik ben zelfs een keer na mijn werk bij de Crocodile gaan kijken om te zien of hij er was.

'Wacht,' zegt ze, en ze kijkt snel in haar boek alsof ze zit te lezen, 'hij keek net deze kant op.'

'Echt?' Ik ben me er onmiddellijk van bewust dat ik mijn slonzigste T-shirt draag en geen spoortje make-up op heb. Dit is niet echt de beste dag om Cade weer te zien.

Snel strijk ik mijn pony glad en wens dat ik op z'n minst wat mascara op had gedaan.

'Kailey?'

'O, hoi,' zeg ik, als ik hem aankijk. 'Cade, toch?'

Tracy verslikt zich bijna in haar latte.

'Klopt,' zegt hij. 'Leuk je weer te zien.' Zijn ogen zijn vriendelijk en zelfverzekerd.

'Insgelijks,' zeg ik, en ik werp een blik op de was die voor me ligt. Er komt een gevoel van paniek in me op als ik besef dat het slipje met het gat bovenop ligt.

'Geen betere plek in Seattle om je was te doen,' zegt hij grijnzend.

Hij heeft het gezien. Hij heeft het echt gezien.

'Kun je je voorstellen dat Kurt Cobain hier zijn boxershorts opvouwde voordat hij beroemd was?' vraagt Tracy. Hoewel het tragische verlies van deze lokale grootheid alweer twee jaar geleden is, blijft Seattle actief om hem rouwen.

'Nou,' zegt Cade na een respectvolle pauze, 'toevallig wel.'

Tracy schraapt haar keel. 'Echt?'

Cade knikt en wijst naar een treurig ogende ficus in de hoek. 'Daar stond hij, naast een berg wasgoed en hij stopte altijd een muntje in de jukebox. Dat was lang voordat Nirvana zijn eerste optreden had.' Hij haalt zijn schouders op. 'Daarna veranderde hij erg. De roem zoog de levensvreugde uit hem en dat besefte hij zelf ook. Het is triest, maar het overkomt veel artiesten.'

Een hip uitziende vrouw met rood haar van amper twintig komt naar ons tafeltje voordat ik kan reageren. 'Sorry dat ik jullie stoor,' zegt ze met een zenuwachtige glimlach tegen Tracy en mij, waarna ze zich tot Cade wendt. 'Ben jij... Cade McAllister van Element Records?'

'Dat ben ik,' antwoordt hij met een snelle glimlach.

'Wauw,' zegt ze dweperig. 'Ik ben een grote fan. Echt een heel grote fan. Ik vind al je bands geweldig. Ik bedoel, jouw label is waarschijnlijk de reden dat ik nog leef. De muziek die jij uitgeeft heeft me door heel moeilijke tijden heen gesleept, weet je? Ik bedoel, wauw. Wat leuk je te ontmoeten.'

'Dank je,' zegt Cade nonchalant, en op de een of andere manier krijg ik de indruk dat dit heel vaak gebeurt.

'Ik ben Jenna,' gaat ze verder, en ze legt haar hand tegen haar borst. 'Jíj bedankt.' Ze kijkt naar mij. 'Sorry, maar ik moest gewoon even iets zeggen. Ik zal jullie verder met rust laten.'

Als ze weg is, kijk ik Cade aan. 'Goh, je bent dus een hele pief.'

Hij haalt zijn schouders op. 'Ik heb de mazzel dat ik kan doen wat ik leuk vind. Wat is jouw passie, Kailey? De was zal het niet zijn.' Hij knipoogt in de richting van mijn wasmand.

'Ze heeft haar laatste centen uitgegeven aan de zeldzaamste geitenkaas die er in Pike Place Market te vinden was,' zegt Tracy.

'Wil je een keertje voor me koken?'

Tracy doet alsof ze zich op haar boek concentreert, maar als er een tekstballon boven haar hoofd zou hangen, zou hij vol staan met uitroeptekens.

'Eh, o...' stamel ik.

'Sorry, was dat iets te aanmatigend van me?'

Ik grijns. 'Nou, een beetje wel.'

'Wat dacht je hiervan,' gaat hij verder. 'Ik neem je mee uit eten en als je het naar je zin hebt, kook je een keer voor me? Afgesproken?'

Ik glimlach verlegen en wacht even voordat ik ja zeg. 'Afgesproken.'

'Mooi,' zegt hij, en hij kijkt naar de deur. Hij zwaait naar een man met een baard en een arm vol tatoeages die net binnenkomt, waarna hij zich nogmaals tot mij wendt. 'Over wasgoed gesproken, je had je nummer die avond op een servet geschreven. Dat heb ik toen in mijn broekzak gestopt en ik schaam me te zeggen dat het per ongeluk in de was is beland.' Hij grijnst. 'Dus, heb je het nog een keer voor me?'

'Ja, hoor,' zeg, en ik grijns terug. Ik duik in mijn tas en pak een pen.

Cade steekt zijn hand uit. 'Deze keer moet je het maar op mijn hand schrijven. Dat is veiliger.'

'Doe ik,' zeg ik lachend, en ik pak zijn hand vast. Ik schrijf mijn naam en nummer in zijn palm. 'Er niet af wassen, hoor.'

'Dat beloof ik,' zegt hij met een knipoog.

Tracy kijkt me aan als Cade weg is. 'Weet je wat ik denk?'

'Wat?'

'Dat hij daar,' zegt ze hoofdschuddend, 'jou nog helemaal gek kan krijgen.'

Ik vertel haar niet dat hij dat al heeft gedaan.

Later die avond sta ik in de keuken in het beslag voor een tulband met kaneel te roeren. 'Mijn oma zei altijd dat kaneel de geur van een huis vol geluk is,' zeg ik tegen Tracy en ik glimlach. 'Dat heb ik altijd mooi gevonden.'

'Kaneel?' zegt Tracy vragend, en ze kijkt op van de salontafel die vol ligt met boeken en schriften.

'Ja,' zeg ik. 'Het was een gekke theorie van haar dat hoe meer kaneel iemand at, hoe meer liefde die persoon in zijn leven zou hebben.' Ik giet het beslag in een tulbandvorm en lik de houten lepel af. 'Lief, hè?'

Tracy knikt. 'De wereld was veel romantischer in de tijd van onze grootouders. Weet je nog, die van mij trouwden toen ze elkaar net twee weken kenden. Twee weken!'

Ik glimlach. 'Mijn opa en oma leerden elkaar kennen in een danszaal tijdens de oorlog. Mijn opa vroeg mijn oma ten dans en dat was dat. Liefde op de muziek van Glenn Miller.'

Tracy legt theatraal haar hand tegen haar hart. '"Moonlight Serenade",' zegt ze met een dromerige blik. Op hetzelfde moment gaat de telefoon. Ze neemt op en ik zet de cakevorm in de oven.

'Hallo,' zegt Tracy. Ze is even stil, waarna ze glimlacht. 'Ja, die is er. Een ogenblikje.' Ze wijst naar de telefoon en zegt geluidloos: *Het is 'm!*

Mijn hart begint sneller te slaan, terwijl ik mijn handen aan een handdoek afveeg en naar de telefoon ren. 'Hallo,' zeg ik. Ik wil zwoel en ontspannen klinken, maar de woorden komen er piepend uit.

'Hoi, met Cade.' Zijn stem is aan de telefoon dieper dan in het echt. Hij klinkt mooi en ik voel vlinders in mijn buik.

'Hoi,' zeg ik.

'Het was leuk om je vandaag tegen te komen,' gaat hij verder. 'Misschien kunnen we zaterdag iets afspreken voor het eten. Ik bedoel, als je tijd hebt.'

'Dat lijkt me leuk,' zeg ik.

'Ben je wel eens bij Wild Ginger geweest?'

'Nee, maar mijn redacteur is er heel enthousiast over. Ik wil er al een tijd naartoe.'

'Mooi,' zegt hij. 'Zullen we om zeven uur afspreken?'

Tracy maakte wilde gebaren mijn kant op, maar ik negeer haar. 'Is goed,' antwoord ik, waarna ik eindelijk naar mijn kamergenoot kijk.

'Vraag hem wat voor sterrenbeeld hij heeft,' fluistert ze.

Nee, zeg ik geluidloos terug.

'Doe het nou,' gaat ze verder. 'Voor mij. Ik moet het weten.'

'Tracy!' fluister ik.

'Alsjeblieft?' vraagt ze met een grijns.

'Eh, tja,' zeg ik in de hoorn. 'Mijn beste vriendin is gestoord en ze wil weten wat je sterrenbeeld is.'

'Mijn sterrenbeeld.' Hij grinnikt.

Ik rol met mijn ogen naar Tracy en zou willen dat ik mijn mond had gehouden. 'Ze is dol op astrologie. Ik niet. Maar ik ben dol op haar.'

Cade lacht nog wat. 'Ik heb daar helemaal geen verstand van, maar ik weet wel dat ik een Stier ben.'

'Een Stier,' zeg ik, en Tracy knikt goedkeurend.

'Zeg haar maar dat ze een keer mijn horoscoop mag leggen,' zegt hij.

Ik grijns. 'Je kunt haar beter niet aanmoedigen, hoor.'

'Goed,' zegt hij lachend. 'Ik zie je zaterdag.'

'Tot dan,' zeg ik, en ik hang op.

Tracy kraait het uit als ik me naast haar op de bank laat ploffen. 'Iemand heeft een date!'

Onwillekeurig moet ik lachen. 'Ja.'

'En hij is een Stier,' voegt ze er op dromerige toon aan toe.

Ik haal mijn schouders op.

'Dat is goed, Kailey. Echt. Stieren hebben geluk in de liefde. Ze worden geleid door Venus en die staat bekend om schoonheid en genot.' Ze glimlacht in zichzelf. 'Kook een van die overheerlijke maaltijden van je voor hem en je zit gebakken.'

Ik glimlach. 'Is het zo simpel?'

'Volgens mij wel.' Ze veegt wat bloem van mijn shirt. 'Ik zei toch dat dit het begin van iets groots zou zijn?'

Een veerboot vaart door het donker over Elliott Bay en ik denk dat ze misschien, heel misschien wel gelijk heeft.

5

16 november 2008

De regen spettert tegen Tracy's voorruit terwijl we over de I-5 zoeven. De ruitenwissers zwiepen wild heen en weer op de maat van mijn hartslag.

'Ik kan me je eerste afspraakje met hem nog herinneren,' zegt Tracy een beetje nostalgisch.

'O ja?' zeg ik vragend, en ik draai me naar haar toe.

'Je was zo zenuwachtig. Je had je tig keer verkleed voordat je wegging.'

'Wild Ginger,' zeg ik, en mijn geheugen vuurt de ene na de andere herinnering af. 'We gingen naar Wild Ginger.'

'En ik belde bijna de politie. Je was altijd een huismus, maar nu kwam je pas om twee uur 's nachts thuis. Ik kreeg bijna een hartaanval.'

Tracy neemt de afrit naar James Street en rijdt in de richting van Fourth Avenue. 'We kunnen de auto hier wel neerzetten en een beetje rondlopen. Misschien is hij in de buurt van het restaurant.'

'Oké,' zeg ik gespannen.

Als we een restaurantje passeren, zet Tracy de auto stil. 'Eerst koffie.'

'Iemand zou T-shirts moeten verkopen met die tekst erop.'

'Ik zou er zo een kopen,' zegt Tracy.

Ik loop achter haar aan naar binnen en we bestellen een dubbele americano, waarna Tracy die van haar op het laatste moment in een driedubbele verandert. 'Kun je je nog herinneren dat we altijd lattes dronken?' vraagt ze met een lach.

'Al die suiker,' antwoord ik. 'Volgens mij dronk ik zeker een jaar lang latte met macadamiasiroop.'

'En ik was gek op geroosterde marshmallows,' zegt ze. 'Weet je dat nog?'

Ik knik.

Haar blik licht op. 'En tiramisu.' Ze lacht. 'Hoe kwamen we erbij?'

Ik lach ook, maar het klinkt hol en eenzaam. Een lach vol spijt en verlangen naar vroeger. Die flessen Torani-siroop zijn een herinnering van lang geleden, net als de twee naïeve tweeëntwintigjarigen die we ooit waren.

We drinken onze onopgesmukte koffie en beginnen onze zoektocht. Mijn ogen schieten van links naar rechts als we over Fourth lopen en dan naar Third. Ik kijk in elke steeg, tuur langs elke vuilcontainer, zoek in alle hoeken en gaten. Het begint harder te regenen en dus trek ik mijn capuchon over mijn hoofd, terwijl Tracy wegduikt onder een luifel.

'Le Marche is hier vlakbij,' zeg ik. 'Ze zijn dicht, maar misschien is hij daar weer.'

Tracy knikt en volgt me een tijdje, waarna we een zijstraat inslaan. 'Daar maken we waarschijnlijk de meeste kans.'

We lopen in stilte een paar straten verder en ik gooi mijn koffiebeker in een prullenbak. Ik krijg geen woord uit mijn mond. Ik kan niet eens helder nadenken. Ik kan alleen met een bonkend hart mijn ene voet voor de andere zetten.

In de verte zie ik de groene luifel van Le Marche. Als ik de straat oversteek, ben ik zo in gedachten verzonken dat ik de SUV rechts van mij niet eens zie en de chauffeur toetert nijdig.

Ik tuur door het raam naar het donkere restaurant en laat mijn blik langs de buitenkant glijden. 'Hij is er niet,' zeg ik ontmoedigd.

Tracy pakt haar telefoon uit haar zak en gaat onder de luifel staan om op te nemen, terwijl ik een paar stappen in de steeg naast het restaurant zet. Die is leeg, er staan alleen een afvalcontainer en een verregende kartonnen doos.

We wachten een paar minuten, waarna ik voorstel om naar Fifth te lopen. 'Daar is een daklozenopvang,' zeg ik, en ik denk aan een artikel dat ik vorig jaar heb geschreven over een bekende chef-kok die met de steun van een weldoener wilde koken voor daklozen, anoniem, tot de maaltijdbereiding op de een of andere manier in een special voor Food Network werd opgenomen. Dankzij hun inspanningen waren kleffe tosti's vervangen door zalm *en croûte* en witlofsalade met gesuikerde walnoten. Ik vind het een mooie gedachte dat mijn verslaggeving – meer nog dan een eenmalig televisieprogramma – ertoe leidde dat het een jaarlijks evenement werd.

'We zouden kunnen kijken of...' Mijn stem sterft weg. Ik kan nog steeds niet geloven dat Cade er zo aan toe is. Dat ik dadelijk misschien een opvang binnenloop en dat hij daar op een naar urine stinkend veldbed ligt.

Tracy geeft een klopje op mijn arm. 'Niet bang zijn,' zegt ze. 'Je kunt het.'

Ik knik en samen lopen we naar een bakstenen gebouw met een afbladderende zwarte deur. Een tandeloze vrouw met vlassig grijs haar staat op de stoep en drinkt uit een fles in een papieren zak.

'Zijn jullie politie?' vraagt ze met een diepe, hese stem, en ze doet een stap naar achteren.

'Nee,' zegt Tracy. 'Geen politie.'

De vrouw knikt en brengt de fles weer naar haar lippen. Ik zie een open wond op haar linkerarm, ontstoken en rood. Ik huiver inwendig terwijl Tracy haar hand op de deurknop legt. 'Misschien hebben we geluk,' fluistert ze tegen me.

Ik loop achter mijn vriendin aan naar een soort receptie waar een man van middelbare leeftijd met een sikje en een kalend hoofd aan een tafel zit. Het ruikt binnen naar zweet, vochtig tapijt en oude sigarettenrook, maar ook naar verdriet en versplinterde dromen.

'Goeiedag,' zegt de man, en hij kijkt op.

Zijn gezicht komt me bekend voor en die onverwacht vrolijke stem herken ik direct. Kennelijk kent hij mij ook nog.

'Bent u de verslaggever van de *Herald*?'

'Ja,' zeg ik. 'Kailey Crain.' Het is minstens een jaar geleden dat ik hem heb geïnterviewd. 'Het spijt me, maar ik weet uw naam niet meer.'

'Abe Farrell,' zegt hij, en hij steekt zijn hand uit. 'Ik neem aan dat jullie niet op zoek zijn naar een kamer voor vannacht.'

Hij lacht, maar Tracy en ik zijn te verbijsterd om te reageren op zijn poging tot humor. We staren hem wezenloos aan.

'Wat kan ik voor jullie doen?'

'We zoeken iemand,' zeg ik snel, en ik doe een stap naar voren. 'Een man.'

'Heeft-ie een naam?'

Ik kijk naar Tracy en dan weer naar Abe. 'Ja, hij heet Cade McAllister.'

Abe schudt zijn hoofd. 'Volgens mij hebben we niemand die zo heet, maar met onze clientèle weet je het nooit. Sommigen weten zelf niet eens hoe ze heten.'

Ik knik. 'Hij is ongeveer een meter drieëntachtig. Mager. Hij heeft een baard. Hij droeg gisteren een legergroene jas en laarzen.' Het beeld van hem op de stoep staat in mijn geheugen gegrift. Als ik aan zijn ogen denk, raak ik van streek: zo triest, zo verloren. 'Hij had gaten in zijn spijkerbroek. Daar.' Ik wijs naar mijn schenen.

'Het spijt me, mevrouw,' zegt de man, en hij glimlacht weer. 'Maar daarmee beschrijft u elke man hier.'

Ik slaak een verslagen zucht.

Hij haalt zijn schouders op. 'Als u een foto voor me hebt, kan ik u misschien helpen.'

Ik pak mijn portemonnee en haal een verbleekt kiekje tevoorschijn van Cade en mij samen in Big Sir op een schilderachtig uitkijkpunt langs Highway 1. Ik glimlach in mezelf en kan me alle details van het reisje nog herinneren. We hadden een cabrio gehuurd en ik had een sjaal om mijn hoofd alsof ik Grace Kelly was. Tegen de tijd dat we op het uitkijkpunt aankwamen, zagen we groen van de wagenziekte door de vele haarspeldbochten, maar dat was op de foto niet te zien.

'Dit is hem,' zeg ik, en ik steek de foto naar Abe uit, die zijn ogen samenknijpt en zijn schouders ophaalt.

'Ik ben bang dat hier niemand is die daarop lijkt,' zegt hij na een paar tellen. 'Maar als u wilt, leid ik u even rond, dan kunt u zelf kijken.'

'Dank u,' zeg ik. Ik kijk naar Tracy en dan weer naar hem. 'Dat zou ik fijn vinden.'

We lopen enigszins afwachtend met hem mee door een smalle gang naar een grote ruimte met stapelbedden tegen de muren. Drie mannen zitten aan een tafel in het midden een kaartspel te spelen. Een paar liggen te slapen of hangen op hun bed. Weer eentje zit in een hoekje in zichzelf te mompelen. Cade zit er niet bij.

'Nee,' zeg ik met een zucht. 'Hij is er niet.'

'Helaas,' zegt Abe. 'Die man, is hij uw partner?'

Ik schud mijn hoofd. 'Nee, nee,' zeg ik, en ik wrijf over mijn verlovingsring. 'Gewoon een oude vriend.'

'Tja,' zegt hij. 'Deze oude vriend van u mag in zijn handjes knijpen dat hij iemand als u heeft die een beetje op hem past.' Hij glimlacht. 'Ik hoop dat u hem vindt.'

'Ik ook.'

Terwijl hij zich omdraait, leg ik mijn hand op zijn rechterschouder. 'Wacht,' zeg ik. Ik trek mijn jas uit en stroop de mouw van mijn T-shirt op. 'Deze tatoeage... Hij heeft er ook zo een. Komt die u bekend voor?'

'Nee, zo'n tatoeage heb ik nog nooit gezien.'

Ik zie dat een van de mannen die zat te kaarten – een oudere man met een lange grijze baard – naar me zit te kijken. 'Tja,' zeg ik verslagen, en ik trek mijn jas weer aan.

De man met de baard staat op. 'Neem me niet kwalijk,' zegt hij, en hij komt op me af met een waaier speelkaarten in zijn rechterhand. Ik zie de schoppenaas en denk aan de keer dat ik Cade eenendertigen leerde, het lievelingsspel van mijn grootouders. Cade won. 'Die tatoeage. Hij lijkt op die van... Mitchell.'

Ik schud mijn hoofd. 'Mitchell?'

'Ja, een vreemde snuiter. Zegt nooit wat. Hij komt hier wel eens, maar is meestal aan Fourth Street bij dat chique Franse restaurant, hoe heet het nou...'

'Le Marche?' vraag ik direct.

'Ja, dat bedoel ik.'

Ik sper mijn ogen open. 'Weet u zeker dat u de tatoeage herkent?' Ik trek mijn jas weer uit en laat hem zien.

'O ja, mevrouw,' zegt hij, en hij bekijkt hem eens goed.

'Waarom noemt u hem Mitchell?'

Hij haalt zijn schouders op. 'Verdomd als ik het weet. Mitchell staat op die legerjas die hij altijd aan heeft. Ik denk dat iedereen er gewoon van uitgaat dat dat zijn naam is. Misschien klopt het, misschien ook niet.' Hij grinnikt in zichzelf. 'Ik heet Frank, maar iedereen noemt me Mad Dog.'

'Mad Dog,' zeg ik. 'Dank u wel.'

Hij knikt en loopt terug naar het kaartspel; ik denk aan Cade, aan de legerjas met de naam Mitchell op zijn borst. *Hoe is dit gebeurd?*

'Neem me niet kwalijk dat ik zo nieuwsgierig ben,' zegt Mad Dog, en hij draait zich nog eens om. 'Maar hoe komt het dat iemand als u en iemand als hij dezelfde tatoeage hebben?'

Tranen prikken in mijn ogen. Ik haal diep adem en mijn onderlip trilt een beetje. 'Hij en ik zijn niet anders. We zijn hetzelfde. En ik heb ooit heel veel van hem gehouden.'

Ik voel Tracy's hand op mijn arm. 'Kom, lieverd. We gaan.'

Verdoofd loop ik achter haar aan naar buiten.

Het is nog harder gaan regenen en als we weer op de stoep staan bij Le Marche, schuilen Tracy en ik onder de luifel.

'Wat nu?' vraagt ze.

'Ik denk dat ik hier even blijf,' zeg ik. 'Misschien komt hij nog terug.'

Tracy knikt, steekt haar hand in haar zak en haalt haar rinkelende telefoon eruit. Ik slenter een paar stappen verder en kijk weer in de steeg aan de zijkant van het restaurant. Verlaten, op een duif na, die in de verte iets van de grond pikt.

'Dat was het ziekenhuis,' zegt Tracy, als ze even later naar me toe komt. 'Crisis met een patiënt. Sorry, maar ik moet weg.'

'Ik red me wel,' zeg ik, terwijl de duif opschrikt en dieper de verlaten, grijze steeg in fladdert.

Ik blijf nog een paar minuten op de stoep staan en ga dan op zoek naar een Starbucks, waar ik nog een koffie bestel en me in een stoel bij het raam laat zakken. Het regent nu nog harder, het raam is beslagen en ziet er net zo wazig uit als mijn hoofd voelt. Met mijn mouw veeg ik een plekje schoon, zodat ik de mensen die langslopen kan zien. Een van hen zou Cade kunnen zijn, maar ik zie hem niet.

Ik ga de straat weer op. Een uur gaat voorbij, dan twee. Ryan belt en ik zeg dat ik met research bezig ben. Weer een leugentje om bestwil. Hij vraagt of ik vanavond risotto wil maken. Ik zeg ja en vraag of hij arboriorijst bij de Whole Foods wil halen. Ons gesprek verloopt gemakkelijk, moeiteloos. Als eb en vloed, alsof we allebei een script hebben. Maar op dit moment verafschuw ik het script. Ik vind het vreselijk dat ik over arboriorijst en de Whole Foods praat, terwijl Cade ergens koud en waarschijnlijk hongerig door de stad loopt, misschien wel ergens in een steeg zit weggedoken voor de regen. Ik haat het allemaal. De rijst en de regen en de manier waarop het leven voor sommigen loopt.

Ik leun tegen de bakstenen muur van het restaurant dat net voor de zondagslunch is geopend. Door het raam zie ik een aantrekkelijk stel aan de bar zitten. Zij draagt een luchtige linnen jurk die zo van het rek bij Free People komt. Ze speelt met haar lange bruine haar en leunt flirtend opzij naar haar date, een gladgeschoren man met een donkere bril. Ik stel me hun gesprek voor.

Ik ben dol op oesters! zegt ze.

Ik ook!

Maar niet op mosselen, voegt ze eraan toe, terwijl ze bevallig een slokje rosé neemt.

Nooit mosselen, zegt hij direct instemmend. *Daar moet je altijd voorzichtig mee zijn..*

Zij lacht, neemt nog een slokje wijn die de kleur heeft van de MAC-blush die ze eerder op de dag op haar wangen heeft aangebracht. Ze vraagt zich af of ze te veel heeft opgedaan. En of ze haar zielsverwant heeft ontmoet.

Er rijdt een auto hard voorbij en ik weet net op tijd weg te duiken voor het opspattende modderwater. Ik grijp de gouden ketting om mijn nek vast en laat mijn vingers naar het medaillon gaan dat eraan hangt: goud, met mijn initialen achterop gegraveerd. Ik heb het van mijn grootouders gekregen voor mijn tiende verjaardag en ik draag het elke dag.

'Wat ga je erin doen?' vroeg oma, toen ik hem omdeed.

'Dat weet ik nog niet,' antwoordde ik, en ik stelde me voor dat het – wat het ook was – heel bijzonder moest zijn.

Diezelfde dag haalde opa een oude sigarendoos tevoorschijn en rommelde door oude munten, foto's met geschulpte randjes, ansichtkaarten en vergeelde stukjes papier, totdat hij iets uitkoos en in zijn hand hield.

'De mooiste schelp, voor het mooiste meisje,' zei hij, en hij gaf me een zoen op mijn voorhoofd.

Ik straalde en bekeek hem van alle kanten.

'Wil je weten hoe ik die heb gevonden?' vroeg hij.

Ik knikte en bleef naar mijn nieuwe kostbaarste bezit kijken. Ik was dol op opa's verhalen.

'Het was augustus 1944 en we hadden Frankrijk bijna helemaal bevrijd,' begon hij. 'Het was heel warm, dat weet ik nog. Benauwd. Een paar van mijn maten wilden naar het strand om te zwemmen. We hadden die ochtend naar Eisenhower op de radio geluisterd. Iedereen was in een goede stemming, dus de commandant vertrok geen spier toen we het kamp verlieten, ook al waren we gewaarschuwd voor landmijnen en achtergebleven vijandelijke troepen die zich mogelijk schuilhielden in grotten en woonhuizen. We wilden gewoon naar het strand. En wat een strand! We slenterden langs Omaha Beach, waar zoveel was gevochten, naar een kleine baai bij een rotswand met helmgras, cipressen en wat oude bonkige appelbomen die kapitein Raines en ik helemaal leegplukten. We aten alle appels op.' Hij zweeg even en glimlachte. 'Het is grappig, zelfs nu: als ik een hap van een appel neem, sta ik weer op dat strand.'

Opa had een afwezige blik in zijn ogen.

'En toen liepen we verder,' pakte hij het verhaal weer op. 'De golfslag was op dat deel van het strand stevig. Er stond een gevaarlijke stroming. Raines werd er bijna door meegesleurd.' Hij grinnikte zacht. 'Ik zat op het strand naar de golven te kijken en zag iets aanspoelen. Eerst dacht ik dat het een steentje was, maar toen ik dichterbij kwam, zag ik dat het een schelp was. En niet zomaar een schelp. Deze glinsterde in de zon. Hij had de kleur van jade en schitterde zoals ik nog nooit had gezien. Toen Raines naast me kwam zitten, liet ik hem zien. "Die is bijzonder," zei hij. "Hoe weet je dat?" vroeg ik. En toen vertelde hij me dat hij een Frans meisje had ontmoet dat zo'n schelp aan een kettinkje had. Kennelijk zijn ze zeldzaam en spoelen ze een heel enkel keertje op dat strand aan en ook alleen op dát strand. De plaatselijke bevolking zegt dat je boft als je er een vindt, dat het een goed voorteken is, een teken van liefde, geluk en bescherming.' Hij glimlachte weer. 'Ik heb hem al die jaren bewaard en zal ik je eens wat zeggen? Ik heb een gelukkig leven gehad. Een prachtig leven, zelfs. En nu mag jij hem hebben.'

Ik kon mijn geluk niet op en bewaarde opa's schelp vol trots op mijn nachtkastje, totdat het zusje van een vriendin hem op een dag pakte en tijdens een ruzie uit haar handen liet vallen waardoor hij aan stukken viel.

Ik huilde, was echt diepbedroefd. Ik had meer verdriet om de schelp dan toen mijn beste vriendin uit de tweede klas ging verhuizen. Hoe kon ik opa ooit nog onder ogen komen? Hoe moest ik hem vertellen dat de schelp die aan mijn zorg was toevertrouwd kapot was, zijn dierbare herinnering aan gruzelementen, en dat allemaal door een onnadenkend buurmeisje? Toch vertelde ik het hem en hij vergaf het me. Dat had ik ook wel gedacht.

De grootste scherf van de schelp bewaarde ik in de bovenste la van mijn ladekast, naast mijn Wonder Woman-ondergoed en de gestreepte bikini met de ruches, totdat ik hem in mijn medaillon stopte, waar hij tot op de dag van vandaag zit. Ik tik ertegenaan en denk aan opa die twee dagen na mijn zesentwintigste verjaardag is overleden.

'Heb je de schelp nog?' vroeg hij me de laatste keer dat ik hem zag.

'Ja,' zei ik.

'Goed zo.'

Ik kijk op, word uit mijn gedachten losgerukt als ik een mannenstem hoor.

'Hoor je niet wat ik zeg?' vraagt de stem streng.

Het is een man van het restaurant met een wit schort om zijn middel. Ik kan niet zien tegen wie hij het heeft, dus kijk ik wat beter.

'Ik heb je al vaker gezegd dat je hier weg moet,' gaat de man verder.

Mijn hart gaat sneller slaan. Zou het... 'Wacht!' roep ik, als ik zie dat een man langzaam wegloopt. Ik zie alleen zijn rug en zijn legergroene jas. 'Wacht alsjeblieft.'

De man van het restaurant schraapt zijn keel. 'Als deze man u heeft lastiggevallen dan bied ik u daar mijn excuses voor aan.'

Ik negeer hem en ren naar de hoek van de straat, achter de man in de legergroene jas aan die daar net is verdwenen. Ik versnel mijn pas, maar als ik de hoek om ga, is hij weg. Het is druk op het plein voor het Westlake Center: moeders en kinderen met paraplu's boven boodschappentassen van Nordstrom, studenten met koptelefoons aan hun iPhones. Een straatviolist die in de verte 'Happy Birthday' speelt. En dan zie ik een glimp van legergroen.

'Cade!' roep ik. Hij is zo'n vijftig meter voor me en ik zie dat hij me hoort, want hij blijft staan en kijkt naar links en naar rechts.

'Cade!' roep ik opnieuw, en ik kom langzaam dichterbij. Ik ben bang dat hij van me schrikt als ik op hem af duik en dus neem ik beheerste, afgemeten stappen alsof ik een bange, gewonde pup in veiligheid wil brengen. Nog een paar passen. 'Cade, ik ben het, Kailey,' zeg ik.

Hij draait zich om. Als onze ogen elkaar ontmoeten is het alsof de wereld, ooit een daverende waterval, een druppelend stroompje is. Ik hoor het geroezemoes om me heen niet. Ik zie niemand langslopen. Ik voel de regen op mijn gezicht niet. Ik zie alleen Cade. En hij ziet mij.

6

25 mei 1996

'Hoe zie ik eruit?' vraag ik Tracy, en ik draai me in de keuken van ons appartement om, zodat ze het totaalplaatje kan zien van mij in mijn jurk: blauw met een gehaakt randje langs de zoom en mouwen. Ik heb hem tussen de middag bij The Bon gekocht. 'Is hij niet té?'

'Nee,' zegt Tracy, 'hij straalt uit dat je een vakvrouw bent, maar heimelijk ook een bekoorlijke kunstenares.'

Ik trek mijn neus op. 'Een bekoorlijke kunstenares?'

'Ja, het kunstzinnige, mysterieuze type,' zegt ze. 'Mannen houden van geheimzinnig.'

'Hmm.' Ik pluk aan de stof rond mijn taille en probeer mijn spiegelbeeld in het glas van de magnetron te zien. 'Ik weet het niet.'

'Maak je niet druk,' gaat ze verder. 'Hij vindt hem vast mooi. Maar niet als je het prijskaartje er niet afknipt.' Ze pakt een schaar van de keukentafel. 'Hier, ik help je wel even.'

Ik haal mijn schouders op. 'Bah, wat heb ik een hekel aan daten.'

'Iedereen heeft een hekel aan daten.'

'Waarom doen we dit onszelf dan allemaal aan?'

Tracy glimlacht. 'Nou, ondanks de muur die jij geneigd bent om je heen op te trekken, ben je een Waterman en dat hart van jou idealiseert de liefde heimelijk en gelooft in zielsverwanten en dat soort dingen.'

'Nou,' zeg ik nuchter, 'hij heeft me uit eten gevraagd, maar ik ga voor één drankje en misschien een aperitiefje en als het me niet bevalt, ben ik weg.' Ik pak een zwart vest, terwijl Tracy in haar tas rommelt.

'Hier,' zegt ze, en ze geeft me een muntje.

Ik kijk haar vragend aan.

'Gewoon in je tas stoppen,' zegt ze. 'Als je mijn hulp nodig hebt, zoek je een telefooncel en dan bel je me.'

Ik glimlach. 'Oké.'

Ik zit aan de bar bij Wild Ginger en roer zenuwachtig met mijn rietje in mijn wodka met spa. Hij is te laat. Slechts tien minuten, maar toch.

'Wilt u het menu zien?' vraagt een meelevende barkeeper die mijn kant opkijkt.

'Nee,' antwoord ik. 'Ik zit op iemand te wachten.'

'Een eerste afspraakje?'

Mijn wangen kleuren. 'Ja.'

Hij knikt. 'Dacht ik al.'

'Hoe kun je dat nou zien?'

Hij glimlacht. 'Beroepsdeformatie.'

Ik slaak een zucht. 'Ik moet toegeven dat ik een beetje zenuwachtig ben.'

'Waarom?'

Voordat ik antwoord kan geven, tikt er iemand op mijn schouder en draai ik me om.

'Sorry dat ik laat ben,' zegt Cade, als hij voor me staat. 'De personeelsvergadering liep uit en vervolgens kreeg ik het voor de zevenendertigste keer deze week aan de stok met mijn zakenpartner.' Hij wrijft over zijn voorhoofd. 'Als ik je mag adviseren: doe nooit zaken met je beste vriend.'

'Bedankt voor de tip,' zeg ik, en onwillekeurig grijns ik.

'Hoi,' zegt hij met een glimlach.

'Jij ook hoi.'

Hij draagt een spijkerbroek, een grijze trui en een paar afgedragen hoge sneakers van Converse. Hij ziet er precies zo uit als ik me herinner van de Crocodile. Een beetje losjes, niet te chic en absoluut fascinerend.

'Ik hoop dat je het me niet kwalijk neemt.' Hij lacht alsof hij weet dat ik dat niet doe.

De barkeeper knipoogt naar me, terwijl de gastvrouw ons naar ons tafeltje aan het raam achter in het restaurant brengt. We gaan allebei zitten.

'Leuke jurk,' zegt hij.

Ik kijk naar mijn schoot en strijk een denkbeeldige kreukel glad. 'Ja?'

'Ja,' gaat hij verder. 'Doet een beetje aan Stevie Nicks denken.'

Ik lach en neem een slokje.

'Hou je van Fleetwood Mac?' vraagt hij.

'Ja,' zeg ik. '"Gypsy" is een van mijn lievelingsnummers. Mijn moeder was een oude hippie.'

Cade neemt het menu aan dat de ober hem overhandigt en bestelt een martini met een olijf gevuld met kaas. 'Weet je hoe je kunt zien of een restaurant goed is?' vraagt hij, en hij legt de menukaart weg.

'Nou?'

Hij wijst naar de bar. 'Olijven gevuld met kaas.'

Ik kijk hem vragend aan. 'Ik geloof niet dat ik het begrijp.'

'In de meeste restaurants hebben ze die helemaal niet, zelfs niet in de chique. Maar de vraag is of ze ze voor je willen maken. Een goed restaurant doet dat altijd.'

'Interessant,' zeg ik.

Hij knipoogt. 'Als je ooit een artikel over restaurants schrijft, moet je dat kostbare stukje informatie toevoegen.'

'Ik zal het in overweging nemen,' zeg ik met een grijns.

'Vertel me eens wat over je werk.'

Ik knik. 'Volgens mij had ik je al verteld dat ik journaliste bij de *Herald* ben.'

'Ja,' zegt hij. 'Ik ben onder de indruk.'

'Hoeft niet. Ik ben nog maar een groentje.'

'Toe nou,' zegt hij. 'Je werk is vast veel spannender dan je nu laat merken.'

'Ik vind mijn werk wel erg leuk,' geef ik toe. 'En ik heb een geweldige redacteur van wie ik alles mag doen wat ik interessant vind.'

'Zoals?'

'Nou,' zeg ik, schuivend in mijn stoel, 'politiek, armoede, karakterschetsen van mensen die een bijdrage aan de maatschappij leveren.'

'Wauw. Pittig.'

'Dingen die ertoe doen,' ga ik verder. 'Voor mij, in elk geval.' Cade staart me heel lang aan, tot ik voel dat mijn wangen rood worden en ik mijn gezicht afwend.

'Je hebt een groot hart.'

Ik glimlach. 'Of misschien wilde ik gewoon niet afgescheept worden met het modekatern.'

De ober komt terug met een martini waarin een zilveren

cocktailprikkertje ligt met daaraan een paar olijven met kaas. Cade stopt ze in zijn mond en neemt dan een slokje. 'Heb je altijd van koken gehouden?'

'Altijd,' zeg ik. 'Vroeger kookte ik samen met mijn oma in Iowa.'

'En ik heb altijd van muziek gehouden.' Hij neemt nog een slokje. 'Grappig dat we allebei zijn geboren met een passie die nooit verdween.'

Ik knik. 'Als ik mijn werk niet zo leuk vond, zou ik misschien wel kok zijn geworden.'

'Vertel me eens over Iowa.'

'Daar ben ik gaan wonen toen mijn ouders overleden.'

'Wat vreselijk,' zegt Cade.

Ik haal mijn schouders op. 'Ik was vijf. Ze zijn omgekomen bij een frontale botsing op weg naar een Grateful Dead-concert.'

'Wat kun je je nog herinneren van hen?' vraagt Cade, en hij leunt naar voren.

'Mijn moeders stem,' zeg ik. 'Ze zong elke avond dat ene nummer van *Porgy and Bess* voor me.'

'"Summertime"?'

'Ken je het?'

Hij knikt.

Ik probeer me de melodie voor de geest te halen. Een fractie van een seconde later neurie ik het refrein. '*So hush little baby...*' zing ik zacht.

'*... don't you cry,*' zingt Cade verder, en ik krijg er kippenvel van.

Ik glimlach als ik denk aan de bekentenis die ik ga doen. 'Ik had laatst op mijn werk even een emotioneel moment. Om de een of andere reden moest ik opeens denken aan een jurk die mijn moeder vroeger droeg. Roestbruin met blauw borduursel op de voorkant.'

'Mijn ouders zijn ook overleden,' zegt Cade. 'Ik ging bij mijn tante wonen toen ik zeven was.'

'Jeetje,' zeg ik verbijsterd. 'Ik ken niemand die zijn ouders ook zo jong is verloren. Ik had altijd het idee dat ik het enige kind zonder ouders was.'

'Een stelletje wezen, wij tweeën,' zegt Cade met een grijns.

'Wat is jouw ouders overkomen?' vraag ik.

'Het verhaal is als volgt: mijn moeder is aan kanker overleden. Ik kan me haar vaag herinneren, haar geest, zeg maar, als je begrijpt wat ik bedoel.' Hij zwijgt even. 'Zij heeft het muziekgen aan mij doorgegeven, ook al duurde het een paar jaar voordat dat naar voren kwam.'

'Natuurlijk,' zeg ik. 'Ik heb laatst gelezen dat kinderen die gescheiden zijn van hun moeder, zelfs bij de geboorte al, haar later nog in een rij foto's kunnen aanwijzen. Het is een band die nooit verbroken wordt.'

Hij knikt. 'Ze lag maanden in het ziekenhuis en stierf een week voor mijn tweede verjaardag, dus lijkt het onmogelijk dat ik echte herinneringen aan haar heb. Toch is het zo. Ik kan het niet goed verklaren.'

'Snap ik,' zeg ik. 'Ik denk dat onze hersenen herinneringen vormen en ordenen voordat we ons er zelfs maar van bewust zijn.'

Cade knippert met zijn ogen. 'Op de middelbare school sloeg een moeder van een vriendje een keer haar armen om me heen en haar parfum was zo ongelooflijk vertrouwd. Het klinkt gek, maar ik zweer je dat ik op dat moment mijn moeder kon ruiken.'

Ik voel vanbinnen iets schuren en denk aan de keren dat ik mama's oude jurken aan mocht trekken van oma. Het was alsof er een graafmachine door mijn hart reed die herinneringen ophaalde waarvan ik niet eens wist dat ik ze had. 'Dat gevoel heb ik heel vaak,' zeg ik. 'Het is net een déjà vu, maar dan intenser.'

Cade knikt. 'Mijn vader kon de dood van mijn moeder niet verwerken.'

'Hoe is hij overleden?'

'Zelfmoord,' zegt hij. 'Uitlaatgas in de garage. Op een avond laat. De volgende ochtend was ik op zoek naar mijn lunchtrommel en toen vond ik hem. Ik zat in de tweede klas.'

'Jeetje,' zeg ik. 'Wat zal jij bang zijn geweest.'

Hij haalt zijn schouders op. 'Daarna ben ik dus bij tante Fay gaan wonen, de zus van mijn moeder.'

'Zorgde ze goed voor je?'

'Heel goed,' zegt hij. 'Van haar kreeg ik mijn eerste platenspeler toen ik tien werd en ze leende mij en mijn beste vriend James vijftienduizend dollar om Element Records op te zetten. We zijn allebei vroegtijdig met onze studie gestopt om het bedrijf op te richten. Fay geloofde in ons, ook al hadden we eigenlijk geen idee waar we mee bezig waren. Omdat zij in ons geloofde, wisten we die bescheiden droom om te zetten in een bedrijf dat inmiddels meer dan twintig miljoen platen heeft verkocht en zeventien mensen in dienst heeft.'

'Ongelooflijk,' zeg ik.

'Ja, ach,' zegt hij. 'De vervulling van een droom, dat was het zeker, maar het is niet altijd gemakkelijk geweest.'

'Samenwerken met je beste vriend heeft zo zijn nadelen?'

Cade slaakt een diepe zucht. 'Dat is de trieste waarheid, ja. We zaten samen op de middelbare school. Hij speelde gitaar. We waren twee muzieknerds van wie de cheerleaders niets wilden weten.' Hij legt zijn hand op zijn hart. 'Maar o, wat was ik verliefd op Stacy Rios.'

Ik glimlach.

'Dus ja, we zijn het label begonnen en een tijdlang was alles geweldig. Bizar, maar geweldig. Ik zat elk weekend in het vliegtuig, reisde naar New York, Los Angeles, Miami... Als er ergens een nieuwe band speelde, was ik erbij.'

'James ook?'

'Ja en nee,' zegt hij. 'Eerst reisden we veel samen, tot we beseften dat het wel zo slim was als hij de zaken op het kantoor in Seattle waarnam, dus verdeelden we de taken.'

'Hoe zijn jullie op de naam Element Records gekomen?'

'Na iets te veel drankjes,' zegt hij lachend. 'Maar er zit een betekenis achter, althans voor mij wel.'

'Vertel eens.'

'Het is zoals ik tegen muziek aankijk,' zegt hij. 'Als ik een band zie spelen die voorbestemd is voor iets groots, krijg ik een bepaald gevoel. Al mijn zintuigen staan dan op scherp. De muziek raakt me. Net als die keer dat ik op een straathoek in Nashville bleef staan luisteren naar een straatmuzikant, gewoon een man met zijn hond die zong en gitaar speelde. Mensen gooiden geld in zijn gitaarkist. Ik bood hem een platencontract aan en nu maakt hij platina platen.'

'Wauw,' zeg ik.

'Op zo'n moment ben ik in mijn element.' Hij grijnst. 'James wilde het label Bonsai Records noemen.'

Ik trek mijn neus op. 'Bonsai?'

Cade haalt zijn schouders op. 'We hebben heel verschillende ideeën over hoe je een bedrijf moet runnen en soms is dat lastig. Als ik zou zeggen dat het succes van het label onze vriendschap niet heeft aangetast, zou ik liegen.' Hij neemt een langzame slok en kijkt gespannen en serieus.

Ik zie dat het onderwerp James hem meer raakt dan hij toegeeft.

'Ach,' zegt hij, en hij begint snel over iets anders. 'Het is een mooie avond. Zullen we nog wat drinken, wat snacks bestellen en dan een stukje wandelen? Hoelang woon jij ook alweer in Seattle?'

'Een jaartje.'

'Dan heb je een echte rondleiding nodig,' antwoordt hij met een grijns. 'Ik zal je míjn Seattle laten zien. Alle plekken die iets voor me betekenen. Goed idee?'

Ik sper mijn ogen open. Zijn zelfvertrouwen is geweldig. 'Ja,' antwoord ik.

Hij pakt mijn hand vast.

Een paar mannen in dure pakken passeren ons als we het restaurant uit lopen. Een van hen heeft het over de NASDAQ.

'Zo zou ik nooit kunnen zijn,' zegt Cade even later.

Ik kijk hem aan. 'Wat bedoel je?'

'De pakken, elke dag van negen tot vijf. Eindeloze vergaderingen over winst en verlies, bodemprijzen. Werken voor een baas.'

Ik knik. 'Je bent een geboren ondernemer, dat is duidelijk.'

Samen lopen we verder.

'Het magische uur,' zegt Cade, en hij kijkt omhoog.

De zon is net onder en er hangt een oranje gloed aan de horizon. Het is nog geen avond en het is geen dag meer, maar iets eigenaardigs ertussenin en daar bevinden Cade en ik ons ook, denk ik. We zweven tussen twee plekken. De vlinders in mijn buik die ik voelde toen we elkaar voor het eerst ontmoetten zijn terug en ik glimlach als hij doet alsof hij een microfoon vastheeft.

'Ik wil u hartelijk danken, mevrouw, dat u voor deze exclusieve rondleiding door Seattle hebt gekozen.' Plechtig schraapt hij zijn keel. 'Staat u mij toe mezelf voor te stellen. Ik ben uw gids, Cade McAllister.'

Ik schiet in de lach.

'Links van ons naderen we een van Seattles best bewaarde geheimen: Zig Zag. De barkeepers van dit etablissement maken al jaren cocktails voor de muziekelite van Seattle.' Fluisterend gaat hij verder. 'En als je Duff "Rose" McKagan van Guns N' Roses wilt zien, kom dan op donderdag even na acht uur langs. Dan zit hij rechts aan de bar.'

'Dat zal ik Tracy zeggen,' zeg ik. 'Ze zou me vermoorden als ze wist dat ik je dit vertelde, maar als kind was ze lid van de Guns N' Roses-fanclub.'

Hij blijft opeens staan. 'En jij? Van welke zanger zou jij uit je dak gaan?'

'Ach, dat weet ik niet,' antwoord ik, expres terughoudend.

'O toe,' zegt hij. 'Biecht op.'

'Nou,' zeg ik een beetje verlegen. 'Het is misschien een raar antwoord.'

'Ik vind het leuk om over de verschillende muzikale voorkeuren van anderen te horen en ik ben bijzonder geïnteresseerd in die van jou.'

'Goed dan,' zeg ik behoedzaam. 'Als kind hield ik van de muziek waar mijn ouders van hielden voordat ze overleden. Terwijl mijn vriendinnen op jarentachtighits dansten, ging ik voor The Mamas & The Papas; Crosby, Stills & Nash; Neil Young, die sound.'

Hij grijnst. 'En de zanger voor wie je uit je dak gaat?'

'Ken je dat nummer "Happy Together" van The Turtles?'

'Ja,' zegt hij.

'Howard Kaylan is de zanger,' ga ik verder. 'Mijn moeder was dol op dat nummer. Ze had de plaat en vaak zongen we samen mee. Het is een van de weinige herinneringen die ik aan haar heb. Waarschijnlijk is hij nu een oude geruïneerde hippie met een baard, maar zijn stem en dat nummer zitten in mijn hart verweven, vlak naast mijn moeder. Ik zou hem graag een keer willen ontmoeten om hem dat verhaal te vertellen.'

'Dat zou een prachtig moment zijn,' zegt Cade.

'Is dit het einde van de rondleiding?' vraag ik.

Cade schudt zijn hoofd. 'De volgende stop is de plek waar ondergetekende een gênante eerste date met een radio-dj had wier naam ik niet zal noemen.' Hij wijst naar een bar. 'Ik vond haar heel leuk, althans, ik wilde haar graag leuk vinden, maar onze date viel samen met het sluiten van een deal met een band waarvan James wilde dat ik hem contracteerde. Ik had haar beloofd dat ik maar vijf minuten weg zou zijn, maar helaas werd het uiteindelijk een half uur. Tegen de tijd dat ik terugkwam, was zij vertrokken, maar niet voordat ze de hele bar een rondje had gegeven en mij met de rekening opzadelde.'

Ik huiver. 'O, wat vals!'

'Nou ja, ik had haar daar wel laten zitten. Afijn, ik heb daarna nooit meer iets van haar gehoord en ik had mijn lesje geleerd.'

Hij haalt zijn denkbeeldige microfoon weer tevoorschijn en ik kan niet wachten om te horen wat hij gaat zeggen. Ik laat mijn hand over zijn onderarm glijden en duw mijn arm door de zijne. Met een grote grijns op ons gezicht slaan we samen de hoek om.

'Dan volgt nu het eerste kantoor van Element Records, hier links,' zegt hij, en hij wijst naar een deur met afgebladderde grijze verf, naast een Chinees restaurant. 'Goed, er zaten ratten en geen enkele medewerker zal ooit nog een hap tjauw min met kip door z'n keel krijgen, maar we hebben vanuit deze ranzige gribus wel meerdere platina albums geproduceerd.'

Ik tuur door het raam en stel me Cade voor aan het begin van zijn carrière. Ik besef dat ik me in het gezelschap van een zeldzame geest bevind: creatief, vindingrijk en zelfverzekerd, maar ook iemand met een onverklaarbare kwetsbaarheid. Hij staat al dicht bij me en toch verlang ik ernaar dichter bij hem te zijn.

'Zie je die straatlantaarn,' gaat hij verder, 'die een beetje flikkert?'

'Ja,' zeg ik.

'Daaronder is Pearl Jam begonnen.'

Ik schud mijn hoofd. 'Daar?'

'Daar,' zegt hij. 'Iedereen denkt dat Eddie Vedder gitarist Mike McCready een demo heeft gestuurd. Dat was ook zo. Maar Mike keurde hem af. Toen verhuisde Eddie naar Seattle en hoorde Mike hem een keer onder die lantaarnpaal zingen.' Cade zwijgt even en wijst de plek aan. 'Hij was stomdronken, maar zong als een engel. De rest is geschiedenis.'

Het is een stuk donkerder geworden en ik kruip naar Cade toe als een dakloze man dichterbij komt. Zijn kleren hangen als vodden om hem heen en er komt een doordringende lucht van urine en vuil van hem af.

'Heb je wat kleingeld voor me?' mompelt hij, terwijl hij naar me kijkt. Intuïtief schud ik mijn hoofd en doe een stap naar achteren.

'Tuurlijk, man,' zegt Cade. Hij steekt zijn hand in zijn zak en haalt er wat kleingeld uit. 'Alsjeblieft.'

'Dank je wel,' mompelt de man. 'God zegene je.'

'Pas goed op jezelf,' zegt Cade als we verder lopen.

'Dat was lief,' zeg ik even later.

Hij haalt zijn schouders op. 'Wat, kleingeld aan een dakloze geven?'

'Ja,' zeg ik. 'De meeste mensen doen dat niet.'

'Nou, meer mensen zouden het moeten doen.'

Ik knik. 'Maar geven de meeste het niet uit aan drugs?'

'Misschien,' zegt hij. 'Maar het zijn mensen zoals jij en ik. En om wat voor reden dan ook is het in hun leven niet gegaan zoals ze hadden gepland. Misschien omdat ze iets verkeerd hebben gedaan. Of omdat iemand anders iets verkeerd heeft gedaan. Wie zal het zeggen? Maar ik denk dat dakloosheid niet zozeer een individueel probleem is, maar een maatschappelijk probleem. Meer mensen zouden moeten helpen waar ze dat kunnen.'

'Dat heb je mooi gezegd,' zeg ik.

Zwijgend lopen we een paar straten verder. Ik heb me heel lang verloren gevoeld, als een ballon die doelloos door de lucht zweeft, en nu heeft deze man zijn hand opgestoken, me naar beneden getrokken en het touwtje rond zijn pols gewikkeld.

'Daar is het kantoor van Element Records,' zegt hij, en hij wijst naar een fraai bakstenen gebouw. 'Wij zijn de eigenaars, James en ik. Ik heb net een pooltafel op de bovenste verdieping neergezet.'

'Een baas die plezier belangrijk vindt,' zeg ik. 'Dat mag ik wel.'

Hij blijft opeens staan. 'Hoe laat verandert jouw koets weer in een pompoen?' vraagt hij met een glimlach.

Ik kijk op mijn horloge. Het is nog geen tien uur. 'Ik zou nog wel wat langer op kunnen blijven.'

'Goed zo,' zegt hij. 'Want ik vind dat we nog wat moeten

drinken.’ Hij zwijgt even. ‘Mijn appartement is hier om de hoek.’

‘Ik weet het niet, hoor,’ zeg ik aarzelend. Moet je op een eerste date wel naar het huis van een man? Eigenlijk niet.

‘Eén glaasje,’ zegt hij. ‘Geen geintjes.’

‘Goed,’ zeg ik, na een korte stilte. ‘Eéntje.’

We lopen naar een bakstenen gebouw dat is begroeid met klimop en blijven op de stoep bij een deur staan. Cade steekt zijn sleutel in het slot en ik loop achter hem aan naar binnen.

‘Oost, west, thuis best,’ zegt hij, en hij loopt naar een platenspeler op een bijzettafeltje. ‘Ken je The Breeders?’

‘Nee,’ zeg ik.

Hij knikt en haalt een plaat uit een hoes, legt hem heel zorgvuldig op de draaitafel en kijkt mij dan aan. ‘Die vind je vast mooi.’

Ik leun tegen de muur en luister hoe een pakkende bas uit de luidsprekers komt.

‘Kim zat eerst bij Pixies,’ zegt hij. ‘Dit was bedoeld als experiment, een project ernaast. Maar ze wisten uiteindelijk een van de meest rauwe, onvoorspelbare sounds in de rockmuziek te creëren, naar mijn bescheiden mening tenminste.’

‘Het klinkt goed,’ zeg ik.

Hij glimlacht. ‘Er is zoveel muziek die ik met je wil delen.’

Zijn woorden geven me een trillerig gevoel vanbinnen en net zoals hij iets met mij wil delen, wil ik van hem leren.

‘Hoor je dat?’ vraagt hij. Hij pakt mijn hand vast en tikt er op de maat mee tegen het bijzettafeltje. ‘Daar,’ zegt hij. Hij doet zijn ogen dicht en blijft de beweging herhalen met zijn hand op de mijne.

‘Ja,’ zeg ik, dankbaar dat het licht schemerig is, want ik voel dat mijn wangen rood worden.

'Dat is nog eens het echte drumwerk,' zegt hij. Hij laat mijn hand los en loopt naar de keuken. 'Wil je iets drinken?'
'Lekker,' zeg ik.
'Wodka met spa?'
Ik knik en laat mijn blik door zijn appartement glijden. Het is een grote open ruimte met kale muren en zo'n gave gietijzeren wenteltrap die naar de slaapkamer boven leidt.
'Verdorie,' zegt hij. 'Ik heb geen wodka meer. Heb je zin om even met me naar de slijter te lopen?'
'Ja hoor,' zeg ik, terwijl hij zijn sleutels pakt.
Hij doet de deur achter ons dicht en laat mij voor gaan.
'Het is hier om de hoek,' zegt hij. 'Volgens mij is hij nog wel open.'
Ik knik en kijk naar het gebouw naast dat van Cade, dat kennelijk verbouwd wordt: het staat in de steigers, die voor een deel de stoep bezetten.
'O, wordt dit de nieuwe daklozenopvang?' vraag ik, en ik denk aan de discussies onder journalisten op de redactie. Projectontwikkelaars die hadden gehoopt er een wolkenkrabber neer te zetten hadden minachtend gereageerd op de gulle donatie van een non-profitorganisatie om de opvang te bouwen.
'Ja,' zegt Cade.
'Wat vind je daarvan?'
'Waarvan?' vraagt hij hoofdschuddend.
'Nou ja, het is tot nu toe een controversieel project,' zeg ik.
'Wat is er controversieel aan het helpen van mensen in nood?'
'Niets,' zeg ik met een glimlach.
'Om heel eerlijk te zijn,' gaat hij verder, 'heb ik liever een opvang naast me dan het zoveelste steriele, veel te dure flat-

gebouw met omhooggevallen bewoners en hun verwende honden.'

Ik schiet in de lach. 'Goed punt.'

'Stel je voor,' zegt hij. 'Eerst bouwen ze een flatgebouw, vervolgens komen de restaurantketens. Voor je het weet is mijn favoriete cafeetje aan Main een Gap-filiaal geworden.' Hij zwijgt even en kijkt me onder het licht van de lantaarnpaal aan. 'Wat ben je mooi,' zegt hij opeens.

Mijn wangen gloeien terwijl ik glimlach, waarna ik mijn gezicht afwend.

'Ik meen het,' zegt hij, en hij geeft me een kneepje in mijn hand.

Als we bij de slijter hebben gevonden wat we nodig hebben, lopen we terug naar het appartement. Cade mixt onze drankjes en we gaan samen op de bank zitten. Ik leg mijn hoofd op zijn schouder en leun tegen hem aan. Mijn oogleden voelen zwaar en als ze langzaam omlaag zakken, doe ik geen moeite om ze open te houden.

Verward en voor mijn gevoel uren later doe ik mijn ogen open en ga geschrokken rechtop zitten. 'Hoe laat is het?'

Cade zit naast me. Hij is wakker. 'Het is bijna twee uur. Ik wilde je niet wakker maken. Je lag er zo vredig bij.'

Ik glimlach. 'Ik moet ervandoor.'

'Weet ik,' zegt hij. 'Ik zal een taxi voor je bellen.'

Frunnikend knoop ik mijn vest dicht, terwijl hij belt. En even zou ik willen dat ik kon blijven. Vannacht, morgennacht. En de nacht daarna. Altijd.

Cade loopt met me mee naar buiten, trekt me naar zich toe en slaat zijn armen om me heen. Zo houdt hij me een tijdje vast voordat zijn lippen de mijne vinden. We kussen terwijl de taxi aan komt rijden en keert.

Ik moet aan het muntje denken dat Tracy me eerder heeft gegeven. Voordat ik naar Cade zwaai, steek ik mijn hand in mijn zak en gooi het in de hoed van een dakloze die vlakbij met zijn hond op de stoep zit.

7

16 november 2008

Cade. Hij zag me, herkende me. Ik zag de flikkering in zijn ogen.

'Ik kom terug,' heb ik hem beloofd. 'Ik ga je helpen.'

Mijn hart gaat tekeer als ik mijn telefoon pak en gejaagd het nummer van James opzoek. Keatley. James Keatley. Element Records heeft zijn deuren lang geleden al gesloten, maar ik weet dat James een succesvolle participatiemaatschappij is begonnen in het centrum van de stad en dat hij een indrukwekkende portefeuille aan start-ups heeft. Het schijnt dat hij en zijn partner miljoenen hebben verdiend, als je het artikel van zes jaar geleden in *The Wall Street Journal* mag geloven. Ik heb hem toen nog gebeld om hem te feliciteren. Tussen neus en lippen door vroeg ik of hij wist hoe het met Cade ging, maar net als alle anderen uit zijn verleden zei hij dat hij geen contact meer had met zijn oude vriend. Deels was ik opgelucht. Ik was tenminste niet de enige die Cade uit zijn leven had gebannen. Maar het maakte me ook verdrietig. Hij was echt van de aardbol verdwenen, zo leek het.

Ik weet nog dat het me verbijsterde hoe snel het leven verdergaat. James stopte met het platenlabel, trouwde met zijn vriendin Alexis en kreeg een paar kinderen. Het ene hoofdstuk afgesloten, het volgende begonnen. Een leven dat zo vol was dat er geen tijd overbleef om te denken aan een vriend van vroeger die van de radar was verdwenen. En nu? Mijn vingers racen door mijn adresboek om zijn naam te vinden. Ik moet hem vertellen dat Cade in Seattle is, dat hij al die tijd gewoon hier onder onze neus is geweest.

Hebbes, zeg ik in mezelf en ik pak zijn informatie erbij. James Keatley. Ik bel.

'Keatley, Brown en Sloane,' kirt een receptionist aan de andere kant van de lijn. Het is zondag en ik ben verbaasd dat ik iemand aan de telefoon krijg.

'Ja... hallo... Ik bel voor James Keatley,' stamel ik. Een weekendreceptionist. James heeft het echt gemaakt. 'Het is belangrijk.'

'Met wie spreek ik?'

'Kailey Crain.'

'Het spijt me,' zegt hij, nadat hij me kort in de wacht heeft gezet. 'Meneer Keatley is niet beschikbaar.'

'Nee, je begrijpt het niet. Zeg meneer Keatley alsjeblieft dat dit een noodgeval is. Ik moet hem spreken, telefonisch of op kantoor. Dat staat in de buurt van het Westlake Center, toch? Ik kom wel langs.'

'Dat zal helaas niet gaan,' antwoordt hij. 'We zijn normaal gesproken niet open in het weekend. Meneer Keatley is vandaag niet beschikbaar voor afspraken. Ik zal doorgeven dat u hebt gebeld.'

Zondag of niet, James is op kantoor en ik laat me niet afpoeieren. Ik hang op en wenk een taxi. 'Naar het Fourth and Pike Building, alstublieft,' zeg ik tegen de chauffeur.

Mijn haar waait in mijn ogen als ik de zware koperen deur openduw. Ik ben blij dat er geen beveiliger achter de balie zit als ik naar de lift loop die me naar de zevende verdieping brengt. Links zit een advocatenkantoor en dus ga ik naar rechts. Aan het einde van de gang zie ik een goudkleurig bord met James' naam op de deur. Ik haal diep adem en ga naar binnen.

'Ik kom voor James,' zeg ik, en ik kijk langs de receptie naar een ruimte vol lege werkplekken.

'Wacht, u kunt daar niet...' begint de man achter de receptie. Hij draagt een pak, een kobaltblauw vlinderdasje en een donkere bril die eruitziet alsof het een modeaccessoire is en niet om het gezichtsvermogen te verbeteren.

Ik richt mijn blik op James' kantoor, loop verder en schraap ondertussen mijn keel.

James spert zijn ogen open als hij opkijkt van zijn computer. 'Kailey?' Zijn stem is zoals ik me die herinner: krachtig, staccato en joviaal als een sportverslaggever. 'Hoe staat het ermee?'

'Hoi,' zeg ik. Er zit wat grijs bij zijn slapen, hij ziet er ouder uit dan ik me had voorgesteld.

'Dat is lang geleden,' zegt hij, terwijl hij overeind komt en de man van de receptie wegwuift die als een pitbullpuppy rondhangt. Ongemakkelijk slaat hij zijn handen ineen alsof hij niet weet wat hij met ze moet doen.

Zijn kantoor komt zo uit de laatste glossy, met een bureau van staal, hergebruikt hout en een futuristische draaistoel. Ik bekijk de foto's aan de muur, allemaal in bij elkaar passende zwarte lijsten: baby's, een blije blootsvoetse familiefoto met palmbomen en een strand op de achtergrond. Hawaï, misschien. James met bandleden uit zijn Element Records-tijd, en een van hem en Alexis op een jacht dat de Stella May heet. Niet een van Cade.

'Je ziet er goed uit, Kailey. De jaren zijn...'

'Ik heb hem gevonden,' onderbreek ik hem, omdat ik geen zin heb in beleefd gebabbel. Niet nu.

'Wat?'

'Ik heb Cade gevonden.'

'Hoe bedoel je, je hebt hem gevonden?'

'Hier in Seattle,' zeg ik. 'Pal onder onze neus.'

'Tja, ik wist niet dat hij zoek was,' zegt hij hoofdschuddend en met een gespannen glimlach.

Ik ga zitten. 'Ik ook niet, in het begin. Maar toen hij vertrok en niet meer terugkwam, werd ik bang dat er iets was gebeurd. Daar ben ik denk ik al die tijd bang voor geweest. En James, er is ook echt iets gebeurd. Hij zwerft op straat. Dakloos.'

'Dakloos?'

Ik knik met een ernstige blik. 'Ik heb hem gisteravond bij Le Marche gezien. Ik was zo verbijsterd dat ik niet wist wat ik moest doen, maar ik ben vanmorgen teruggegaan om hem te vinden. En dat is me gelukt. Hij was bij Westlake Center. James, hij ziet er vreselijk slecht uit. Hij loopt in vodden.' Ik slaak een diepe zucht. 'Ik weet niet eens of hij zichzélf nog kent.'

James slaat zijn handen nogmaals ineen. 'Weet je zeker dat hij het was?'

'Honderd procent zeker.'

'Misschien was het iemand die op Cade lijkt.'

'Nee,' zeg ik, terwijl ik mijn mouw opstroop en mijn tatoeage laat zien. 'Een man bij de daklozenopvang herkende deze. Het is Cade, James. Het is hem echt.'

Ik hoor de deur achter me opengaan en draai me om.

'O, dag schat.'

Alexis ziet er nog precies zo uit als ik me herinner, maar nu met een baby op haar heup: donkere krullen, een beetje mollig, grote ogen. Na Cades verdwijning belde ze me regelmatig op om te vragen hoe het met me ging en bood ze aan om met me te lunchen of koffie te drinken. Het was ontzettend lief, maar ik vond het moeilijk om over het verleden te praten, bovendien was ik inmiddels naar New York verhuisd.

'Hoi Alexis,' zeg ik.

'Kailey!' roept ze uit. Ze rent naar me toe en omhelst me met één arm. De baby, een blond jongetje, glimlacht als ze hem hoger op haar heup hijst. Alexis werpt een snelle blik op James. 'Wat is het... lang geleden. Je ziet er geweldig uit!'

'Jij ook,' zeg ik, ook al zie ik wallen onder haar ogen. Ze is ouder geworden, of misschien komt het door de stress van het ouderschap.

'Lex, Kailey is hier omdat ze denkt dat ze Cade in het centrum van de stad heeft gezien,' zegt hij, en hij trekt een wenkbrauw op.

Alexis kijkt verbijsterd. 'Dat meen je niet.' Ze wisselen een veelbetekenende blik uit, voordat ze haar blik weer op mij richt. 'Cade is terug? Dat is... geweldig.' Ze kijkt weer naar haar man en dan naar mij. 'Hoe is het met hem?'

'Niet goed,' zeg ik. 'Ik vertelde het net aan James, hij leeft op straat. Er is iets gebeurd.'

'Wat afschuwelijk,' zegt Alexis geschokt. 'James, kunnen we iets doen om hem te helpen?'

James slaakt een zucht en haalt zijn hand door zijn haar. Ik probeer me te herinneren hoe Alexis er in de jaren negentig uitzag, maar de beelden die in me opkomen zijn wazig en onvolledig. Ze was er al wel in die tijd, werkte samen met Cade, was op alle feesten en concerten, maar toch was ze vreemd genoeg niet erg opvallend. Ik kijk hoe ze het kleine kind teder in haar armen wiegt en vraag me af of ze gelukkig is, of het moederschap altijd haar doel is geweest. De baby kirt naar mij en ik voel iets aan mijn hart trekken. Ik wend mijn blik af.

'Hij is jaren weg geweest,' gaat Alexis verder. 'Maar het is nooit te laat om thuis te komen. Kennelijk heeft hij nu andere ideeën over het nieuwe leven dat hij ergens anders wilde beginnen. Hij had het altijd over Frankrijk, weet je nog Kailey?'

Ik knijp mijn ogen dicht en doe ze dan weer open. We hadden het sámen over Frankrijk, in het bijzonder dat kustplaatsje in Normandië waar ik als kind met mijn grootouders was geweest. Heel toevallig was Cade daar diezelfde zomer nota bene ook geweest met zijn tante. We hadden nog gelachen over het feit dat we elkaar misschien wel in de trein hadden gezien. Toen Cade verdween, heb ik even gedacht dat hij misschien naar Frankrijk was verhuisd. Het idee had schokgolven door mijn getergde hart gezonden.

James draait zich om in zijn stoel en kijkt uit het raam. Het lijkt opeens zo vreemd om te zien hoe het leven zich ontwikkelt. Ooit was hij een platenbaas met Vans-gympen en een spijkerbroek en nu hoort hij bij de massa. Een zakenman in een saai kantoorgebouw met een draaistoel.

'Cade loopt daar ergens,' zeg ik, en ik kijk naar Seattle in haar grijze pracht aan de andere kant van het raam. 'Op dit moment.'

Even later draait hij zich om en knikt als een arts die tot een diagnose is gekomen. 'Alexis is altijd al sentimenteel geweest en jij, Kailey, liep vroeger met je hoofd in de wolken. Maar tegenwoordig zie ik jouw artikelen in het zakenkatern. Je kent de realiteit. En de realiteit is dat het Cades leven is en niet het onze. Als hij op straat wil leven, dan is dat zijn goed recht.'

Ik schud mijn hoofd. 'James, niemand kiest ervoor om op straat te leven. Er is iets met hem gebeurd, ik weet het zeker. Het gaat niet goed met hem. Hij heeft hulp nodig.'

James schudt op zijn beurt zijn hoofd. 'Kailey, ik heb Cade op het laatst zo vaak geholpen. Je was erbij. Je weet hoe slecht het ging.'

Ik wil er niet aan denken, maar toch doe ik het. De beschuldigingen van James. De manier waarop alles uit de hand liep. Ik stond achter Cade totdat... nou ja, totdat het niet meer ging. En zelfs toen vroeg ik me af of ik het niet helemaal mis had. Vroeg ik me af of ik de situatie verkeerd had ingeschat. Vroeg ik me af of het leven anders zou zijn gelopen voor mij, voor Cade, voor ons allemaal, als ik nog even was gebleven, al was het maar een uurtje, als ik nog één keer met hem had gepraat.

'Het is mijn taak niet meer om hem te helpen,' zegt hij.

Alexis loopt naar haar man toe. 'Maar James...'

'Ik ben verdergegaan met mijn leven,' zegt hij, en hij negeert haar. 'Ik heb een nieuw bedrijf en...' Hij wijst naar zijn vrouw. '... een gezin om aan te denken. Stel dat hij drugs gebruikt.'

'James,' zeg ik hoofdschuddend.

Hij knijpt zijn ogen samen. 'Er was veel dat hij voor ons verborgen hield,' zegt hij. 'Veel dat hij voor jou verborgen hield.'

Ik doe mijn ogen stijf dicht en open ze weer.

'Ik denk dat we dat allebei wel weten.'

Ik kijk James onderzoekend aan. Er ligt geen liefde in zijn blik, geen connectie, geen blijk dat Cade ooit iets voor hem heeft betekend. Is dat door de jaren heen helemaal vervaagd? Of is het er nooit geweest? 'Maar James,' zeg ik, bijna smekend. 'Hij was je beste vriend.'

James staat op. 'Toen ik jong was,' zegt hij, en hij trekt de kraag van zijn overhemd goed. Hij draagt gouden manchetknopen. 'Maar ik ben op een gegeven moment volwassen geworden. Hij duidelijk niet.'

Alexis kijkt me meelevend aan, terwijl James de baby van zijn vrouw overneemt.

'Het spijt me, Kailey,' zegt hij, en hij kust zijn zoontje op zijn voorhoofd. 'We leven met je mee en ik hoop dat je hem de hulp kunt bieden die hij nodig heeft. We maken allemaal onze eigen keuzes. Cade heeft de zijne gemaakt.'

'Juist,' zeg ik, en ik vertrek.

Terwijl de lift omlaaggaat, voel ik de moed in mijn schoenen zakken.

Als ik Cade wil redden, zal ik het in mijn eentje moeten doen.

Ik loop terug naar het Westlake Center, ga op een bankje zitten en kijk naar de voorbijgangers. Een kind met een gele ballon huppelt langs, op de voet gevolgd door zijn moeder. Een ouder stel met grijs haar loopt langzaam hand in hand over de keien.

Ik haal mijn telefoon uit mijn tas en bel oma. Ze heeft Cade één keer ontmoet toen zij en opa naar Seattle kwamen. Ze vonden hem geweldig en hij hen ook. 'Met deze moet je trouwen,' fluisterde oma de avond na ons etentje in de Space Needle, waar opa voor het laatst tijdens de Wereldtentoonstelling in de jaren zestig was geweest.

'O, lieverd, wat heb ik je gemist,' zegt oma.

Ze leek altijd zo jeugdig. Sterker nog, toen ik nog op school zat, kon ze gemakkelijk doorgaan voor een moeder die op latere leeftijd kinderen had gekregen. Mensen zagen haar zelden als mijn oma. Maar nu klinkt haar stem broos en bibberig, en dat baart me zorgen.

'Oma,' zeg ik, en ik kan de tranen niet meer tegenhouden.

'Wat is er, lieverd?' vraagt ze teder.

Opeens is het alsof ik weer elf ben en op mijn buik op die oude, rood met blauwe quilt met lussen van zacht wit garen in de hoeken lig, in de kamer waar mijn moeder is opgegroeid, in dat oude huis in Iowa. Oma geeft me een klopje op mijn rug en ik proef het zout van mijn tranen die over mijn sproeterige wangen naar mijn mondhoeken lopen. Er staan chocoladekoekjes in de oven en de troostrijke geur van boter en suiker zweeft door de lucht.

'Het is Cade,' zeg ik.

'Je vroegere vriend? Ik dacht dat hij...'

'Was verdwenen? Het land uit was? Ik ook. Maar hij is hier, oma. Hier in Seattle. En hij is... dakloos. Ik heb hem gisteren en vandaag gezien... hij heeft een lange baard en is erg mager.'

'Ach jee,' zegt ze.

'En zijn beste vriend wil hem niet helpen,' ga ik verder. 'Ik ben net bij hem langs geweest.' Ik veeg een traan weg. 'Oma, wat moet ik doen? Ik ga binnenkort trouwen. Hoe moet ik hiermee omgaan?'

Ze is even stil, zoals altijd als ze informatie in zich opneemt en op het punt staat iets verstandigs te zeggen.

'Hij herkende me amper,' ga ik verder. 'Hij is zichzelf niet. Er moet iets gebeurd zijn. Iets afschuwelijks. Ik weet het zeker.'

'Maar hij is er,' zegt ze. 'Jouw jongeman is er.'

Ik schud mijn hoofd. Ik weet dat haar geheugen wat minder wordt. Misschien is ze even vergeten dat ik met Ryan verloofd ben. 'Oma, hij is mijn jongeman niet meer. Dat is Ryan. Ik ga met Ryan trouwen. Cade is zo lang geleden vertrokken. En ik heb nooit begrepen waarom. Ik heb verdriet om hem gehad. Ik moest mijn leven weer zien op te pakken. En dat heb ik gedaan. Maar het heeft heel lang geduurd.'

Ze is zo ver weg, maar toch zie ik oma voor me: een zacht

gepoederd gezicht, lieve lichtblauwe ogen, huid die naar rozenzeep ruikt.

Ze is stil, alsof ze nadenkt over wat ik haar net heb verteld en denkt aan de man tegen wie ik 'ja' gezegd heb toen de deur naar het verleden dicht was, toen alles nog eenvoudiger was.

'Ik weet niet wat ik moet doen.'

'Misschien weet je het nu nog niet,' zegt ze. 'Maar dat komt wel.'

'Wat bedoel je?'

'Je hart zal je leiden, lieverd,' zegt ze.

'Ik weet het niet,' zeg ik ontmoedigd.

'Het is niet erg als je het niet weet,' gaat ze verder. 'Jouw pad is niet gemakkelijk.'

'Ik hou van Ryan,' zeg ik. 'Echt, oma. Ik wil met hem trouwen. Ik wil een leven samen met hem.'

'Ja,' zegt ze. 'En misschien krijg je dat ook. Maar eerst moet je je verleden op orde krijgen en dat betekent het onder ogen zien.'

'Ja,' zeg ik. 'Je hebt gelijk.'

'Lieverd,' zegt oma verder, 'wat er ook is gebeurd of nog gaat gebeuren, één ding staat vast.'

'Wat?'

'Je hebt me ooit verteld dat Cade een keer je leven heeft gered,' gaat ze verder.

'Ja,' mompel ik. Haar woorden boren zich diep in mijn hart op een manier die zowel pijn doet als goed voelt, als de naald van een acupuncturist.

'Nu is het jouw beurt om hem te redden.'

8

21 juni 1996

'Voor jou,' zegt Cade, in de deuropening van mijn appartement.

'Ze zijn prachtig,' zeg ik, en ik neem het grote boeket bloemen van Pike Place Market in ontvangst. Tulpen, hortensia's en violieren in wit papier gewikkeld. Ik breng mijn neus naar het lavendelkleurige boeket en denk aan thuis. Violieren waren mijn oma's lievelingsbloemen – overal in haar tuin stonden witte en roze variëteiten. Op warme zomerochtenden dwarrelde hun zachte bloemengeur mijn slaapkamerraam binnen.

'Mooi appartement,' zegt Cade, en hij kijkt om zich heen.

'Het stelt niet zo veel voor,' zeg ik. 'Maar het heeft een waanzinnig uitzicht en Tracy is een fantastische huisgenoot. We zijn allebei in staat om aan te voelen wanneer de ander ruimte nodig heeft. Ze is vanavond bij haar vriend.' Ik glimlach. 'Heb je trek?'

'Ik verga van de honger,' zegt hij.

'Mooi zo,' zeg ik, en ik werp een blik op de klok. 'Het eten is aanstonds klaar. Ik hoop dat dat goed is.'

Hij grijnst naar me.
'Wat?'
'Je praat leuk.'
'Ik praat leuk?'
Zijn glimlach wordt nog breder. 'Aanstonds. Dat zegt niemand meer.'
'O,' zeg ik met een grijns. 'Tja, wel als je door je grootouders wordt opgevoed. Proberen was "trachten", de bank was een "canapé".' Ik lach. 'Enzovoort.'
'Schattig,' zegt Cade.
'Nou,' antwoord ik, terwijl ik even in de oven kijk, 'het is niet meer zo schattig als je in de hoogste klas van de basisschool op het schoolplein "o, grutjes" zegt en je daar de rest van het jaar door al je klasgenoten mee wordt gepest.'
Hij kijkt geamuseerd. '"O, grutjes?"'
'Ja.'
Hij trekt zijn jas uit en hangt hem aan een haak bij de deur. Ik pak wat blaadjes basilicum uit de koelkast, terwijl Cade aan tafel gaat zitten. Opeens heb ik het gevoel dat ik helemaal niet klaar ben voor deze maaltijd. Stel dat het vlees veel te zout is. Is de bladsla in de salade niet een beetje verlept?
Ik bedenk dat ik nog helemaal geen wijn heb ingeschonken. 'Hier,' zeg ik, en ik pak een fles bordeaux. 'Ik weet niet hoe goed hij is. Het was een cadeautje.'
Hij kijkt zelfverzekerd naar het etiket. 'Daar komen we vanzelf achter.'
Ik pak de kurkentrekker en doe mijn best hem voorzichtig in de kurk te draaien, maar als ik hem omhoogtrek, barst de kurk en breekt hij. 'Verdraaid,' zeg ik, en ik doe een stap naar achteren. 'Daar kunnen we niets meer mee.'
'Laat mij maar,' zegt hij. 'Heb je toevallig een tandenstoker?'

‘Een tandenstoker?’

‘Ja,’ zegt hij. ‘Ik heb van mijn tante ooit een truc geleerd waarmee je elk kurkprobleem kunt oplossen.’

Ik glimlach en rommel door de keukenla tot ik een doosje tandenstokers heb gevonden dat is overgebleven na Tracy’s mislukte poging om gehaktballetjes te maken voor een feestje vorige maand. Ik geef het hem.

‘Mooi,’ zegt hij, en hij gaat aan de slag. ‘Dat doe je dus zo: als de kurk er nog in zit, steek je er een tandenstoker in, in een hoek van vijfenveertig graden.’ Zijn handen voeren het werkje heel nauwkeurig uit. ‘Dan trek je heel voorzichtig aan de kurk en...’ Hij haalt de kurk, die wonder boven wonder nog heel is, uit de fles. ‘... voilá.’

‘Wat knap,’ zeg ik met een glimlach. Ik schenk twee glazen in en reik hem er een aan.

Hij brengt het glas naar zijn oor. ‘Dit is goede wijn.’

‘Luister je er nou naar?’ vraag ik een beetje verward.

‘Ja,’ zegt hij. ‘Ik heb geen verstand van wijn. Maar een van mijn beste vrienden die in de wijnwereld werkt, heeft een keer verteld dat een goede wijn, Franse rode wijn in het bijzonder, een beetje knispert als hij net is ingeschonken.’

Ik breng het glas naar mijn oor en glimlach. ‘Ik hoor het ook,’ zeg ik. ‘Nooit geweten.’

‘Knisper, tingel... een grenache-blend.’

‘Je bent grappig.’

Hij knipoogt. ‘Je kunt je lol op met mij.’

Ik grijns en pak twee borden uit de kast. Aan de ene kant denk ik: wie is deze vent en aan de andere kant vraag ik me af waar hij mijn hele leven is geweest.

Cade neemt een slokje wijn en loopt naar het raam.

‘Het verveelt nooit om naar de veerboten te kijken,’ zeg

ik. 'Ze hebben allemaal een eigen persoonlijkheid, wist je dat?'

Hij draait zich om en lacht. 'O?'

'Ja,' zeg ik, en ik wijs naar een boot die met een slakkengang door het water gaat. 'Dat is Bertha,' zeg ik. 'Die is bazig.'

Cade grinnikt. 'O, ja?'

'Maeve is lief,' zeg ik, en ik tuur naar een veerboot in de verte. 'En Eleanor is een pittig ding.'

Cade kijkt me aan alsof ik iets dolkomisch of bizars heb gezegd, of allebei.

Hij geeft me het gevoel dat ik hem in vertrouwen wil nemen. 'Ik ben dol op Puget Sound. Het zoute water, de zeemeeuwen, de eilanden.'

'Ik ook,' zegt Cade. 'Ik weet niet of ik gelukkig zou kunnen zijn zonder zout water in de buurt.'

'Dat denk ik ook altijd,' zeg ik.

'Laten we een keer naar het eiland gaan.'

'Zou je dat willen?'

'O, ja,' zegt hij. 'Dan maken we er een dagje van. Veerboot, strand, avondeten... alles erop en eraan.'

'Oké,' zeg ik met een glimlach en ik schenk ons nog eens bij. Ik doe de radio aan en hoor een band die ik niet ken.

Cade rolt met zijn ogen. 'Soulstreet Underground,' zegt hij. 'Die hebben we twee jaar geleden gecontracteerd en ik heb nog nooit zulke lastige muzikanten meegemaakt.' Hij wrijft over zijn voorhoofd.

'Hoe dat zo?'

'Hun tourbus was niet groot genoeg. Hun albumcover moest tigduizend keer over voordat ze tevreden waren. De zanger weigert op te treden als er geen Frans bronwater voor hem klaarstaat voor het optreden. Dat soort dingen.'

Ik schud mijn hoofd. 'Serieus?'

Hij haalt zijn schouders op. 'Echt erg. Iemand van *Saturday Night Live* bleek een groot fan te zijn en vorig jaar stonden ze op het punt om geboekt te worden voor een van de lenteshows, maar toen zei de zanger dat hij een hekel had aan *Saturday Night Live* en ging het hele feest niet door.'

Ik werp mijn armen in de lucht. 'Wie heeft er nou een hekel aan *Saturday Night Live*?'

'Precies! Afijn, de muziekwereld zit vol met van die verwaande types,' zegt hij. 'Daar had ik geen rekening mee gehouden toen ik hiermee begon. Ik doe het voor de muziek, niet voor alle drama.' Hij neemt een slok wijn. 'James regelt die kant meestal. Hij kan er beter mee omgaan dan ik.'

'Jij bent meer de ideeënman en hij is meer de doener?'

'Zo zou je het kunnen zeggen,' zegt hij. 'Ik zal je wel een keertje aan hem voorstellen.'

'Graag,' zeg ik met een glimlach, net als de rookmelder begint te piepen. Ik ren naar de oven waar een donkere walm uit komt. 'O, nee!'

Cade springt op en probeert de rookmelder uit te schakelen, maar ondanks zijn pogingen blijft het ding een oorverdovend geluid produceren. 'Shit, hij heeft een lichtnetaansluiting.'

'Kun je hem er niet gewoon uit trekken?' vraag ik, terwijl ik een ovenwant pak en ons verkoolde eten uit de oven haal.

'Mag dat?' vraagt hij lachend.

'Als die herrie maar stopt,' zeg ik, en ik probeer de rook weg te wapperen, waarna ik het raam opendoe en er wat frisse lucht binnenkomt.

'Oké,' zegt hij. 'Daar gaat-ie.' Met één ruk, trekt hij de rookmelder van de wand. Losse draden bungelen aan het plafond. We kijken elkaar aan en schieten in de lach.

'Sorry,' zeg ik.

'En jij noemt jezelf een foodie,' grapt hij.

'Het was nog lekker ook,' zeg ik. 'Melanzane.'

Hij sluit zijn ogen en legt theatraal zijn hand tegen zijn borst. 'Kwel me niet met wat had kunnen zijn.'

De rookmelder krijst opeens vanaf het aanrecht.

'Ik dacht dat we dat ding om zeep hadden geholpen,' zegt Cade.

We lopen naar het apparaat alsof het een levend wezen is.

'Er zit niet eens een batterij in,' zeg ik.

Cade knikt. 'Misschien is het een buitenaards wezen.'

Het snerpt weer en we schieten allebei in de lach.

'Misschien is het net als iemand die een arm of been kwijtraakt en dan nog steeds de pijn kan voelen.'

'Fantoompijn,' zegt Cade.

Ik knik. 'Een fantoompiep.'

'Jij bent grappig,' zegt hij grinnikend.

'Wat zullen we met dat ding doen?'

Hij kijkt om zich heen. 'We kunnen hem onder de kussens van de bank stoppen...'

'Of hem op de gang leggen,' zeg ik.

We lachen weer. Ik kijk even treurig naar ons avondeten en schud dan mijn hoofd. 'Ik zweer je dat ik echt goed kan koken.'

Hij bekijkt de verbrande ellende in de ovenschaal op het fornuis. 'Vast,' zegt hij plagerig, waarna hij mij hand vastpakt. 'Kom, laten we naar de Thai gaan.'

'Is goed,' zeg ik, en ik lach.

Terwijl ik een trui aantrek en mijn tas over mijn schouder hijs, pakt hij zijn jas en de snerpende rookmelder. 'Voor jou weet ik wel een goed plekje, jongen,' zegt hij. 'Een afvalcontainer, noemen we dat.'

Twintig minuten later zitten we twee straten verderop aan een hoektafeltje bij Jai Thai, en vallen we aan op de pad thai.

'Vraag je je wel eens af wat je ouders van je zouden vinden nu je helemaal volwassen bent?' vraagt Cade.

'Ja,' zeg ik, terwijl ik voor de derde keer een lastige noedelsliert rond mijn vork draai. 'Ik vraag me wel eens af of ze trots op me zouden zijn.'

'Ik ook,' zegt hij. 'Ik bedoel, ik ben bijna dertig, maar in sommige opzichten voel ik me nog steeds het kleine jongetje dat de goedkeuring van zijn ouders nodig heeft.'

Ik knik. 'Ik voel me nog steeds een klein kind.'

'Denk je dat je je altijd zo zult voelen?'

'Dat weet ik niet,' zeg ik. 'Misschien. Misschien blijven sommige mensen zich altijd jong voelen.'

'Ik hoop dat ik zo iemand ben.'

'Ik denk het wel,' zeg ik, en ik kijk naar een paar tieners die over de stoep voorbij slenteren. Het meisje blijft staan zodat haar vriend haar sigaret kan opsteken. Het meisje neemt een lange trek en zwiept vervolgens haar haar naar achteren zoals ieder meisje van zestien dat doet.

'Heb jij ooit gerookt?' vraag ik.

'Nee,' zegt hij. 'Ik heb het wel eens geprobeerd. Heeft niet iedereen dat wel eens gedaan?'

Ik grijns. 'Mijn eerste sigaret was een...'

Hij steekt zijn hand op. 'Wacht, laat me raden, een...'

'Kruidnagelsigaret,' zeggen we tegelijk, waarna we in de lach schieten.

Hij pakt nog een miniloempia en de lach verdwijnt uit zijn ogen. 'Het is gek om te denken dat onze ouders vroeger hetzelfde deden. Kruidnagelsigaretten rookten. Stoute dingen deden. Zich verloren voelden.'

'Ja,' zeg ik. 'Is dat niet de belangrijkste bewustwording van volwassenheid?'

Hij knikt. 'Precies, dat onze ouders het allemaal niet wisten en wij ook niet. Dat misschien wel niemand het weet.'

'Inderdaad,' zeg ik. 'Ik kan nog steeds niet geloven dat ik voor een krant schrijf.'

Hij grijnst. 'En hoe is het mogelijk dat een kind dat weigerde piano te spelen en amper een paar noten kon herkennen uiteindelijk een platenlabel heeft?'

'Je ouders zouden trots op je zijn,' zeg ik overtuigd. 'Heel trots.'

Hij wendt zijn blik af en ik vraag me af of ik hem in zijn hart heb geraakt. Hij tuit zijn lippen even en kijkt me dan weer aan. 'Hoe hebben jouw ouders elkaar ontmoet?'

'In Big Sur,' vertel ik.

'Big Sur?'

'Ja, het waren hippies. Mama en haar beste vriendin reden in een Volkswagen-busje over Highway One en mijn vader en zijn vriend stonden te liften.'

'Ga weg,' zegt hij met een glimlach.

'Het was liefde op het eerste gezicht en ze brachten het weekend samen op een camping in Big Sur door met uitzicht over de oceaan. Het klonk altijd zo betoverend, tenminste zoals mijn oma het vertelde.'

'Ik ben er nooit geweest,' zegt Cade.

'Ik heb er altijd een keer naartoe willen gaan,' vertel ik, 'om in de voetsporen van het liefdesverhaal van mijn ouders te treden.' Ik zwijg even en denk aan de verhalen van mijn grootmoeder over die magische tijd in het leven van mijn ouders. Mama was een prachtige vrouw met goudblond haar, een bruine huid en zeegroene ogen. Papa was een klassiek aantrekkelijke man met sterke armen, een hartelijke glimlach en donker haar in een staartje. Hij won mama voor zich met zijn passie voor het leven en zijn talent op de gitaar (kennelijk kon hij haar lievelingsnummer van Joan Baez spelen en kende hij de tekst uit zijn hoofd). 'Ze waren zielsverwanten,' ga ik een beetje weemoedig verder. 'Als je daarin gelooft.'

Cade haalt zijn schouders op. 'Dat weet ik niet,' zegt hij. 'Ik bedoel, ik wíl wel geloven dat er voor iedereen een ware liefde is, iemand die de ander compleet maakt...' Hij schudt zijn hoofd. '... maar bestaat het echt?'

'Is je hart wel eens gebroken?' vraag ik, in plaats van antwoord te geven.

'Ja,' zegt hij eenvoudigweg.

Ik dring niet aan, maar denk aan het meisje dat zijn hart heeft gebroken. Was ze mooi? Een muzikante? Iemand die nog steeds een rol in zijn leven speelt? Hoewel ik tijdens mijn studie langer heb getreurd over iemand dan ik zou willen toegeven, weet ik niet of ik werkelijk kan zeggen dat iemand mijn hart ooit echt heeft gebroken. Mijn hart is gekwetst geweest, ja. Maar nooit gebroken, niet echt.

'Wat bewaar jij zo dicht bij je hart?' vraagt hij, en hij wijst naar mijn medaillon, terwijl een serveerster onze waterglazen bijvult.

Mijn hand schiet omhoog en ik kijk naar het medaillonnetje dat ik al die jaren al draag. Ik maak het zelden open en kan me niet herinneren wanneer dat voor het laatst was. Maar het voelt heel vertrouwd om het nu te doen en dus frunnik ik aan het slotje tot het opengaat; het kleine stukje schelp dat nog altijd een bleekgroene kleur heeft, valt in mijn hand die ik vervolgens naar Cade uitsteek.

'Mijn opa vond deze schelp tijdens de oorlog op een strand

in Normandië,' leg ik uit. 'Hij is ooit kapotgegaan, maar ik heb altijd een stukje bewaard. Het brengt geluk.'

'Geweldig,' zegt Cade, en zijn ogen glinsteren. 'Ik ben in Normandië geweest.'

'Echt waar?'

Hij knikt. 'Mijn moeder wilde altijd naar Noord-Frankrijk. Ze heeft de kans nooit gekregen, dus toen heeft mijn tante me een keer meegenomen. Hoewel ze er eigenlijk geen geld voor had, betaalde ze alles met haar creditcard en zijn we naar Parijs gevlogen.' Hij is een tijd stil. 'Toen ik mijn tante die dag op het strand zag huilen...' Hij slaakt een zucht. 'Dat was heftig.'

'Wauw,' zeg ik. 'Ben je ooit terug geweest?'

'Nee,' zegt hij. 'Maar ik zou het wel graag willen.' Hij grijnst. 'Misschien kunnen we samen gaan en nog zo'n schelp voor je vinden.'

Ik krijg het helemaal warm vanbinnen.

'Wat dacht je hiervan,' gaat hij verder. 'Laten we een pact sluiten dat we er samen naartoe gaan... omwille van de herinneringen.' Hij legt zijn hand even op mijn arm. 'Nou?'

'Ik zeg ja.'

9

16 november 2008

'Hallo,' zeg ik tegen Ryan, en ik leg mijn sleutels op het aanrecht.

'Hoi,' zegt hij, terwijl hij naar voren leunt en me een zoen op mijn wang geeft. 'Hoe ging je research?'

'Goed,' antwoord ik afwezig.

'Vertel. Vertel me eens iets over de stad wat ik nog niet weet. Iets wat me verrast.'

'Tijdens het eten, beloofd. Mijn hoofd loopt nu een beetje om,' zeg ik, en zo omzeil ik de waarheid – mijn verrassing bij het Westlake Center.

Hij staart me even aan. Ik vermijd zijn blik.

'Ik hoop dat onze kinderen jouw neus krijgen,' zegt hij. 'Die is toch zo schattig.'

Ik bijt op mijn lip. 'Ryan, ik weet niet of ik...'

'Ik weet het, ik weet het,' gaat hij verder en zijn grijns trekt weg. 'Je weet niet of je al klaar bent voor een gezin. Ik begrijp het. Ik kan wachten. Heus.'

Ik knik, dankbaar dat we het onderwerp weer kunnen wegstoppen omdat ik er niet aan toe ben het hierover te hebben. Nog niet.

'Zit je verder iets dwars, schatje?' vraagt hij alsof hij mijn gedachten kan lezen. Hij duwt zijn hand in de mijne.

'Nee, nee,' lieg ik.

'Je hebt toch geen ruzie gehad met Trace of iets dergelijks?'

'Nee,' zeg ik.

'Je bent gespannen,' zegt hij, 'ik kan het aan je merken. Is het dat artikel? Lukken de interviews niet? Ik kan je wel helpen. Ik kan wat telefoontjes plegen...'

'Nee, dat is het niet,' zeg ik. 'Het is gewoon een beetje veel, meer niet.'

'Oké,' zegt hij, en hij kruipt tegen me aan. 'Je hoeft het maar te zeggen en ik ga voor je aan de slag.'

'Je bent fantastisch,' zeg ik, terwijl hij een kusje op mijn wang plant. En dat is hij ook, deze man met wie ik deze zomer ga trouwen. Hij is in alle opzichten fantastisch. Een schuldgevoel bekruipt me.

'Zeg,' zegt hij, terwijl hij een oude Converse-schoenendoos pakt die naast de bar staat. 'Mijn ouders komen dit weekend, dus leek het me wel een goed idee om de logeerkamer op orde te maken en toen vond ik dit.'

Ik pak de doos aan die vol oude ansichtkaarten en brieven zit die ik door de jaren heen heb gewaard. Ik ben van plan ze uit te zoeken en weg te doen, net zoals ik van plan ben al die bruidstijdschriften door te spitten. Helemaal onderin ligt een zwart-witfoto waarvan ik al heel lang dacht dat ik hem kwijt was. Ik haal hem tevoorschijn en krijg kippenvel.

'Wauw,' zegt Ryan, die over mijn schouder meekijkt. 'Ik weet dat je niet graag gefotografeerd wordt, maar ik zou willen dat ik meer foto's van je had. Wat een beeldschone foto van je.

Die zouden we moeten uitvergroten en ophangen. Misschien daar bij de...'

'Nee,' zeg ik snel en ik draai de foto om. 'Nee, liever niet.'

'O,' zegt Ryan een beetje gekwetst. 'Waarom niet? Qua compositie is het een geweldige foto.'

Ik knipper met mijn ogen en denk aan de dag dat ik op de veerboot tegen de groene reling leunde, terwijl de wind tegen mijn wang blies en mijn haar alle kanten op waaide. Toch had ik een glimlach op mijn gezicht. Ik had het niet koud. De wind deerde me niet. Cade stond voor me en liet zijn camera werken. Ik kijk weer naar Ryan, zijn gezicht verwachtingsvol, ogen vol liefde.

Hij strijkt een ontsnapte lok haar achter mijn linkeroor. 'Is deze in Seattle genomen?'

Ik knik.

'Je zegt nooit zo veel over die tijd,' zegt hij.

'Het lijkt wel een heel leven geleden,' zeg ik, en ik haal overdreven mijn schouders op.

'Kailey,' zegt Ryan en hij kijkt me recht aan, 'dat wil ik geloven. Echt waar. Maar soms, op momenten als deze, heb ik het gevoel dat er een deel van jouw hart is waar ik geen toegang tot heb.' Hij geeft me een kneepje in mijn hand. 'Beloof me dat dat je me zult binnenlaten. Want ik...'

'Ik héb je binnengelaten,' zeg ik snel.

'Ooit wil ik het meisje op die foto ontmoeten,' zegt hij met een zucht. Hij loopt terug naar de keuken, trekt de vaatwasser open en begint de glazen boven in de kast bij het raam te zetten.

'Ryan is een zeldzaam exemplaar,' zei Tracy tegen me, toen ik hem vier jaar geleden leerde kennen. 'Een uniek geval in een zee van mannen.' Ze had en heeft gelijk. Geen enkele vrouw die ik ken heeft een echtgenoot of vriend die iets aan het huishouden doet, maar Ryan staat erop om de bedden te verschonen, de was op te vouwen en het aanrecht netjes te houden.

'Het lijkt het me leuk om mijn ouders dit weekend mee te nemen naar het Fairmont, om ze de balzaal te laten zien waar we de receptie gaan houden.'

'O, ja,' zeg ik afwezig.

'Dat zou mijn moeder geweldig vinden,' gaat Ryan verder. 'Ze wilde al weten welke kleuren de muren hebben.' Hij grijnst veelbetekenend. 'Je weet hoe dol ze is op bijpassende kleuren.'

Ik dwing mezelf te glimlachen. 'Dan gaan we dat doen.'

Aan de ene kant ben ik jaloers op Ryan met zijn liefhebbende ouders die geïnteresseerd zijn in het leven van hun kinderen. En aan de andere kant ben ik gewoon jaloers op iederéén die ouders heeft. Ik heb altijd uitgekeken naar het moment waarop ik ouders krijg door 'eeuwige trouw' aan iemand te beloven, maar vanaf de eerste dag is de relatie met mijn aanstaande schoonouders gespannen geweest. Ryans vader, Bennett, een bankier die zijn vrije tijd voornamelijk op de countryclub doorbrengt, is best aardig, maar echt contact heb ik niet met hem. Ryans moeder Melinda heeft altijd keurig verzorgde nagels en het volmaakte kapsel, koopt veel te dure designerkleren die ze slechts één keer draagt tijdens de vele lunches en gala's in haar agenda. Ze is veeleisend, met de nadruk op véél.

'Ik weet dat mijn ouders een beetje intens kunnen zijn,' zegt hij, terwijl hij de vaatwasser dichtdoet. 'Maar het is maar een paar dagen.'

'Ze zijn hier altijd welkom,' stel ik hem gerust.

'Ze zijn dol op je,' gaat hij verder. 'Ze hebben altijd een dochter willen hebben en nu krijgen ze de allerbeste.'

Ik glimlach, terwijl ik een pan van het rek pak. 'Ik had je risotto beloofd. Heb je trek?'
Hij haalt zijn schouders op. 'Niet echt. Jij?'
'Ik heb geen honger, maar jij moet wel wat eten.'
'Daar zal ik niets tegenin brengen,' zegt hij. 'Je weet dat je niets kunt klaarmaken wat ik niet verslind.'
'Zolang het niet pittig is,' zeg ik met een glimlach, en ik zie een flesje tabasco staan als ik de koelkast opentrek. Normaal gesproken vind ik het een leuke uitdaging om iets in elkaar te flansen, maar vanavond heb ik geen zin in koken. 'Weet je,' zeg ik, 'ik ben best moe. Vind je het goed om wat te bestellen?'
'Tuurlijk,' zegt hij. 'Indiaas? Thais? Iets anders?'
'Thais klinkt goed,' zeg ik.
Ryan knikt en pakt de telefoon. 'Ik bel wel even.'
Terwijl ik in mijn keuken sta, voel ik mijn hart tekeergaan. Ik hou van deze man met wie ik binnenkort ga trouwen. Ik hou ervan dat hij de glazen op zijn kop in de kast zet en mij net een godin vindt als ik mijn haar opsteek, ook al vind ik zelf dat ik er het gezicht niet voor heb. Ik hou van zijn zoenen 's morgens vroeg en 's avonds laat. Maar ik hou vooral van het feit dat hij zo vrij en onvoorwaardelijk van mij houdt.
Geïnspireerd zet ik de oven aan. Kaneel. De geur van een gelukkig huis. Ik kan broodjes voor hem bakken voor morgenochtend om hem te laten zien dat ik elke dag dol op hem ben.
Een tijdje later gaat de rookmelder. Ik had de verbrande resten van het eten van twee avonden geleden nog moeten opruimen, maar dat ben ik vergeten en nu is mijn plan verpest.
Ryan springt overeind. 'Laat mij maar,' zegt hij, en hij steekt zijn arm uit naar de rookmelder aan het plafond.
'Zo,' zegt hij, en hij haalt de batterijen eruit.
Ik doe de oven uit en zet het keukenraam open om de rook

naar buiten te laten. Opeens moet ik weer denken aan die kleine flat met uitzicht op Elliott Bay. Cade staat naast me. Ik heb ons eten laten verbranden en we lachen om de piepende rookmelder die een eigen leven lijkt te leiden.

Maar Cade is er al lang niet meer. Hij is bij me weggegaan en ik heb nooit geweten waarom. En nu is Ryan hier. Ryan staat naast me en hij houdt van me.

Ik trek mijn verloofde hard naar me toe. Gisteravond en vanmorgen zijn heftig geweest. Ik wil Cade helpen, dat is waar, ik wil weten wat er met hem is gebeurd. Maar de wereld is verdergegaan en op de een of andere manier moest ik ook verder, en dat heb ik gedaan. Nu hoor ik bij Ryan en hij hoort bij mij. Dat blijf ik tegen mezelf zeggen tot het in mijn hart gegrift staat. Ik hoor bij Ryan en hij hoort bij mij.

'Ik hou van je, als je dat maar weet,' fluister ik in zijn oor.

Hij kust me en ik voel een vertrouwd verlangen in mijn lichaam aanzwellen.

'Neem me mee naar boven,' zeg ik, en ik laat mijn handen over zijn borst glijden. 'Ik verlang naar je.'

Hij neemt me in zijn armen.

De volgende ochtend doe ik mijn ogen open. Ryan zit aangekleed naast me. Hij draagt een blauwe stropdas die ik vorige maand voor hem heb gekocht. 'Goeiemorgen,' zegt hij, en hij glijdt met zijn hand over mijn schouder. Ik krijg kippenvel en trek hem naar me toe.

'Dat gaat niet,' zegt hij. 'Dan mis ik mijn trein.'

'O, ja,' zeg ik. Ik was vergeten dat hij voor zaken naar Portland moet. Dit reisje valt in de discussievrije zone die we hebben opgeworpen rond mogelijke belangenverstrengelingen. Om Pioneer Square in Seattle verder te ontwikkelen heeft Ryan een samenwerking met Pioneer Courthouse Square in Portland voor ogen. Zijn succes betekent een gedwongen verplaatsing van daklozen en een teleurstelling – persoonlijk en beroepsmatig – voor mij.

'In deze fase van het project moet ik er echt twee volle dagen aan werken,' zegt hij. 'De HD Studio van KGW News Channel 8 gaat volgend jaar open. Er liggen kansen om rond de nieuwe faciliteit ondersteunende bedrijven te ontwikkelen en grote media-aandacht te genereren in beide steden. Onze groep is in beide plaatsen actief, maar Portland is er veel verder in. Om de financiering rond te krijgen, hebben onze investeerders de lening voor de deal in Seattle moeten dekken tegen die in Portland. Heel riskant, want als de ene locatie faalt en de andere kan het verschil niet dekken, zijn we ze allebei kwijt. Maar het is de beste manier om het risico te spreiden. Als de onderhandelingen over de voorwaarden goed lopen, ben ik morgenavond weer thuis.'

Ik knik en trek slaperig het dekbed tegen mijn kin. 'Succes,' zeg ik in een poging aanmoedigend te klinken. Ik weet hoe belangrijk deze deal voor hem is, ook al betekent het andere dingen voor mij.

'Dank je wel, schat,' zegt hij, en hij kust mijn lippen lichtjes. 'Ik bel je vanavond vanuit het hotel.'

Hij pakt zijn koffer en ik luister hoe zijn voetstappen de trap af gaan in de richting van de hal, waarna hij de deur opent en vervolgens achter zich dichttrekt. Ik hoor hoe hij de deur op slot doet, wat me het gevoel geeft dat ik veilig ben, verzorgd en bemind wordt – allemaal tegelijk.

Ik staar naar het plafond. Cades gezicht komt in me op, vies en harig. Die ingevallen ogen, uitstekende jukbeenderen. Ik hoor oma's stem ook. Hij echoot in mijn oren. 'Cade heeft je leven ooit gered. Nu is het jouw beurt om hem te redden'.

Ik pieker over haar woorden, pak dan mijn telefoon en bel mijn redactrice.

'Jan, met Kailey,' zeg ik.

'Ik had Melissa van de Hope Gospel Mission net aan de lijn. Ze vertelde dat de donaties binnenstromen. De reacties op het eerste artikel uit jouw serie zijn overweldigend. Bijna duizend lezers hebben er online over gepost, zowel voor als tegen, en er is een verhit debat ontstaan over de toekomst van Pioneer Square. Dat maakt adverteerders blij. We moeten nu doorgaan, zorgen dat het tweede artikel nog harder aankomt...'

Beroepsmatig is dit het moment waar ik op heb gewacht en toch luister ik amper naar de feedback.

'Ik neem vandaag vrij,' onderbreek ik haar.

'Hoor je wel wat ik zeg, Kailey? We moeten vaart maken met dat tweede artikel. Kun je me al een ruwe versie laten zien?'

'Er is iets tussen gekomen.' Ik haal diep adem. 'Iets wat ik moet regelen.'

'Oké,' zegt ze. Haar stem wordt zachter en er klinkt bezorgdheid in door. 'Je bent toch niet ziek, hè?'

'Nee,' antwoord ik. 'Ik heb alleen... vandaag vrij nodig.'

Ik zet mijn auto voor Le Marche en loop de stoep op. Het is nog geen tien uur en ik ben blij dat de zon achter de wolken vandaan lijkt te komen. Ik kijk net als gisteren in de verte en in de steegjes – geen Cade – en besluit dan om bij Starbucks een americano te halen voordat ik mijn eenpersoonszoektocht begin.

Er staat een lange rij die rond de espressobar loopt. Voor me staan twee vrouwen die eruitzien als assistentes die koffie moeten halen voor hun bazen. De eerste werpt haar glanzende bruine haar naar achteren en maakt een opmerking over de ongelooflijke hoeveelheid calorieën in een plak bananenbrood. Haar vriendin zegt iets terug en allebei moeten ze lachen.

Het leven is eenvoudiger als je een twintiger bent, zeker als het om de liefde gaat. Je komt iemand tegen, kiest die persoon en die persoon kiest jou. Samen kun je de wereld aan. Naar Parijs verhuizen. Een zwik kinderen krijgen of je eigen groenten verbouwen. Alles waar je vroeger over in je dagboek schreef, een droom die je nu in geuren en kleuren werkelijkheid mag maken. Je verbindt je leven vol overgave aan dat van iemand anders en de rest is geschiedenis.

Maar als het niet lukt, als het verhaal een ongelukkig einde kent, zoals mijn liefdesverhaal als twintiger, dan doet dat iets met je hart. Dan verander je van het meisje met het dagboek en een droom in een meisje dat haar leven laat bepalen door haar werk, dat haar passie voor sociale gerechtigheid op de tweede plaats zet achter de zakelijke krantenkoppen. Je wordt dertig of vijfendertig en inmiddels is duidelijk dat er meer wolken dan regenbogen zijn en dat jij de enige bent die jouw idealen echt steunt. De droom is dood. Het dagboek ben je kwijt – nee, dat heb je verbrand.

En dan ontmoet je iemand die totaal anders is dan je ex en vraag je je af of het iets kan worden. Je vraagt je af of je weer zo kan liefhebben als toen. Je weet het niet zeker, maar je probeert het en als je dat doet, als je jezelf dwingt om die emoties door te maken, besef je dat je hart – dat zo lang heeft gesluimerd – verdwaasd wakker wordt, als een beer die uit zijn winterslaap komt. Je hebt honger, bent chagrijnig, gedesoriënteerd, voelt je een beetje verloren. Het komt als een verrassing als je die vonk weer voelt. En hoewel het vuur niet zo hevig woedt als zoveel jaar geleden, als bij de man die van je hield toen je jong en naïef was, brandt het gestadig. Het houdt je warm. En op een dag zie je weer regenbogen. Door het raam van je kantoor. Als je uit de supermarkt komt. Een dubbele die de hemel vult als je een glas wijn drinkt na een lange werkdag. En dan besef je dat je hart, dat zo op de proef is gesteld en zo veel heeft moeten verdragen, er klaar voor is om het nog een keer te proberen. En dus doe je dat.

Ik knipper tranen weg als ik aan de beurt ben en bestel een dubbele americano en een plak bananenbrood met veertien miljard calorieën, wat me op dit moment niets kan schelen. Maar ik weet dat er ergens in mij nog altijd dat meisje van vijfentwintig schuilt en ze trekt aan mijn hart zoals ze heel lang niet heeft gedaan. *Ga hem zoeken*, fluistert ze tegen me. *Hij is daar ergens. Hij heeft je nodig.*

Diep vanbinnen weet ik dat ze gelijk heeft, wat de uitkomst ook wordt, goed of slecht.

Een uur lang hang ik tegen de bakstenen muur van Le Marche te wachten op een teken van Cade. Ik hou een dakloze man aan en vraag hem of hij een zekere Mitchell kent. Die kent hij niet. Een vrouw met plastic zakken om haar voeten en al haar bezittingen in een rood winkelwagentje van Trader Joe kent hem ook niet, maar ze vertelt dat ze geen geld heeft voor eten. Ik geef haar tien dollar.

Ik wacht en kijk en als ik de laatste druppel koffie op heb, gooi ik het bekertje in de prullenbak en slenter ik terug naar het Westlake Center waar Cade gisteren verdween.

Ik ga op een bankje zitten en kijk naar een zwerm duiven die vechten om broodkruimels terwijl een schattige kleuter kraait van de pret. Zijn moeder kijkt trots toe. Ergens in de hoek, uit het zicht, klinkt een saxofoon. In eerste instantie kan ik het nummer niet plaatsen, maar dan weet ik het weer: 'A Kiss to Build a Dream On' van Louis Armstrong. Dat vond mijn oma zo mooi. En ik ook.

Tussen de mensen door vang ik een glimp op van de andere kant van het plein. Kinderen kijken hoe een man met een clownsneus met tennisballen jongleert. Een jong stelletje zit achterovergeleund op een bankje hartstochtelijk te zoenen. En dan ineens zie ik iemand met een legergroen kledingstuk in de verte. Ik sta op om het beter te zien en het is inderdaad een man in een legergroene jas. Hij zit tegen de muur van Macy en kijkt omlaag, dus kan ik zijn gezicht niet goed zien, maar mijn hart begint sneller te slaan.

Ik loop zonder op of om te kijken het plein over naar de straat, negeer het verkeer en steek over. Een taxi moet uitwijken en toetert naar me, al dringt het amper tot me door. Mijn zintuigen zijn versuft. Ik kan alleen maar kijken naar die persoon voor me. De man op de stoep, in zijn verfrommelde legerjas, met zijn droevige gezicht dat ik nu heel duidelijk zie. Cade.

De tranen springen in mijn ogen als ik naar hem toe loop. De aantrekkingskracht is magnetisch, net als vroeger. Twee helften van een geheel, zo voelde het in elk geval. Mijn benen zijn opeens slap en ik moet mezelf tot rust manen als ik nog een paar stappen neem.

'Cade,' zeg ik, en mijn stem hapert.

Hij kijkt niet op, dus probeer ik het nog een keer. 'Cade,' zeg ik, iets harder. 'Ik...'

Zijn blik ontmoet de mijne en ik verstijf. Ik sta stil in de tijd en word overspoeld door herinneringen, de ene na de andere. De dag dat we elkaar ontmoetten, onze eerste kus, alle beloftes, tedere gesprekken tot diep in de nacht, alle liefde.

'Hoi,' zeg ik zacht. 'Ik ben het.' Ik doe nog een stap zijn kant op en besef dat ik het rustig moet aanpakken. Ik weet niet hoe hij er mentaal aan toe is. Ik weet niet wat hij zal denken of doen.

Hij staart me nietszeggend aan.

'Cade,' zeg ik opnieuw. 'Cade, weet je wie ik ben? Kailey.'

Hij kijkt me onderzoekend aan.

Ik knik, vecht tegen de tranen. Mijn handen trillen. 'Mag ik naast je komen zitten? Eventjes maar?'

Hij kijkt strak voor zich uit naar een punt op straat.

Ik laat me vlak naast hem zakken. Ik voel de kou van de stoep door mijn spijkerbroek, schuif ongemakkelijk heen en weer en trek uiteindelijk mijn knieën naar mijn borst. Voeten lopen langs ons heen: chique hakjes, glimmend gepoetste Italiaanse instappers, ballerina's en laarzen met sierlijke veters. Iemand smijt een klokhuis op straat en het landt een paar centimeter bij mij vandaan. Cade blijft voor zich uit staren.

Ik draai me half om, ben zenuwachtig. 'Wat is er met je gebeurd?' vraag ik uiteindelijk behoedzaam. 'Praat alsjeblieft met me. Hoe is dit zo gekomen?'

Hij draait zijn hoofd naar me toe en als onze ogen elkaar ontmoeten, heb ik het idee dat ik een glimp van herkenning zie. Op dat moment verdwijnt zijn huidige uiterlijk als sneeuw voor de zon. De lange, klitterige haren veranderen in zijn oude stekeltjes waar ik mijn vingers zo vaak door haalde. De ongekamde baard verdwijnt in een flits en ik zie zijn mooie gebruinde huid weer. Hij is het. Hij zit daarbinnen. Maar kan ik hem bereiken?

'Cade,' zeg ik opnieuw. 'Weet je wie ik ben? Alsjeblieft, Cade, zeg dat je me kent.'

Zijn ogen kijken in de mijne en schieten dan opeens angstig weg.

‘Je hoeft niet bang te zijn, Cade,’ zeg ik, en ik schuif wat dichterbij. ‘Wees alsjeblieft niet bang. Ik ben het, Kailey. Ik wil je helpen.’

Een man van in de twintig nadert. Hij draagt een maatpak en heeft een duur kapsel. Hij kijkt minachtend naar Cade als hij voorbijloopt en ik vraag me af hoeveel laatdunkende blikken en opmerkingen, hoeveel haat Cade elke dag te verduren krijgt.

‘Hé,’ zeg ik, en ik probeer zijn aandacht weer te vangen. ‘Cade, zeg of je me herkent.’

Hij kijkt me aan, maar de glimp van herkenning in zijn ogen is verdwenen. ‘Nee,’ zegt hij. Zijn stem klinkt leeg, verloren, bang, verwilderd. ‘Nee,’ herhaalt hij. Hij verschuift iets, doet een poging om op te staan. Zijn benen zijn slap en wiebelig en hij leunt tegen het gebouw om overeind te komen.

Ik sta ook op en steek mijn hand naar hem uit. Ik raak zijn arm zachtjes aan. De eens zo sterke spieren voelen slap aan. ‘Cade,’ zeg ik smekend door mijn tranen heen. ‘Wat is er met je gebeurd? Vertel het me alsjeblieft. Laat me je alsjeblieft helpen.’

‘Nee,’ zegt hij opnieuw, en hij doet een stap naar achteren. Hij pakt de tas die aan zijn voeten ligt en slingert hem over zijn schouder, waarna hij zich omdraait en wankel wegloopt.

Ik volg hem. Ik laat hem niet gaan. Niet nu.

Hij loopt een paar straten door tot we op Third staan, vlak bij Wild Ginger waar we zoveel jaar geleden ons eerste afspraakje hadden. Ze gaan net open voor de lunch en ik zie een groepje mensen naar binnen gaan. Kan hij zich dit restaurant nog herinneren? Is ergens diep vanbinnen die herinnering nog in zijn hart aanwezig zoals die in het mijne geprent staat?

‘Cade, alsjeblieft, wacht,’ zeg ik, als hij op de hoek bij het restaurant staat. Ik heb trek en ik weet zeker dat hij ook honger heeft. 'Laten we iets eten.'

Hij draait zich om en wacht. Intuïtief pak ik zijn hand vast. Hij voelt ruw en verweerd aan. Zij nagels zitten onder het vuil, maar dat maakt me niets uit. Ik trek hem mee naar binnen en behoedzaam volgt hij.

'Dag,' zeg ik tegen de gastvrouw die Cade sceptisch aankijkt. 'Een tafeltje voor twee, alsjeblieft,' zeg ik.

Haar blik schiet zenuwachtig heen en weer. Het is duidelijk dat Cades verschijning haar doet aarzelen.

Ik kijk over haar schouder en zie dat het restaurant maar halfvol is. 'Je hebt vast wel een plekje voor ons,' zeg ik.

Ze kijkt naar mij en dan naar Cade. 'Nou, ik... eh,' stamelt ze.

Op dat moment komt er een vrouw op ons af. Ze heeft blond haar en draagt een donkere bril. Ik herken haar direct als Dawn, de manager. Door de jaren heen is ze een betrouwbare bron van informatie voor mij geweest over het restaurantwezen in het centrum en ik heb haar in verschillende artikelen geciteerd.

'Kailey.' Ze begroet me hartelijk en gaat naast de gastvrouw staan. 'Ik heb je stuk over Pioneer Square gelezen. Het restaurant is blij met de bedrijvigheid die de nieuwe ontwikkeling zal brengen, maar persoonlijk vind ik het heel erg voor de mensen die hierdoor weg moeten. Jouw artikelen doen me altijd weer beseffen dat er twee kanten aan elke zaak zitten, zeker bij moeilijke kwesties.'

'Dank je wel,' zeg ik. Ik dwing mezelf te glimlachen. Het is moeilijk om een compliment in ontvangst te nemen, terwijl Cade zoveel kwijt is.

'Ben je bezig met een interview?' vraagt ze, en ze gaat ervan uit dat Cade een onderwerp in mijn serie artikelen is.

‘Vandaag niet. Alleen lunch,’ zeg ik, en ik kijk naar Cade. ‘Alleen… wij tweetjes.’

Dawn kijkt naar Cade en dan naar mij.

Even weet ik niet goed hoe ze zal reageren. ‘Ik zou het erg op prijs stellen als je een tafeltje voor ons hebt,’ zeg ik. ‘Misschien iets bij de bar, achterin?’

Dawn is een vakvrouw. Ze glimlacht, trekt haar schouders naar achteren en wendt zich tot de gastvrouw. ‘Jennifer,’ zegt ze, ‘breng jij Kailey en haar gast even naar tafel negentien?’

‘Dank je wel.’

Jennifer pakt twee menukaarten en loopt voor ons uit. Cade en ik volgen haar. ‘Is dit een prettig plekje voor u?’ vraagt ze, en ze blijft staan bij een tafeltje achter in de hoek. Er zijn geen andere gasten in de buurt.

‘Perfect,’ zeg ik met een glimlach.

Ik ga zitten en Cade blijft staan. ‘Het is goed,’ zeg ik, en ik wijs naar de stoel naast hem. ‘Ga maar zitten.’

Hij staart naar de stoel alsof het een vreemd voorwerp uit een vreemd land is. Even ben ik ervan overtuigd dat hij ervandoor zal gaan, maar dan laat hij zijn tas op de grond vallen en komt bij me aan tafel zitten.

De ober arriveert. Als hij al schrikt van Cades verschijning, dan laat hij het niet merken. Dawn heeft hem waarschijnlijk al ingeseind, ik ben opgelucht.

‘Hallo,’ zeg ik tegen hem. ‘Wie ben jij?’

‘Kyle,’ zegt hij.

‘Dag, Kyle. Ik ben Kailey en dit is…’ Ik zwijg even en voel een onverwachte golf van emoties. ‘… Cade.’ Het is belangrijk voor me dat deze ober zijn naam weet. En ik zou willen dat hij zoveel meer wist, dat Cade ooit een drijvende kracht in de muziekwereld was, dat ik ooit…

'Leuk je te ontmoeten, Cade,' zegt Kyle, die er heel goed in slaagt te doen alsof dit een doodgewoon gesprek in het restaurant is.

Cade staart voor zich uit.

'Ik denk dat ik voor ons allebei wat bestel, als dat goed is,' zeg ik zenuwachtig.

Kyle knikt meegaand. 'Prima.'

'We nemen kipsaté met aubergine en sperziebonen. De garnalen en dumplings. Eenmaal zeebaars en... o, de pad thai.'

'Dat ga ik voor u regelen,' zegt Kyle, en hij draait zich om.

Cade houdt zijn handen op schoot en blijft voor zich uit staren.

Ik heb geen idee wat er in hem omgaat. Ik heb geen idee wat hij voelt. Maar mijn hart gaat zo tekeer, dat ik bang ben dat het ontploft.

'Cade, jij en ik hadden hier ons eerste afspraakje,' zeg ik, en ik lach zenuwachtig. 'Dat weet je vast niet meer. Het is heel lang geleden.' Ik draai me om en wijs door het restaurant. 'We zaten daar.' Ik glimlach. Ik weet niet of hij eigenlijk wel luistert. Ik heb het gevoel dat ik tegen mezelf in de spiegel praat. 'Ik was zo zenuwachtig, ik had geen idee wat ik aan moest,' ging ik verder. 'Maar jij zei dat ik op Stevie Nicks leek. Weet je dat nog?'

Zijn blik blijft op zijn schoot gericht.

'Nou,' zeg ik. 'Dat gaf me een heel goed gevoel.' Ik slaak een zucht. 'Jij wist altijd wat je moest zeggen.' Ik hou mijn ogen op hem gericht, wil hem dwingen me aan te kijken. 'Je gaf me altijd het gevoel dat ik bijzonder was, dat je echt bij me wilde zijn.'

De ober vult onze waterglazen en ik neem een slokje. Cade slaat zijn water achterover en Kyle komt onmiddellijk terug en vult het glas een tweede maal.

'Je hebt mijn leven gered,' zeg ik als we weer alleen zijn. 'Weet je dat nog?' Ik wacht zijn reactie niet af. 'Toen ik bijna van een klif viel.'

Cade luistert, maar ik geloof niet dat hij het begrijpt.

Als Kyle met het eten komt, bekijkt Cade de tafel met grote ogen.

'Ga je gang,' zeg ik. 'Tast toe.'

Behoedzaam pakt hij een dumpling en ik duw het bord naar hem toe. 'Neem er zo veel je wilt. Allemaal, als je dat lekker vindt.'

Hij propt de dumpling in zijn mond, gevolgd door nog een. Zonder zich druk te maken om servetten of bestek pakt hij een garnaal en een schijf gesauteerde aubergine. Vervolgens schuift hij een handvol sperziebonen in zijn mond, waarna hij zich op de pad thai richt nadat ik er iets van op mijn bord heb geschept. Ik geef hem een vork en hij pakt hem aan.

Hij is uitgehongerd en geconcentreerd bezig, alsof de ober dit overheerlijke eten elk moment kan terughalen en hem zal wegjagen.

'Ik ben blij dat je van het eten geniet,' zeg ik, als hij de laatste garnaal opeet. 'Toen je wegging,' ga ik verder, 'begreep ik niet waarom. Ik wist niet of je mij niet meer wilde, tijd nodig had om je leven op een rijtje te zetten, of dat je even niet bij het bedrijf betrokken wilde zijn. Ik heb op je gewacht, Cade. Ik heb zo lang op je gewacht.' Ik veeg een traan weg en als ik etensrestjes in zijn baard zie zitten, kom ik wat dichterbij met mijn stoel en veeg ik met mijn servet zijn gezicht en baard af. Hij verroert zich niet. Ik weet niet eens of hij wel luistert.

Ik slaak een zucht. 'Je belde niet. Je schreef niet, niet één keer. Je was… gewoon verdwenen.' Ik knik. 'En net nu ik ga trouwen, vind ik je weer. Op straat. En je kent me niet. Je kent me niet eens.' Er schiet een brok in mijn keel en ik slik moeizaam. 'Maar ik ken jou. Ik zou je nooit kunnen vergeten.' Ik steek mijn arm over tafel naar hem uit. 'En ik wil je helpen als je dat goedvindt.'

Hij lijkt onaangedaan en zijn blik blijf strak op zijn schoot gericht. Met een betraand gezicht trek ik mijn hand terug.

De ober komt weer bij ons tafeltje staan. 'Fijn om te zien dat het jullie goed heeft gesmaakt.'

'Ja, dank je wel,' zeg ik, en ik geef hem mijn creditcard. Even later komt hij terug en ik teken het bonnetje.

Als ik overeind kom, volgt Cade mijn voorbeeld en pakt hij zijn tas van de grond. Terwijl we zigzaggend langs tafeltjes naar de uitgang lopen, staren een paar gasten ons aan en fluisteren ze naar elkaar, maar Cade reageert niet. Al zouden er tien Ryans of mijn collega's en vrienden toekijken, het zou me niets kunnen schelen. Het enige dat ertoe doet is dit moment. En ik kan alleen maar denken: wat nu? Als we straks op straat staan, wat dan? Laat ik hem wegglippen? Stel dat ik hem nooit meer terugvind?

Het is een warme novemberdag en mijn wangen zijn rood van het kruidige eten, dus trek ik mijn trui uit en stop hem in mijn tas. De koele wind voelt verfrissend op mijn blote schouders.

Ik kijk Cade nog een laatste keer recht aan. 'Tja,' zeg ik, en mijn stem hapert weer. 'Fijn dat je met me wilde lunchen. Ik... ik bedoel, als je... als je ooit...' Mijn stem sterft weg. Hij kent me niet. Hij wil mijn hulp niet. Ik haal diep adem. 'Ik wens je het allerbeste,' zeg ik. 'Altijd.'

Als ik me omdraai, voel ik een hand op mijn schouder die me zachtjes terugdraait.

Cade kijkt me vragend aan en laat zijn tas op de stoep vallen.

Op het moment dat ik hem aankijk, raakt hij mijn schouder opnieuw aan op de plek van mijn tatoeage. Voorzichtig glijdt hij er met zijn vinger langs en wrijft er even over alsof hij bang is dat hij hem weg zal vegen.

Even later doet hij een stap naar achteren, maakt de onderste knoopjes van zijn jas los en trekt zijn rechtermouw uit, waar een vlekkerig, gescheurd T-shirt en een benige schouder onder vandaan komen. En dan zie ik het, zijn tatoeage, dezelfde als de mijne. Nog net zo helder en mooi als op de avond dat we die tattooshop in Belltown binnenliepen en spontaan, als de twee romantici die we waren, dezelfde tatoeages namen. Zomaar.

Tien jaar later staan we hier op een stoep in Seattle en zijn onze tatoeages het enige bewijs van dat oude leven. Maar het is bewijs en mijn hart slaat over als ik iets van herkenning in Cades ogen zie. Hij zit daar nog ergens.

Hij kijkt me aan. 'Kailey,' mompelt hij. Zijn stem is zacht en verlegen, maar vertrouwd. Zo vertrouwd. 'Kailey,' zegt hij opnieuw, alsof hij leert hoe hij het woord moet vormen.

'Je kent me nog,' snik ik. Een traan rolt over mijn wang.

Ik doe mijn ogen stijf dicht, open ze weer en werp een blik omhoog. In een zwakke strook van kleuren aan de hemel, net boven de gebouwen, staat een regenboog.

10

3 augustus 1996

'Laten we het dek op gaan,' zegt Cade, als de veerboot zich langzaam losmaakt van de kade en Elliott Bay op vaart.

Ik trek mijn neus op. 'Is het daar niet een beetje koud?'

'Welnee,' zegt hij zelfverzekerd, terwijl hij zijn zwarte spijkerjas uittrekt en hem over mijn schouders legt.

De oversteek naar Bainbridge duurt maar een half uurtje en na een kwartier kan ik het eiland in de verte zien liggen.

Cade geeft me een hand en samen lopen we de smalle trap op naar het bovenste dek.

We hebben nu ongeveer tweeënhalve maand een relatie en ik krijg nog steeds vlinders in mijn buik als we elkaar aanraken.

Op het bovenste dek pakt hij de camera die om zijn schouder hangt. 'Wauw, het licht is hier prachtig. Er hangt net genoeg lage bewolking.' Hij wijst naar de reling. 'Ga daar eens staan. Dan maak ik een foto van je.'

'Ik weet het niet, hoor,' zeg ik verlegen. 'Ik vind het niet zo fijn als iemand me op de foto zet.'

'Doe het voor mij,' zegt hij, en hij wijst. 'Eén foto.'

'Oké dan,' zeg ik, en ik loop naar voren. Ik leun achterover en laat mijn armen over de reling hangen.

Wat ik Cade niet durf te zeggen is dat ik altijd zenuwachtig word van camera's. Vanachter de lens staat iemand naar je te kijken, maar jij kunt die persoon niet zien. Het is eenzijdig en dat maakt me nerveus. Ik voel me kwetsbaar op het moment dat Cades camera keer op keer flitst.

'Probeer je te ontspannen,' zegt hij. Hij laat de camera zakken en komt naar me toe.

'Ik doe mijn best,' zeg ik, en ik wend mijn blik af. Mijn wangen voelen stijf, mijn mond ongemakkelijk.

Hij brengt de camera weer naar zijn oog. 'Kon je maar zien wat ik zie.'

De wind is koud en zwiept mijn haar in mijn gezicht. Cade neemt nog een foto, komt dan naar me toe en slaat zijn sterke, warme armen om mijn middel. En als onze monden elkaar vinden, trekt hij me nog verder naar zich toe. Even zijn we zo in onze omhelzing verwikkeld, in een magisch moment, dat ik niet weet waar hij begint en ik eindig.

De veerboot toetert als we bij het eiland aanmeren. We wandelen te midden van een grote groep passagiers het achterdek af, een lange gang door naar de terminal. Het plaatsje Winslow ligt daarachter en hand in hand lopen we over de stoep naar Main Street.

'Hé,' zegt Cade, en hij wijst. 'Laten we een motor huren en het eiland in stijl bekijken.'

Een stuk verderop zie ik een verhuurbedrijf met allerlei motoren en scooters op het voorterrein. 'Serieus? Kun jij motorrijden?'

Hij grijnst. 'Of ik motor kan rijden?'
Ik werp hem een speelse glimlach toe.
'Dan zal ik je dat maar eens moeten bewijzen,' zegt hij. Hij glimlacht nog steeds als we zigzaggend tussen de rijen motoren door lopen. Cade gaat het kantoor binnen en komt terug met de sleutel van een glimmende zwarte motor met veel chroom. Hij geeft me een helm en zet er dan zelf een op.
'Klaar?' vraagt hij, en hij zwaait zijn been over het zadel.
'Min of meer,' antwoord ik zenuwachtig.
Hij geeft me zijn camera. 'Mag deze bij jou in je tas?'
'Tuurlijk,' zeg ik, en stop hem erin.
Cade klopt op de zitting achter zich en moedigt me aan om op te stappen. 'Je hoeft niet bang te zijn, schatje.'
Ik slik moeizaam. 'Ik heb nog nooit op een motor gezeten. Als ik er nou af val?'
'Je valt er niet af,' zegt hij, terwijl hij me zijn jas geeft, die ik direct aantrek. 'Dat beloof ik je. Hou je maar aan mij vast.'
'Oké,' zeg ik. Ik stap op en sla mijn armen om zijn middel, terwijl hij de motor start.
Ik knijp mijn ogen stijf dicht als hij het terrein af rijdt en zich in het verkeer begeeft. De motor sputtert en knalt als Cade rechts en dan links afslaat tot we op de weg dwars over het eiland rijden. Hij geeft gas en de wind loeit om me heen. Ik hou Cade nog wat steviger vast. Het is eng en spannend tegelijk.
Hij slaat rechts af. We rijden nu langs de kust, zoeven langs verweerde huizen en strandhutten, en ruiken de zeelucht.
Als we een uitkijkpunt naast een openbaar strand passeren, remt Cade af en keert. 'Laten we het strand bekijken,' zegt hij, en hij parkeert naast de weg.
We laten de helmen op de motor liggen en volgen het pad

naar het strand dat we helemaal voor ons alleen hebben, op een zeemeeuw na die even verderop aan een mossel zit te pikken.

Cade loopt naar het water en lijkt zich er niets van aan te trekken als een golf zijn schoen raakt. De kust boeit hem, zie ik.

'Zullen we een duik nemen?' vraagt hij grijnzend.

Ik glimlach een beetje verlegen. 'Maar we hebben helemaal geen handdoeken of droge kleren bij ons.'

'Oké dan,' zegt hij. 'Deze keer kom je ermee weg.'

Ik kijk naar de klif achter ons. 'Wedden dat we naar boven kunnen klimmen en waanzinnige foto's kunnen nemen van het uitzicht?'

'Het lijkt me nogal steil.'

Ik pak zijn hand vast. 'Kom op, we kunnen het.'

Hij glimlacht en volgt me. 'Mijn vriendin is een waaghals.'

Ik lach als we aan de klim beginnen. Het pad is steil en grillig en slingert zo dicht langs de rand van de klif dat ik een beetje duizelig word als ik naar beneden kijk. 'Dit is iets zwaarder dan ik had verwacht,' moet ik enigszins buiten adem toegeven.

'Wil je terug?' vraagt hij. 'We kunnen op het strand ook foto's nemen.'

'Nee,' zeg ik. 'Laten we doorgaan.'

Acht bochten worden veertien en veertien worden twintig. 'Nu moeten we er bijna zijn,' zeg ik. De zon staat op het punt te verdwijnen achter de horizon. Er hangt een oranje en gele gloed in de lucht.

'Als we geluk hebben, zijn we net op tijd voor de zonsondergang.'

'Dat hoop ik,' zeg ik.

‘Dat doet me denken aan een gedicht van Robert Frost,’ zegt Cade.

Ik knik. ‘*So dawn goes down to day...*’

‘*Nothing gold can stay*,’ gaat hij verder.

Ik glimlach als we de laatste bocht nemen en boven op de klif staan. We bewonderen het uitzicht om ons heen: ongerepte, met bomen begroeide heuvels omgeven door zee. Ik voel me groots en nietig tegelijk.

‘Blijf zo staan,’ zegt Cade. ‘Ik wil een foto van je maken. Het licht is ongelooflijk.’

Ik ga dichter bij de rand staan, terwijl hij de camera instelt. Ik strijk mijn haar glad, waarna mijn hand intuïtief naar mijn medaillon glijdt. Ik trek er zachtjes aan, maar op dat moment breekt de sluiting en valt het op het op de grond.

‘O, nee,’ roep ik uit. ‘Mijn ketting is kapot. Dat is nog nooit gebeurd.’ Ik laat me op mijn knieën vallen en ga op zoek, terwijl Cade zijn camera neerlegt en naar me toe komt.

‘Die vinden we wel,’ zegt hij. ‘Maak je niet ongerust.’

Ik kijk over mijn schouder naar de rand van de klif. ‘Stel dat hij omlaaggevallen is?’ Opeens ben ik duizelig en mijn benen voelen slap. Ik probeer een stap in de richting van Cade te zetten, maar zak weg.

‘Cade!’ gil ik, als ik naar achteren glijd. De tijd vertraagt en het ene angstaanjagende moment gaat over in het andere. Ik voel dat ik over de rand val. Ik probeer me vast te klampen aan de onregelmatige heuvelrug die onder mijn handen lijkt weg te glijden. En dan pakken sterke handen mijn polsen vast. Cades stem, krachtig en zeker. ‘Ik heb je,’ zegt hij. Stenen van de heuvelrug vallen omlaag. Ik voel zand in mijn ogen. ‘Geen paniek. Verroer je niet.’ Zijn blik is in de mijne geboord. ‘Ik trek je omhoog.’ Mijn benen bungelen over de grillige rand. Het strand ligt tientallen meters onder me. Heel even zie ik mijn dood voor me, weet ik hoe de lucht voelt als ik omlaagval. Het geluid dat mijn lichaam maakt als het tegen het rotsachtige strand smakt. Het bloed dat uit mijn neus druppelt op het moment dat Cade me eindelijk bereikt.

Langzaam trekt Cade me naar zich toe. Zand en stenen vallen over de rand naar het strand. 'Bijna,' zegt hij rustig. 'Ik heb je.'

Ik ben te bang om te huilen. Te bang om adem te halen. Misschien duurt het maar even, misschien is er een half uur voorbij tegen de tijd dat hij me in veiligheid heeft gebracht, ik weet alleen maar dat ik nog leef. En dat Cade me heeft gered.

Ik kruip in zijn armen en huil.

'Wat was dat naar,' zegt hij, en hij kust mijn gezicht. 'Lieve schat, wat was dat akelig.' Hij duwt zijn mouw tegen mijn neus. 'Je neus bloedt. Ben je gewond?'

Ik schud mijn hoofd en hij helpt me overeind. 'Ik geloof het niet.'

'Kijk,' zegt hij, wijzend naar de grond voor onze voeten. Hij knielt en raapt iets op. 'Kijk eens wat ik heb gevonden.' Mijn kettinkje bungelt aan zijn vingers, het medaillon is nog heel.

'Dank je wel,' zeg ik, en ik stop het in de zak van mijn spijkerbroek.

Cade kijkt me aan. 'Ik was je bijna kwijt.'

'Je hebt mijn leven gered,' mompel ik. 'Ik... Ik weet niet wat ik moet zeggen.' Ik slik moeizaam. 'Hoe kan ik je ooit bedanken?'

'Dat is niet nodig,' zegt hij.

Ik kijk in zijn vochtige ogen en veeg een traan uit de mijne. 'Ik sta voor altijd bij je in het krijt.'

'Ik heb een beter idee,' zegt hij. 'Als jij nou ooit mijn leven redt, dan staan we quitte.'

'Dat is goed,' zeg ik, en ik glimlach door mijn tranen heen. 'Dat zal ik doen.'

Hand in hand lopen we de veerboot af, de stad weer in. Cades appartement is vlakbij.

'Zullen we nog even naar mijn huis?'

Ik wil alleen maar bij hem zijn, nu en altijd. Zeker vanavond. 'Ja,' zeg ik.

We lopen een stukje verder, onder het viaduct door en dan via een zijstraatje naar zijn appartement. Ik gooi mijn trui op de bank. Ik ben nog zo vol van de gebeurtenissen van de dag dat ik blij ben met een momentje rust, terwijl hij de platenspeler aanzet.

Ik luister en hoor ons nummer, het nummer waar we backstage naar luisterden toen hij de eerste keer mijn hand vasthield. Bij het refrein is alles mogelijk en dan gebeurt het.

Zijn armen liggen om me heen, zijn lippen op de mijne en zoals de tekst van het nummer zegt, vlij ik me tegen hem aan. Ik weet precies wat ik voel, waar ik bang voor ben, deze emotie die in me opborrelt als een pan op het vuur die niet mag overkoken.

Ik doe mijn mond open om iets te zeggen, maar hij legt zijn hand op mijn lippen.

'Ik weet wat dit is,' fluistert hij, zijn stem zacht boven de muziek. 'Ik wist het al op de eerste avond dat ik je bij het optreden zag, maar nu is er geen twijfel meer mogelijk.'

We kijken elkaar diep in de ogen. Mijn hart gaat tekeer in mijn lichaam, maar op een goede manier.

'Het is liefde,' zegt hij, en hij laat de woorden soepel uit zijn mond glijden. Op hetzelfde moment lijken de woorden zich in de lucht te vermenigvuldigen.

‘Liefde,’ echo ik, terwijl de plaat kraakt en overslaat.

‘Liefde,’ fluistert hij terug, en hij vlecht zijn vingers door de mijne.

Als ik mijn hoofd op het kussen laat zakken en onze lichamen één worden, heb ik voor het eerst van mijn leven het gevoel dat alles in deze gestoorde, gecompliceerde wereld volkomen logisch is.

11

17 november 2008

'Dag, schat.'

'Hoi,' zeg ik later die avond tegen Ryan.

'Sorry dat ik zo laat nog bel,' zegt hij. 'Ik ben net in het hotel.'

Ik kijk op van mijn laptop en werp een blik op de klok aan de muur. Het is half elf.

'Het was een productieve vergadering met het bestuur van de bank,' gaat hij verder. 'Ze zijn bang dat we in deze moeilijke markt niet voldoende opvallende huurders kunnen krijgen rond de tv-faciliteit, maar ik kon met contracten in de hand de vergadering ingaan. Ik denk dat we deze deal in de zak hebben.'

'Gefeliciteerd,' zeg ik, maar mijn stem slaat even over. Dat is afschuwelijk nieuws voor Hope Gospel Mission en alle mensen die van de opvang afhankelijk zijn.

'Ik snap dat dit voor jou moeilijk is,' zegt Ryan. 'We hoeven het niet over zaken te hebben. Vertel. Hoe was jouw dag?'

'O, goed,' zeg ik. 'Gewoon.' Ik denk aan Cade, aan onze lunch bij Wild Ginger, aan het moment waarop hij me eindelijk herkende. Toen we uit elkaar gingen, wist ik niet wat ik moest doen, dus heb ik hem laten beloven dat hij me morgenmiddag om twaalf uur voor het Westlake Center ontmoet. Hij knikte, maar ik weet niet of hij me echt begreep. Stel dat hij het helemaal niet snapte. Wat dan?

'Kailey, ben je er nog?'

Ik besef dat Ryan aan het praten is en dat ik in gedachten verzonken ben. 'Ja, sorry,' zeg ik. 'Ik ben nog... met een deadline bezig.' Ik kijk naar de browser op mijn laptop en een Google-zoekopdracht: *opties daklozen seattle.*

'Nou, dan zal ik je niet langer ophouden,' zegt hij. 'Als de vergadering morgenochtend goed verloopt, neem ik de vroege trein terug en kunnen we samen eten.'

'Fijn,' zeg ik. Ik voel me schuldig dat ik dit enorme geheim heb, maar ik heb meer tijd nodig.

'O,' zegt Ryan, voordat hij ophangt. 'Was jij toevallig bij Wild Ginger vandaag?'

Ik ga rechter op zitten en mijn hartslag versnelt. 'Eh, ja, ik heb er geluncht.'

'Ken je Jeff nog, van kantoor?'

'Ik geloof het wel,' zeg ik zenuwachtig.

'Hij zag je daar.'

Ik zeg niets.

'Maar het was heel bizar. Hij dacht dat je met een of andere dakloze vent aan tafel zat.'

Gedachten razen door mijn hoofd. Ik kan Ryan niet vertellen over Cade. Nog niet. 'O, dat,' zeg ik. 'Ja, dat was een... interview. Voor de serie.'

'Ah,' zegt Ryan met een gaap, 'dat dacht ik ook al. Goed, schat. Ik ga slapen. Morgenochtend een vroege vergadering.'

'Succes,' zeg ik.

'Ik mis je,' voegt hij eraan toe.

'Ik mis jou ook,' zeg ik, en het doet pijn in mijn hart.

Ik mis hem ook echt. Ik wil dat hij me in zijn armen neemt en zegt dat alles goed komt als ik hem alles tot in detail vertel. Ik wil het allemaal uit me laten stromen als water uit een kapotte brandkraan. Ik wil de waarheid schreeuwen. Maar ik kan het niet. Ik moet dit voorlopig in mijn eentje doormaken. Het is eng en eenzaam en ik weet niet waar het pad naartoe leidt. Ik weet alleen dat ik het in mijn eentje moet bewandelen.

'Goeiemorgen,' zegt Jan, als ik de volgende ochtend haar kamer passeer. Ik blijf in de deuropening staan en haal diep adem. Voordat we een gesprek kunnen beginnen, komt Lisa van het stijlkatern naast me staan. 'Komen jullie?'

Ik kijk haar vragend aan.

'Dana's babyshower,' zegt ze, en wijst naar de vergaderruimte.

Dana, redactrice van het stijlkatern, is zevenendertig weken zwanger, maar is een van die vrouwen die op miraculeuze wijze haar figuur heeft weten te behouden en serieus als model zou kunnen werken voor een catalogus voor zwangere vrouwen.

'Ik heb superschattige cupcakes,' gaat Lisa bijna kraaiend verder. 'Roze en blauw, met van die schattige babyblokjes van suikergoed erop.'

'O,' zeg ik, en ik voel dat ik rood word. 'Dank je, ik zou willen dat ik kon, maar...' Ik zwijg even en dwing mijn mond dan om een passend excuus te produceren. '... ik heb een deadline.'

'O, oké,' zegt Lisa een beetje beledigd. 'En jij, Jan?'

Jan knikt vergoelijkend. 'Ja, ik kom over een paar minuten.'

Als Lisa weg is, schraapt Jan haar keel. 'Doe de deur dicht,' zegt ze, 'en ga even zitten.'

Ik doe wat ze zegt en laat me in een stoel zakken. Nu de nieuwsredactie niet meer kan meeluisteren, slaak ik een zucht.

'Wat was dat allemaal?' vraagt ze, wijzend naar de deur.

Ik schuif in mijn stoel heen en weer en zucht nog eens. 'Niets,' zeg ik, en ik verman mezelf. 'Ik heb gewoon even geen zin in een babyshower.'

Jans blik is onverbiddelijk. 'Zeg eens eerlijk,' gaat ze verder. 'Gaan jij en Ryan uit elkaar?'

Ik sper mijn ogen open. 'Wat? Nee!'

'O, gelukkig,' zegt ze. 'Ik… nou ja, je bent jezelf niet de laatste tijd en ik vroeg me af wat de reden is. Kailey, in al die jaren dat je voor de krant werkt, heb je nog nooit om een vrije dag gevraagd.' Ze zet haar bril af en veegt de glazen schoon met de mouw van haar shirt. 'Persoonlijk vind ik dat je vaker eens een vrije dag zou moeten nemen, maar het verzoek leek erg ongewoon.' Ze kijkt me een tijd strak aan. 'Als jij en Ryan niet uit elkaar gaan, wat is er dan?'

Ik slaak een zucht. 'Het is nog erger.'

'Erger?'

'Ik heb Cade gevonden.'

Ze schudt vol ongeloof haar hoofd. 'Als in, je ex? Degene die jouw hele leven overhoop heeft gegooid door zomaar te verdwijnen?'

'Ja,' zeg ik. 'Die.'

'Dus daarom was je totaal niet geïnteresseerd in de statistieken voor je stuk.'

Ik schud mijn hoofd. 'Hij leeft hier in Seattle op straat, misschien is hij hier al die tijd wel geweest.'

'Op straat?'

'Jan, hij is serieus dakloos. Mager, vies, versleten kleding, een lange baard, samengeklit haar.' Ik wrijf over mijn voorhoofd. 'Maar het ergste is dat het lijkt alsof hij helemaal in de war is.'

'Is hij aan de drugs?'

'Ik weet het niet,' zeg ik. 'Ik bedoel, ik geloof het niet. Het lijkt eerder een mentale kwestie. Misschien is hij z'n geheugen kwijt? Er is iets met hem gebeurd en ik... Ik wil hem helpen.'

'Dat moet je doen,' zegt ze, met een bedachtzame blik op haar gezicht. 'Ik kan me hem nog goed herinneren. Hij was heel bijzonder. Een invloedrijke man.' Ze is lang stil. 'Je hield van hem. Hou je... nog steeds van hem?'

Ik hap naar adem. 'Wat? Nee. Ik... hoe kan dat nou? In zijn toestand? En trouwens, ik hou van Ryan. Ik ga met Ryan trouwen.'

Jan slaat haar handen ineen. 'Hij was destijds een belangrijke man in Seattle, toch? Het verbaast me dat niemand hem heeft herkend.'

Ik schud mijn hoofd. 'Hij is vrijwel onherkenbaar. Als ik die avond niet in zijn ogen had gekeken, had ik de link niet gelegd.' Ik ben even stil. 'Dat is iets wat ik heb geleerd in mijn werk, tijdens de interviews die ik heb gedaan met de daklozen. Op straat bestaat een zekere anonimiteit. Toen ik op zoek ging naar hem, was er niemand die zijn naam kende. Ze noemden hem Mitchell omdat dat de naam is die op de legerjas staat die hij draagt.'

Ik denk weer aan de lunch bij Wild Ginger en aan hoe belangrijk ik het vond dat de ober Cade als mens zag, dat hij zijn naam kende. 'Op straat kijken mensen wel naar je, maar ze zíén je niet echt, snap je?'

'Mooie woorden,' zegt Jan. 'Eerlijk gezegd sluit deze ontwikkeling in je leven beslist aan bij jouw serie. Je gaf aan dat je nog niet had besloten hoe het tweede stuk eruit zou komen te zien. Zou je niet willen overwegen een persoonlijk aspect toe te voegen om de nieuwswaardige elementen een andere dimensie te geven? VAN PLATENBAAS TOT DAKLOZE, zoiets – een exposé over dakloosheid in onze stad. Ik wil niet op de zaken vooruitlopen maar daar zou je wel eens prijzen mee kunnen winnen.'

Ik schud mijn hoofd. 'Dat kan ik niet, Jan. Niet met dit verhaal. Niet nu, in elk geval.'

'Nou ja,' zegt ze. 'Hoe je het ook wilt schrijven, of het voor publicatie is of alleen voor jezelf, ik hoop dat het voor iedereen goed afloopt.'

'Ik ook,' zeg ik.

Ik heb een deadline. Vastbesloten om Cade niet bij mijn stuk te betrekken, begin ik concept na concept. Ik richt ik me op de winst die de ontwikkelaars zullen maken door de daklozen van Pioneer Square te verwijderen. Mijn toon is analytisch en ijskoud. Is dit de persoon die ik ben geworden?

Nee, hou ik mezelf voor, maar de woorden spreken voor zich.

Om precies kwart voor twaalf geef ik het op. Ik sta op, slinger mijn tas over mijn schouder en vertrek. Ik heb Cade gezegd dat ik hem om twaalf uur bij het Westlake Center zou zien. Zal hij er zijn?

Donkere wolken hangen boven mijn hoofd. De dreigende regen kan me niets schelen. Laat het maar plenzen. Ik loop stevig door. Ik hoor alleen mijn hakken klikken als ik de zes straten naar het Westlake loop. De ene voet voor de andere.

Eenmaal bij het Westlake voel ik de eerste regendruppels op

mijn wang. Ik loop regelrecht naar de plek waar Cade gisteren was, maar als ik daar kom, zit er alleen een man op een gitaar een Dylan-nummer te tokkelen dat ik niet direct herken. Waar is hij? Ik kijk om me heen. Ik wacht. Tien minuten gaan voorbij. Twintig. Misschien komt hij nog.

Na veertig teleurstellende minuten besluit ik terug te gaan naar kantoor. Misschien was dit het. Misschien zie ik hem de komende tien jaar niet meer. Misschien. Ik draai me nog een laatste keer om en op hetzelfde moment vang ik een glimp op van een figuur in de verte die langzaam mijn kant op komt. Cade? Cade!

Hij is het, ik weet het zeker. Maar waarom loopt hij zo langzaam? Waarom loopt hij mank? Dan zie ik zijn gezicht, het bloed en de kneuzingen, de gezwollen jukbeenderen. De adrenaline giert door mijn lijf als mijn benen intuïtief zijn kant op beginnen te bewegen.

'Cade!' roep ik al rennend. Mijn hart bonkt als ik bij hem kom. Vers bloed druppelt uit zijn neus. Zijn ogen zijn zo gezwollen dat ze bijna dicht zitten en er liggen paarse kringen rond zijn oogkassen. Een fikse open schaafwond op zijn linkerwang is vier kleuren paars.

'O, Cade,' zeg ik, en ik begin te huilen. 'Wie heeft dit gedaan?' Ik neem zijn hand in de mijne. 'Ik ga hulp voor je regelen. Ik laat je deze keer niet alleen. Dat beloof ik.'

Als zijn blik de mijne ontmoet, zie ik dat hij het begrijpt.

Er is weinig verkeer op deze regenachtige dag en goddank verloopt het taxiritje naar het Harborview Medical Center vlot. Als we bij de spoedeisende hulp zijn, wenk ik een ziekenhuismedewerker, een kale man met vriendelijke ogen, en vraag om een rolstoel.

'Rustig aan,' zegt de man tegen Cade, als hij hem in de rolstoel helpt. Ik geef de chauffeur een briefje van tien en loop achter hen aan naar binnen.

'Hier zullen ze u verder helpen,' zegt de man, en hij brengt de rolstoel tot stilstand bij de balie.

Een jonge vrouw met een neusring en een vlindertatoeage op haar onderarm kijkt ons aan.

'Hij heeft hulp nodig,' zeg ik. 'Kan er onmiddellijk een arts naar hem kijken?'

De vrouw werpt een lange blik op Cade en slaakt dan een zucht, alsof mijn verzoek bijzonder irritant is. 'Mevrouw,' zegt ze, 'u zult plaats moeten nemen in de wachtkamer. We hebben het erg druk, zoals u kunt zien.' Ze wijst naar de wachtkamer die vol zit met mensen die verschillende vormen van hulp nodig hebben.

'Maar kijk dan naar hem,' zeg ik. 'Hij is ernstig gewond. Hij heeft nu hulp nodig.'

'En we zullen ons best doen om hem te helpen, zodra hij aan de béúrt is,' zegt ze, onaangedaan door mijn bezorgdheid.

Net op dat moment komt een aantrekkelijk stel binnen gerend. De vrouw, met een witleren Coach-tas over haar schouder, is in tranen. Ze ziet er prachtig uit in haar getailleerde zwarte kasjmier jurkje en kniehoge leren laarzen. Haar man, die een designer spijkerbroek en een paar zwarte instappers draagt, staat naast haar met een ijskompres tegen zijn hoofd.

'Hij is van een ladder gevallen,' roept ze. 'Hij heeft direct hulp nodig.'

De vrouw achter de balie knikt en komt direct in actie. 'Wilt u deze papieren even invullen?' zegt ze, en ze overhandigt hen een klembord. 'Alleen het bovenste gedeelte. Dan mag hij direct door.'

'Dank u,' zegt de vrouw door haar tranen heen.

Als ze weg zijn, richt ik me tot de vrouw achter de balie. 'Ik dacht dat u zei dat het zo druk was.'

'Dat is het ook,' antwoordt ze emotieloos.

'Maar die meneer mocht meteen door.'

Ze kijkt me aan alsof ik op de een of andere manier de regels van een heel simpel bordspel niet ken. Ik wil mijn perskaart tevoorschijn halen, maar dit is een persoonlijke kwestie. Ik hou het bij: 'Dat vind ik discriminatie.'

De vrouw rolt met haar ogen en wenkt me dan. Ik kom dichterbij.

'Moet u horen,' fluistert ze, en ze kijkt over mijn schouder naar Cade. 'Ik begrijp dat u bezorgd bent om deze man, echt waar. Maar onze capaciteiten en middelen zijn beperkt en als we elke dakloze met een pijntje zouden opnemen, zouden we geen plek hebben voor mensen die onze hulp echt nodig hebben.' Ze wijst naar het keurige stel.

'Pardon,' zeg ik, en ik kijk naar Cades bloederige gezicht. 'Dit is meer dan een pijntje! Deze man heeft veel pijn en de wond in zijn gezicht raakt geïnfecteerd als hij niet snel wordt behandeld.'

De vrouw haalt haar schouders op. 'Kijkt u eens in de wachtkamer. Kijk ze daar zitten, bijna allemaal junkies. We nemen ze op, behandelen ze, geven ze wat ze nodig hebben en vervolgens gaan ze de straat weer op, herhalen hun gedrag, meestal high, en dan zitten ze een week later weer hier. Het is een vicieuze cirkel.'

'Hebt u déze man ooit gezien?' vraag ik, en ik voel boosheid in me opwellen. 'Hij is geen junkie.'

Ze werpt een blik op Cade en haalt haar schouders op. 'Misschien wel, misschien niet. Je kunt het niet altijd zien.'

'Hij is een méns,' fluister ik, bang dat Cade me kan horen. 'En hij heeft hulp nodig!' Ik pak mijn mobiele telefoon en bel Tracy. Goddank neemt ze snel op. 'Trace, met mij,' zeg ik overstuur. 'Ik ben in het Harborview. Op de spoedeisende hulp.'

'Kailey, wat is er aan de hand?'

'Met mij is alles goed, maar met Cade niet.'

'O, nee! Wat is er gebeurd?'

'Ik weet het niet,' zeg ik. 'Maar hij zit onder het bloed en kneuzingen. Iemand heeft hem in elkaar geslagen. Hij heeft vrijwel zeker hechtingen in zijn gezicht nodig en ik ben bang dat hij misschien iets heeft gebroken. Ik heb je hulp nodig.'

'Tuurlijk, zeg het maar.'

'De SEH zit vol,' zeg ik zacht. 'En de vrouw achter de balie is niet bepaald behulpzaam.'

'Tja,' zegt Tracy. 'Er komen daar veel onverzekerde mensen die misbruik maken van het systeem. Maar goed, dat is geen excuus.'

'Kun je wat telefoontjes voor me plegen?' vraag ik. 'Zorgen dat hij hulp krijgt?'

'Tuurlijk,' zegt Tracy. 'Toevallig is het hoofd van mijn afdeling goed bevriend met een van de artsen in opleiding daar. Ik vraag het hem wel.'

'Dank je wel,' zeg ik met een zucht.

Cade staart vertwijfeld voor zich uit.

'Graag gedaan,' zegt Tracy. 'Zeg, en hoe gaat het eigenlijk met jou?'

Ik bijt op mijn lip en loop een stukje weg van Cade. 'Ik ben… bang, Trace. Ik heb Ryan hier niets over verteld. Het voelt gewoon zo… enorm, alsof mijn hele wereld opeens op z'n kop staat.'

'Snap ik,' zegt ze. 'Maar zo is het leven, Kailey.'

'Hoe bedoel je?' vraag ik, en ik veeg een traan weg.

'Nou ja,' zegt ze. 'Het gaat op en neer. Hoogtepunten en dieptepunten, het is een cyclus en het is beangstigend en rauw. Dat heet leven.'

'Ik weet niet of ik het allemaal aankan,' zeg ik.

'Je kunt het aan,' gaat ze verder. 'Dat weet ik zeker. Om te beginnen is dit een geweldige eerste stap. Je zorgt ervoor dat Cade hulp krijgt, medische hulp, psychologische hulp. Je zorgt ervoor dat hij stabiel wordt en dan kom je er vanzelf achter wat er met hem gebeurd is. Daarna zoek je uit wat je allemaal voelt in dat prachtige hart van jou, dat trouwens zo groot is als de staat Arizona. Nee, Texas.'

Ik lach, maar het komt er als een snik uit. 'Je bent geweldig, weet je dat?'

'Dat weet ik,' zegt ze.

'En een beetje arrogant.'

'Ach.'

Ik hoor dat ze tegen iemand anders praat, maar ik kan het niet verstaan.

'Goed, wacht nou maar rustig af, dan pleeg ik wat telefoontjes. Zorg jij in de tussentijd maar voor die vent van jou.'

'Die vent van mij,' echo ik, als Tracy heeft opgehangen. De woorden rollen soepel van mijn tong, maar ze klinken ongemakkelijk. Ik moet direct aan Ryan denken en voel een pijn in mijn hart die ik niet kan verklaren.

Iemand met een hart zo groot als een zuidelijke staat zou haar verloofde niet moeten bedriegen.

Na elf minuten, nog niet eens, komt een verpleegkundige door een paar klapdeuren. 'Cade McAllister?'

Cade lijkt het niet te horen.

'Ja,' zeg ik snel. 'Dat zijn wij.' Ik sta op en duw de rolstoel naar de balie.

'Geen verzekeringspasje, neem ik aan?' vraag de vrouw.

'Dat klopt,' zeg ik onbeschaamd.

Ze knik onaangedaan, alsof ze dit scenario al duizend keer heeft meegemaakt. Ik weet door mijn research dat het Harborview niemand wegstuurt.

'Onze excuses dat u hebt moeten wachten. Ik heb begrepen dat meneer McAllister direct hulp nodig heeft.'

Ik knik. 'Ja, hij is ernstig gewond. Dank u.'

Ze pakt de handvatten van de rolstoel vast en duwt hem door de gang naar een behandelruimte met verschillende, door gordijnen afgescheiden delen. Achter een van de gordijnen horen we een man luid kreunen.

'Zo,' zegt ze, en ze steekt haar handen uit naar Cade. 'Ik help u overeind.'

Ik kijk hoe hij haar hand vastpakt. Struikelend komt hij overeind, maar ze slaagt erin om hem heel kalm naar het bed te helpen, waar hij op gaat zitten. Uit een lade naast het bed pakt ze een hemd. 'Hebt u hulp nodig om dit aan te trekken, meneer?'

Hij reageert niet, dus neemt ze de leiding. 'Kom, dan help ik u met uitkleden.'

Cade zit stil terwijl ze zijn jas losknoopt. Ik voel een mengeling van vertrouwde tederheid en afschuw als ik zijn blote borst zie. Hij is zo mager. Zijn armen, die eens zo sterk waren, zijn nu niet meer dan huid en botten en ik kan zijn ribben tellen. Ik heb geen idee of Cades uiterlijk de verpleegkundige raakt. Haar professionele houding verhult niets.

Even later trekt ze zijn laarzen uit en hoewel ik hem vele malen naakt heb gezien, wend ik mijn blik af als ze hem helpt om zijn broek los te knopen. 'Kijk eens aan,' zegt ze, terwijl ze hem het lichtblauwe schort aantrekt. Dan wendt ze zich tot mij. 'Bent u zijn zus? Een vriendin?'

'Een... vriendin,' zeg ik. Ik ga op de stoel naast Cades bed zitten. Hij verschuift wat en huivert van de pijn.

'Ik vind het zo erg,' fluister ik, en ik geef zijn slappe hand een kneepje. 'Er komt zo hulp, dat beloof ik.'

Even later verschijnt de arts en Cade krimpt ineen. 'Nee,' roept hij. 'Nee, nee!'

'Meneer McAllister,' zegt de arts rustig. 'Ik ben dokter Green. Ik ben hier om u te helpen.'

De blik op Cades gezicht is er een van pure doodsangst en het gaat me erg aan mijn hart.

Dokter Green knikt even naar me, maar blijft naar Cade kijken. 'U hoeft niet bang te zijn, meneer McAllister. We gaan uw verwondingen bekijken en ervoor zorgen dat u zich snel beter gaat voelen.'

Cade kijkt de andere kant op, maar huivert niet als dokter Green de stethoscoop tegen zijn borst legt. Vervolgens wordt zijn bloeddruk gemeten en als het onderzoek achter de rug is, maakt de arts wat aantekeningen in een map, waarna hij zich tot mij richt. 'Er moeten wat scans gemaakt worden. Hij heeft duidelijk enkele gebroken ribben, maar ik wil een inwendige bloeding uitsluiten. Hij heeft behoorlijke kneuzingen op zijn buik.'

Ik knik terwijl een verpleegkundige arriveert met een kom warm water en een stapel washandjes. 'Ik ga de wonden schoonmaken,' zegt ze.

Als dokter Green achter het gordijn verdwijnt, volg ik hem. 'Dokter, kan ik u even spreken?'

'Natuurlijk,' zegt hij.

'Deze man is niet altijd zo geweest,' zeg ik. 'Hij heeft niet altijd op straat geleefd. Hij was vroeger de directeur van Element Records.'

De arts spert zijn ogen wijd open. 'Element Records? Die naam doet me aan de jaren negentig denken,' zegt hij verbaasd. 'Ik heb vroeger veel geluisterd naar artiesten onder dat label. Wat is er met hem gebeurd?'

'Dat weet ik niet,' zeg ik. 'Tien jaar geleden liet hij zijn bedrijf en Seattle van de ene dag op de andere achter zich en ik heb nooit meer iets van hem gehoord. Ik kwam hem onlangs toevallig op straat tegen.' Ik schud mijn hoofd. 'Er klopt gewoon iets niet. Hoe kan hij zo diep gevallen zijn?'

'Daar zijn veel mogelijke verklaringen voor,' zegt hij, 'waarvan de meest waarschijnlijke een verslaving is.'

'Nee,' zeg ik. 'Ik ken hem. Hij hield zich nooit bezig met die troep. Sterker nog, hij had er een afkeer van. Dit is geen verslaving. Dit is... iets anders.'

'Mogelijk een psychische aandoening,' gaat dokter Green verder.

Ik schud mijn hoofd. 'Cade heeft nooit last gehad van een depressie of iets dergelijks.'

'Tja, psychische aandoeningen zijn verraderlijk,' zegt hij. 'Die kunnen jarenlang sluimeren voordat iemand er last van krijgt.'

Ik zucht. 'Mijn beste vriendin is longarts in het Swedish. Dit geval valt buiten haar specialisme, maar ze zei wel dat zoiets ook door een hersenbeschadiging kan komen. Dat zou verklaren waarom hij amper iets zegt, en mij en zelfs zichzelf nauwelijks lijkt te kennen.'

De arts duwt zijn bril op zijn neus en vraagt door: 'Hij heeft geheugenproblemen, zegt u?'

'Eerst herkende hij me helemaal niet,' zeg ik. 'En ik weet niet of hij me nu wel herkent. Maar...' Ik trek mijn trui omlaag om mijn tatoeage te laten zien. '... dit kon hij zich wel herinneren, omdat hij dezelfde heeft.'

'Dat is apart,' zegt hij, en hij kijkt naar mijn tatoeage. 'TOUJOURS?'

'Altijd,' zeg ik, 'in het Frans.'

Hij knikt. 'Tja, in dat geval zou ik zeggen dat een CT-scan op zijn plaats is en misschien een MRI. Dan krijgen we een beeld van wat daarbinnen gaande is en zien we mogelijk een beschadiging of bewijs van een trauma uit het verleden.'

'En als u iets vindt,' vraag ik, 'is er dan een behandeling mogelijk? Zijn er medicijnen?'

'Hersenbeschadigingen zijn moeilijk,' zegt hij. 'Ik zal een neuroloog consulteren.'

'Dank u,' zeg ik. 'Dank u wel.'

Hij glimlacht. 'We doen wat we kunnen.'

De deur vliegt opeens open en een meisje van een jaar of negen stormt binnen. 'Mama,' roept ze vrolijk, en ze staart naar een zak zoetigheid in haar hand. 'We hebben je lievelingschocolaatjes gevonden!'

Ze is uitbundig en schattig en als ze naar voren huppelt, wappert haar paardenstaartje tegen haar roze vest. Ik kijk naar Cade en dan weer naar het meisje en voel een steek van pijn vanbinnen.

'O,' zegt ze opeens. 'Sorry.' Ze giechelt. 'Dit is geloof ik de verkeerde deur.' Ze wijst naar een punt achter zich. 'Mijn mama is net geopereerd.'

Ik glimlach. 'Geeft niets, lieverd,' zeg ik, terwijl ze weer naar de deur loopt. 'Jouw mama boft maar met zo'n mooi meisje als jij.'

Ze glimlacht en verdwijnt in de gang. Cade ziet niet dat ik een traan wegveeg.

Een uur later zijn Cades verwondingen schoon en verbonden en rijdt de verpleegkundige hem naar de röntgenafdeling. Ik blijf achter, scrol door mijn telefoon en zie dat ik twee telefoontjes en een sms'je van Ryan heb gemist.

Sorry, typ ik. *Drukke dag. Alles goed?*

Hoi, antwoordt hij. *Moest aan je denken. Neem de vroege trein. Zie ik je om zes uur thuis?*

Ik kijk op de klok. Het is al vier uur, dus ben ik zeker niet om zes uur thuis.

Sorry, moet werken, typ ik, en ik voel me schuldig als ik naar de woorden staar.

Oké, antwoordt hij. *Dan zie ik je vanavond wel?*

Ja, schrijf ik. *Het kan wel laat worden. Blijf maar niet op.*

Oké, schrijft hij terug.

Ik heb een knoop in mijn maag als ik mijn telefoon in mijn tas laat vallen en achterover in de stoel zak. De ziekenhuislucht hier is misselijkmakend, een afschuwelijke combinatie van schoonmaakmiddel en ondersteken.

Na een paar uur komt dokter Green terug. Hij wordt vergezeld door een vrouw van halverwege de vijftig. Ze draagt een witte labjas en haar gezicht en grijze boblijn doen me denken aan mevrouw Ramsay, mijn lerares Engels op wie ik altijd zo dol was.

'Dit is dokter Branson,' zegt hij. 'Hoofd Neurologie van het Harborview.'

Ik knik. 'Aangenaam. Ik ben Kailey Green, een oude... vriendin van Cade.'

'Ik heb begrepen dat meneer McAllister op straat leeft,' zegt ze. 'Ik heb geprobeerd met hem te praten, maar hij reageert niet. Omdat we geen gegevens van familie hebben en niemand een volmacht heeft om namens hem op te treden, zal ik u als naaste familie beschouwen.'

'Prima,' zeg ik. 'Ik wil alles doen om te helpen.'

'Mevrouw Crain,' gaat ze verder, terwijl ze de laptop openslaat. Ze logt in en bekijkt een reeks scans. 'Uw vriend heeft meerdere gebroken ribben. Er bevindt zich een zwelling rond de milt, zoals u hier kunt zien...' Ze wijst naar een van de beelden. '... maar dat is niet direct zorgwekkend en ik verwacht dat dit vanzelf geneest.' Ze klikt op een volgend schermpje en een nieuwe foto verschijnt in beeld. Ze staart ingespannen naar iets wat lijkt op de bovenkant van Cades hersenen. 'Dit,' gaat ze verder, 'is een scan van de hersenen van uw vriend. Op het eerste gezicht lijkt alles normaal.' Ze zoomt in op het beeld. Het is fascinerend. 'Maar als we wat beter kijken, zien we dat er bepaalde gebieden oplichten, wat duidt op een zwelling. Dit kan het gevolg zijn van zijn meest recente verwondingen, maar als ik naar het volledige beeld kijk, ben ik daar niet van overtuigd.'

Ik schud mijn hoofd. 'Wat bedoelt u?'

'Ik bedoel dat uw vriend mogelijk enige tijd geleden al een traumatisch hersenletsel heeft opgelopen. Dokter Green vertelde mij dat meneer McAllister een eigen bedrijf heeft gehad, een normaal leven leidde?'

Ik knik. 'Ja. Hij was vroeger niet zo. Ik ben ervan overtuigd dat er iets is gebeurd.'

'Dat denk ik ook,' zegt dokter Branson.

Ik knijp mijn ogen samen. 'Zoals?'

'Een val, een auto-ongeluk, alles is mogelijk,' zegt ze. 'We komen hier van alles tegen. Het lijkt erop dat uw vriend door het trauma dat hij heeft opgelopen in een verwarde toestand is geraakt. Ik heb hem slechts kort kunnen onderzoeken, maar mijn eerste diagnose duidt op TH.'

'TH?'

'Traumatisch hersenletsel,' verklaart ze. 'Hij heeft aanzienlijke cognitieve problemen, geheugenverlies en volgens uw gegevens...' Ze wendt zich tot dokter Green. '... een gebrek aan inzicht.'

'Ja,' zeg ik. 'Ik weet dat hij mijn tatoeage herkent en ik geloof dat hij mij toch ook wel herkent, tot op zekere hoogte in elk geval.'

Dokter Branson knikt. 'Het is mogelijk dat hij zich meer zal gaan herinneren. Zijn geheugen is net een gatenkaas. Voor veel mensen met TH zullen er altijd gaten blijven, ondanks herstel. Maar vrienden en familie kunnen hun best doen om die gaten te vullen.'

Ik ga wat rechter zitten. 'U zegt dus dat er hoop is dat hij... beter wordt?'

'Ja en nee,' zegt ze. 'Uw vriend heeft nog een hele weg te gaan. Hij zal therapie moeten krijgen, zijn leven moeten veranderen. Zelfs met de beste behandeling is niet te voorspellen hoe hij zal reageren.'

'Hoe kan ik zijn behandeling in gang zetten? Wat kan ik doen?'

Ze knikt. 'We staan op het punt om hier een nieuw programma te beginnen,' zegt ze, 'waarvoor uw vriend naar mijn idee een uitstekende kandidaat zou zijn. We hebben onlangs subsidie gekregen om een centrum op te zetten, een soort revalidatiecentrum, of "begeleid wonen"-concept, gericht op mensen met TH. Het bevindt zich hier op het terrein en biedt ruimte aan twaalf patiënten. Er is een kleine kans dat er plaats voor hem is.'

'Wauw, dat zou geweldig zijn,' zeg ik. 'Wanneer zou hij daar naartoe kunnen?'

Ze haalt een kaartje uit haar zak en geeft het aan mij. 'Als u me morgenochtend belt, kunnen we de administratie regelen. Er moet uiteraard wel plaats zijn en hij moet willen.' Ze bladert door zijn dossier. 'Een van mijn assistenten zal de medische gegevens van de afgelopen tien jaar bekijken om te zien of er hier een patiënt zonder naam is behandeld voor hersenletsel. Wanneer is uw vriend vermist geraakt?'

Ik knijp mijn ogen dicht en doe ze dan weer open. 'Het was de zomer van 1998. Ik weet nog precies wanneer ik Cade voor het laatst zag. 1 augustus. Hij was zichzelf niet. We hadden ruzie. Toen ik die dag zijn huis verliet, was ik volkomen in de war. Ik wist dat hij het moeilijk had, maar had geen idee dat ik hem nooit meer zou zien. Het was alsof hij daarna van de aardbodem verdween.'

'Akkoord,' zegt de neurologe. 'Het is wellicht een speld in een hooiberg, maar we zullen de gegevens van niet-gedocumenteerde patiënten van de afgelopen jaren bekijken, wie weet vinden we iets. Als we kunnen ontdekken wat er met hem is gebeurd of een beter idee hebben van de aard van zijn verwondingen, zou dat kunnen helpen bij zijn behandelplan.'

Ik knik. 'Dank u wel.'

Het is bijna tien uur en als de verpleegkundige me in de wachtkamer komt zoeken, zit ik te knikkebollen. 'We hebben hem naar de vierde verdieping gebracht,' vertelt ze. 'We houden hem hier een nachtje ter observatie.'

'Dank u,' zeg ik. Ik haal diep adem voordat ik opsta om mijn spullen te pakken.

'Ik kan een veldbed op zijn kamer zetten,' zegt ze na een ogenblik, 'als u wilt blijven.'

Ik denk aan Ryan. 'Dat... gaat niet. Maar ik zou hem wel even gedag willen zeggen voordat ik ga.'

'Natuurlijk,' zegt ze. 'Loopt u maar even met mij mee.'

De lift schiet omhoog en ik voel de blik van de verpleegkundige op me rusten.

'Hij betekent veel voor u, hè?' merkt ze op.

In eerste instantie verrast haar vraag me. Ik knipper met mijn ogen. Cade wist altijd precies wat dat betekende. Hij was de enige die kon zien wat er in me omging. 'Je trekt muren op,' zei hij dan.

'U bent erg opmerkzaam,' zeg ik uiteindelijk tegen de verpleegkundige. 'Ja, dat klopt.'

De verpleegkundige brengt me naar Cades kamer. Het is er donker, alleen het licht van de stad schijnt door het raam. De stad waar hij ooit zo dol op was.

'Meneer McAllister,' fluistert de verpleegkundige.

Hij reageert niet en aan zijn ademhaling kan ik merken dat hij slaapt.

'Goed zo,' fluistert ze tegen mij. 'Hij heeft zijn rust nodig.'

Ik knik en kom wat dichterbij. Zijn gezicht is gezwollen en zit in het verband. Er zit een zuurstofslangetje in zijn neus en een infuus in zijn rechterarm.

'Welterusten, Cade,' fluister ik.

'Gaat u lekker naar huis,' zegt de verpleegkundige. 'Rust goed uit. Ik zorg vannacht voor hem. Maakt u zich geen zorgen.'

'Dank u,' zeg ik met tranen in mijn ogen. Ze ziet ze, dat kan ik merken.

'Het komt wel goed met hem,' zegt ze. 'Dat voel ik.'

Ik haal diep adem en maan mezelf tot rust. 'Ik hoop het maar.' Ik loop naar de deur, draai me nog even om en rommel in mijn tas op zoek naar mijn iPod waar honderden nummers op staan waar hij vroeger van hield – waar we vroeger samen zo van hielden. Heel voorzichtig doe ik de oordopjes bij hem in en zet dan de muziek aan. Zijn oogleden trillen even als 'Follow You Down' van Gin Blossom begint.

Het is al over elven tegen de tijd dat ik thuis ben en Eddie me bij de deur begroet. 'Dag, jongen,' fluister ik, en ik ga op mijn knieën zitten om hem te aaien. Ik zie Ryans koffer staan, zijn jas hangt over een stoel en ik vraag me af of hij al slaapt. Ik vraag me af hoeveel langer ik dit nog voor hem verborgen kan houden.

Zachtjes leg ik mijn sleutels op het bijzettafeltje. Ik werp een blik op de trap naar de slaapkamer, maar loop in plaats daarvan naar de bank waarop ik ga liggen en ik trek de wollen sprei over mijn vermoeide lichaam. Terwijl ik mijn ogen dichtdoe, zie ik Cades gezicht voor me. Hij staat op het balkon van het hotel in Big Sur waar we samen waren. De openslaande deuren staan wijd open. De golven daveren tegen de grillige kliffen en weerspiegelen de intensiteit van mijn liefde.

12

13 december 1996

'Kijk,' zegt Cade. 'Het sneeuwt.'

Ik tuur uit het raam van de taxi en zie de vlokken zachtjes dwarrelen. We zijn op weg naar Mishu Sushi in Fremont, waar ik zijn zakenpartner voor het eerst zal ontmoeten. Naast zijn tante is James de enige die voor Cade als familie is en dus is het een eer dat ik eindelijk aan hem voorgesteld zal worden.

'Ik ben dol op sneeuw,' zeg ik. 'Ik word er blij van.'

'Ik ook,' zegt hij. 'Maar op koude avonden als deze maak ik me altijd zorgen om de daklozen. In de steeg achter mijn appartement zit vaak een oude man. Ik heb hem laatst een kop koffie gebracht. Volgens mij heet hij Ivan. Het zal vannacht wel heel koud worden.'

'Als kind was het een stuk gemakkelijker,' zeg ik. 'Als het dan sneeuwde, vroeg je je alleen af of je nog naar school moest en of je sneeuwpoppen kon maken met je vriendjes.'

'Ja,' zegt hij. 'Mijn tante had de beste sleeheuvel in de buurt. James en ik waren dan de hele dag buiten, tot ze ons riep voor warme chocolademelk.'

'Dat waren nog eens tijden,' zeg ik.

'Nou en of.'

Ik glimlach. 'Weet je nog dat er vroeger bij de kruidenier altijd wel een dame met een doos met gratis kittens stond?'

Cade grijnst. 'Dat maak je tegenwoordig nooit meer mee.'

We moeten allebei lachen.

'Zeg, wat kan ik vanavond verwachten van mijn ontmoeting met James?' vraag ik en ik draai me naar hem toe.

'Hoe zal ik James omschrijven?' zegt Cade met een nadenkende zucht. 'Om te beginnen: hij is lang en charmant en heel slim. Eigenlijk wel een goeie partij.' Hij grijnst. 'Je gaat er niet met hem vandoor, hoor.'

Ik lach. 'Ik zal mijn best doen me te beheersen.'

Hij geeft me een kneepje in mijn hand. 'James en ik zijn heel verschillend,' zegt hij. 'Maar op de een of andere manier kunnen we zowel privé als zakelijk goed samenwerken. Al is het niet altijd gemakkelijk.'

Ik knik. 'Vertel eens.'

'Zoals nu bijvoorbeeld. James wil een andere richting op met het bedrijf.'

'O?'

'Hij vindt dat we Flying Limbs moeten contracteren. De zanger vindt zichzelf geweldig, ook al heeft hij een strafblad en eist hij ook nog eens een enorme bonus. Ik bedoel, ze hebben ontzettend veel fans, maar...' Hij schudt zijn hoofd. '... ik ben er gewoon niet van overtuigd dat we met dat soort mensen willen samenwerken.'

'En James wel?'

Hij knikt. 'Niet alleen dat, hij gaat steeds meer z'n eigen gang. Laatst is hij met een band uit eten geweest zonder mij. Vroeger gingen we altijd samen met nieuwe talenten uit.' Cade haalt zijn schouders op.

'Vervelend voor je,' zeg ik. 'Dus de zanger is een ex-bajesklant?'

'Ja,' zegt hij. 'Ik ken het hele verhaal niet, maar hij schijnt een meisje te hebben mishandeld toen hij nog minderjarig was.'

'Jeetje,' zeg ik.

'Ja.' Hij schudt zijn hoofd. 'Het is alsof James helemaal zijn eigen gang gaat. Vorig week had hij het over het contracteren van een hele rits artiesten die één hitje hebben gescoord. Te veel van die Spice Girls-achtige groepjes en je wordt er spuugmisselijk van.'

'Spice Girls?'

Cade rolt met zijn ogen. 'Een meidengroep die de hitlijsten in het Verenigd Koninkrijk bestormt. Ze zijn komende zomer bij elke grote radiozender in Amerika te horen, dus bereid je maar vast voor op fikse radiovervuiling. De ene na de andere commerciële hit produceren is niet de reden dat ik deze business in ben gegaan. Voor mij gaat het om de muziek. Goeie muziek.'

Ik knik. 'Snap ik. Kunnen jullie een middenweg vinden?'

'Uiteindelijk wel, maar het blijft een strijd,' zegt hij. 'En soms word ik daar zo moe van.' Hij pakt zijn portemonnee en betaalt de chauffeur. Een lange man die voldoet aan Cades beschrijving staat onder een blauwe luifel naast een vrouw met donkere krullen. Hij trapt een sigaret uit op de stoep waar nu een laagje sneeuw op ligt. 'O,' zegt Cade, op gedempte toon. 'Ik ben vergeten te vertellen dat Alexis ook mee is.'

'Zijn assistente, toch?' Cade heeft Alexis maar een paar keer genoemd.

'Ja,' antwoordt Cade. 'Ze is een kei in cijfers. We hebben tegenwoordig nauwelijks nog een boekhouder nodig.' Hij schraapt zijn keel. 'Zij en James hebben iets met elkaar.'

‘O, wauw.’

Cade laat zijn knokkels kraken. ‘Een beetje vreemd, ik weet het. Volgens mij vindt Alexis hem niet eens zo leuk. Maar ik hou me er liever buiten, als je begrijpt wat ik bedoel.’

Ik knik.

Op het moment dat Cade wil uitstappen, draait de taxichauffeur zich om. ‘Neem me niet kwalijk,’ zegt hij. ‘Ik hoorde toevallig wat jullie zeiden. Bent u Cade McAllister van Element Records?’

‘In levenden lijve,’ antwoordt Cade.

‘Wauw,’ zegt de chauffeur. ‘Ik ben Rod. Ik ben een groot fan. Ik… eh… ik heb een band. Ik doe slagwerk en speel een beetje gitaar. We hebben een demo… eh, zou u daarnaar willen luisteren?’

‘Rod, leuk je te ontmoeten,’ zegt Cade hartelijk. ‘Ik ga nu net uit eten, maar stuur je demo gerust naar ons kantoor, dan luisteren we ernaar. Wat dacht je daarvan?’

‘Geweldig,’ zegt hij, en hij grijnst van oor tot oor. ‘Dat ga ik doen.’

‘Dat gebeurt zeker heel vaak,’ fluister ik tegen Cade, als we op de stoep staan.

‘Als ik een dollar had voor elke keer…’ Zijn stem sterft weg als James en zijn assistente dichterbij komen.

James draagt een overhemd en een blauwe spijkerbroek. Hij ziet er eerder uit als een kakker dan een hippe platenbaas, maar het staat hem goed. Alexis is klein van stuk en onder haar zwarte wollen jas draagt ze een kort zwart jurkje, een maillot en zwarte Dr. Martens met gele veters. Ze is knap, maar niet heel opvallend, met groene ogen en donker haar. Ze doet me denken aan een van mijn studiegenootjes die haar ballerige Gap-kleding inruilde voor hippe tweedehands vintage vondsten… en een neusring. Ze glimlacht hartelijk naar ons.

'Hé, man,' zegt James tegen Cade, en hij grijnst naar mij. 'Dus dit is de dame.'

Cade had gelijk, hij is één brok charme. 'Hoi,' zeg ik, en ik steek mijn hand uit. 'Ik ben Kailey.'

'Erg leuk je te ontmoeten, Kailey,' zegt James. 'Dit is Alexis, mijn assistente.'

'Hoi Alexis,' zeg ik.

'We hebben al veel goeds over je gehoord,' zegt ze. Ze glimlacht naar me en richt haar blik dan op Cade. James legt zijn hand teder tegen haar rug, zoals je doet als je een relatie met die persoon hebt.

'Goed dat we eindelijk een eetafspraak hebben geregeld,' voegt James eraan toe. 'Zullen we naar binnen gaan? De sushi is hier waanzinnig lekker.'

'Ze noemen Fremont niet voor niets het middelpunt van het universum,' zeg ik met een knipoog, als we naar binnen gaan.

James bestelt verschillende borden met sushi en een dure fles sake, die onmiddellijk in een kleine aardewerken kruik wordt gebracht en in kleine aardewerken kopjes wordt geschonken.

'Op nieuwe vrienden en goede muziek,' zegt James met zijn kopje in de lucht.

'Proost,' zeg ik, en ik klink met mijn kopje tegen het zijne. Ik kijk naar Alexis en zij kijkt snel naar James.

'Heeft Cade je verteld dat we Ethan White vandaag gecontracteerd hebben?'

Ik schud mijn hoofd. 'Je bedoelt, Ethan White van die boyband op de radio?'

'Ja, de...' – hij maakt aanhalingstekens met zijn vingers – '... "boyband" die afgelopen jaar platina haalde.'

Ik weet nog dat Tracy en ik om hun videoclip bij 'All the Way' moesten lachen. We vonden dat mannen absoluut niet in het wit konden gaan. Een wit T-shirt was prima, maar een T-shirt, broek, schoenen en hoed? Nee, dat was echt fóút.

'Hij gaat een soloalbum bij ons maken,' vertelt James. 'En dat wordt een groot succes.'

Cade schuift op zijn stoel heen en weer en slaat zijn sake achterover alsof hij de kriebels krijgt van het idee alleen al. 'Een commercieel succes, misschien,' zegt hij. 'Maar James, jij en ik weten allebei dat die vent muzikaal bankroet is.'

'Ethan White is een enorme aanwinst voor Element,' is James' weerwoord, en hij haalt diep adem.

Cade schenkt nog wat sake voor zichzelf in. 'Ik had je gezegd dat ik erover wilde nadenken,' zegt hij enigszins geërgerd.

Ik heb deze kant van Cade nog nooit gezien en ik ben direct gespannen.

James gooit zijn armen in de lucht. 'Wat valt er nog na te denken? Hij is een platina artiest en Grammy-winnaar die bij ons muziek wil maken.'

'Maar het is niet ons soort muziek, James, en dat weet je,' zegt Cade, op iets luidere toon.

James werpt een blik op mij. 'Tja, zo zie je dus hoe het er werkelijk aan toegaat bij Element Records.'

Cade staat op. 'Ik wil het er hier niet over hebben, man,' zegt hij. 'Laten we even naar buiten gaan.'

James trekt zijn wenkbrauwen op. 'Wat je wilt.' Hij wendt zich met een glimlach tot ons. 'Dames, neem ons niet kwalijk.'

Alexis en ik kijken ongemakkelijk hoe de twee mannen naar buiten lopen. Alexis ziet er niet heel erg geschokt uit en ik vraag me af of ze dit door de jaren heen vaker heeft meegemaakt. Even later zien we door het raam hoe ze met levendige gebaren hun geschillen uitvechten.

'Ze ruziën soms als broers,' zegt Alexis wijs. Ze leunt naar voren alsof ze me een geheim wil vertellen. 'Maar ze zijn gek op elkaar. Ze komen er altijd uit.' Ze wenkt een ober en bestelt nog wat te drinken voor ons. 'Neem er nog een,' fluistert ze met een lachje. 'Voor rekening van de baas.'

Tien minuten later komen ze terug en lijkt de onenigheid opgelost. We eten onze sushi op, kletsen over veilige onderwerpen onder het genot van nog een fles sake en begeven ons dan naar de uitgang.

'Kailey, het was leuk je te ontmoeten,' zegt Alexis, en ze geeft me een kneepje in mijn hand. Ze struikelt een beetje en ik heb zo'n vermoeden dat de sake haar naar het hoofd is gestegen, net als bij mij. Mijn wangen voelen warm aan als ik kijk hoe ze zich naar Cade draait en hem een zoen op zijn wang geeft. Als James dat al vervelend vindt, dan laat hij het niet merken.

'Hoe laat ben je maandag op kantoor?' vraagt ze Cade, terwijl James haar hand vastpakt.

Cade kijkt naar mij. 'Hopelijk niet voor elf uur.'

'Oké,' zegt ze, een beetje geërgerd. 'Je moet namelijk wat contracten tekenen.'

Cade knikt en wuift hen gedag. We lopen naar buiten en stappen in een taxi. Ik tuur door het raam als de auto wegrijdt. James en Alexis zijn nog maar een waas in de nachtelijke sneeuw.

Cade lijkt doodmoe en afwezig als we bij hem thuis arriveren. Hij trekt de koelkast open en staart er afwezig in.

Buiten sneeuwt het nu harder. Ondanks het ongemakkelijke

moment aan tafel, vind ik deze avond geweldig omdat ik bij Cade ben. Ik doe de lampjes aan in het Charlie Brown-kerstboompje dat we afgelopen weekend samen op de markt in Queen Anne hebben gekocht. 'Gaat het?' vraag ik dan, en ik sla mijn armen om zijn middel. 'Je lijkt een beetje gespannen.'

'Sorry,' zegt hij. 'James haalt soms het bloed onder mijn nagels vandaan. Dat doet hij al mijn hele leven.'

'Ik begrijp waarom,' zeg ik. 'Ik bedoel, ik vond hem aardig hoor, maar hij is erg... intens.'

'Precies,' zegt Cade. 'Toen we pas begonnen, waren die dingen door de opwinding van ons eerste succes gemakkelijk te negeren. Maar nu?' Hij schudt zijn hoofd. 'Het is alsof hij een vreselijke egoïst is geworden.'

Ik knik. 'Rot voor je.'

Cade zucht. 'Wat vond je van Alexis?'

Ik kijk hem aan. 'Ik vond haar wel aardig, geloof ik.'

Cade knikt. 'Ze is geweldig. Een van onze eerste stagiaires. Ze was net afgestudeerd toen ik haar inhuurde. Ik vroeg haar wat voor muziek ze zou willen horen als ze op een onbewoond eiland zat en ze aarzelde geen moment: Nirvana, U2 en The Beach Boys.'

'Wauw,' zeg ik. Het verbaast me dat hij zich een vraag bij haar sollicitatiegesprek nog zo goed kan herinneren.

Hij is even stil en kijkt me dan veelbetekenend aan. 'Je doet het weer,' zegt hij met een grijns.

'Wat?'

'Dat trillen met je wimpers.'

Ik schud mijn hoofd. 'Waar heb je het over?'

'Je wimpers trillen als je gespannen of overstuur bent door iets.'

'O?'

'Ja.'

Ik glimlach zenuwachtig. 'Dat heeft nog nooit iemand tegen me gezegd.'

'Het is schattig,' zegt hij.

Ik trek hem dichter naar me toe. 'Zou je mij hebben aangenomen?'

'Onmiddellijk.'

Ik glimlach, maar Cades blik is afwezig. 'Waar denk je aan?'

Hij zucht en laat zich op de bank zakken. 'Ach, aan het feit dat de zaak de laatste tijd anders aanvoelt.'

'Je zit er echt mee, hè?'

'Ja,' zegt hij. 'En ik weet niet of het ooit weer kan worden zoals het was.' Hij slaakt nog een diepe zucht.

'Wat naar,' zeg ik, en ik ben even stil. Ik wil hem aanmoedigen om niet op te geven, om op te komen voor de dingen waar hij in gelooft. Ik wil hem zeggen dat hij in mijn ogen en misschien wel in de ogen van iedereen die het bedrijf kent de reden is voor het succes van Element Records. In plaats daarvan bijt ik op mijn lip en leg ik mijn hoofd op zijn schouder.

'Weet je?' zegt hij.

'Wat?'

'We zijn nu al een paar maanden verliefd, maar we hebben er nooit echt over gepraat. Voor mij betekent het dat ik een bepaalde rust voel als ik bij je ben,' gaat hij verder. 'En ik mis je als je er niet bent.'

Ik slik moeizaam.

'Soms helpt het om mijn gevoelens in songteksten uit te drukken. Ken je dat nummer van U2, "I Still Haven't Found What I'm Looking For"?'

Ik kijk in zijn ogen, neurie een paar maten en zing dan: '*It was warm in the night.*'

'*I was cold as stone*,' antwoordt hij, waarmee hij de twee regels aan het eind van het vierde couplet afmaakt.

Hij komt overeind en trekt me omhoog. Het is stil, maar onze lichamen bewegen alsof we muziek horen.

'Ik had het ook echt koud,' zegt hij. 'Ik was koud en eenzaam. Ik denk dat we pas weten wat we zoeken als we het vinden,' gaat hij verder. 'En toen... vond ik jou.'

Ik voel de tranen in mijn ogen prikken, maar knipper ze weg. 'En ik heb jou gevonden.'

'Ik heb al die tijd naar je gezocht, Kailey,' zegt hij. 'Ik wist het alleen niet.' Hij legt zijn handen tegen mijn wangen en slikt moeizaam. 'Ik hou elke dag meer van je,' fluistert hij.

Ik wil iets zeggen, maar het lukt niet. Ik laat zijn prachtige bezielde woorden tot me doordringen. Ik pak zijn hand vast, maar hij heeft zich al omgedraaid en loopt naar het raam.

'Het sneeuwt wel heel hard,' zegt hij. Hij loopt terug naar de bank, pakt de wollen sprei en legt die over zijn arm. 'Ik ga deze even naar Ivan brengen.'

Als hij de deur opendoet, slaat de winterwind tegen mijn huid, maar toch gaat er geen rilling door me heen. Ik ben warm vanbinnen.

13

19 november 2008

Ik doe mijn ogen open als ik de koffiemolen in de keuken hoor.

'Sorry,' zegt Ryan, als hij ziet dat ik overeind kom.

Ik gaap en wrijf in mijn ogen. 'Geeft niet,' mompel ik slaperig.

'Waarom ben je gisteravond niet naar bed gekomen?' vraagt hij.

'Het was al laat,' zeg ik. De gebeurtenissen van de vorige dag komen in me op. De beelden krijgen weer scherpe randjes. Ik huiver als ik aan Cades verwondingen denk. 'Ik wilde je niet wakker maken.'

Hij loopt naar de bank en komt naast me zitten. 'De volgende keer,' zegt hij, en hij duwt zijn neus tegen de mijne, 'maak je me gewoon wakker, hoor je me?'

Ik knik met een glimlach. 'Dat is goed.'

De regen spettert tegen de ruiten en ik word getroffen door het verlangen om hier de hele dag te blijven, misschien wel voor altijd. Ik wil de haard aansteken en hopen op een sneeuwstorm, zodat we ingesneeuwd raken en ik in Ryans armen kan vallen en niet hoef te denken aan de uitgemergelde man op de vierde verdieping van het Harborview Medical Center.

'Ik wil dit jaar een kerstboom,' zeg ik.

'Serieus?' vraagt Ryan, terwijl hij een stapel post bekijkt. 'Ik vind het eerlijk gezegd een hoop troep en gedoe.'

'O,' zeg ik, gekrenkt.

Hij kijkt op. 'Ik bedoel, natuurlijk. Als jij dat wilt, schatje, dan kan dat toch.'

'Nee,' zeg ik, 'je hebt gelijk. Het is meer gedoe dan het waard is.' Ik voel zijn sterke arm om mijn middel.

'Het spijt me,' zegt hij. 'Dat was niet aardig van me. Ik weet dat je dol bent op deze tijd van het jaar. Laten we een boom nemen. Volgende week misschien.'

Ik glimlach en knik, terwijl hij me een kus op mijn voorhoofd geeft.

'O,' zegt hij, en hij begint over iets anders. Ondertussen staat hij op en loopt terug naar de keuken om te zien of de koffie al klaar is. 'Ik had je nog niet verteld dat mijn ouders gisteravond hebben gebeld. Ze komen vandaag al.'

'Vanavond?'

Hij komt weer naast me op de bank zitten en geeft me een dampende kop koffie met precies genoeg melk en room. 'Ja.'

Ik frons mijn wenkbrauwen. 'Ik dacht dat ze dit weekend pas zouden komen.'

'Weet ik,' gaat hij verder. 'Ik ook, maar kennelijk heeft papa een vergadering naar voren gehaald en toen besloot mama om maar direct mee te gaan. Ze kunnen ook in het Fairmont logeren, als je dat liever hebt. Dat is...'

'Nee,' zeg ik. Hoe gestrest ik ook ben, dit zijn Ryans ouders. En ook al heb ik soms wat moeite met ze, ik heb geen leven zonder ouders gehad om degene die ik dan eindelijk krijg naar een hotel te verbannen. 'Ze zijn familie. Ze logeren hier.'

Hij glimlacht. 'Ze komen rond een uur of negen. Het leek me leuk om morgen met ze uit eten te gaan. Ik heb een tafeltje geboekt bij Earl's aan Fifth. Is zeven uur goed?'

'Ja, eh... dat lijkt me wel,' zeg ik. Ik sta op en loop naar de keuken. Op tafel staat een enorme doos met trouwkaarten voor de bruiloft in juli. Die moeten geadresseerd, gefrankeerd en verstuurd worden. Ik bekijk er eentje en weet nog dat ik heb gewikt en gewogen over de kleur wit voor de enveloppen en uiteindelijk 'linnen' heb gekozen. Wat verlang ik terug naar de tijd dat ik me druk maakte over enveloppen.

'Gaan we die ooit nog versturen?' vraagt Ryan plagerig.

'Ja,' zeg ik snel. 'Ik... ik had er vorige week aan willen beginnen. Het is alleen zo hectisch geweest.'

'Ik kan je helpen, hoor,' zegt hij. 'Zo beroerd is mijn handschrift nou ook weer niet.'

'Natuurlijk niet,' zeg ik. 'En ik vind het heerlijk als je me helpt. Zullen we volgende week in bruiloftstand gaan?'

Hij knikt, slaat zijn armen om me heen en trekt een gezicht. 'Dat zeg je niet om tijd te rekken?'

'Absoluut niet,' antwoord ik met een glimlach.

'Zeker weten?'

Ik geef hem een snelle zoen. 'Zeker weten.'

Mijn telefoon zoemt en als ik snel in mijn inbox kijk, bedenk ik opeens dat ik om half tien een interview heb met een aantal ontwikkelaars. Hoe heb ik dat kunnen vergeten?

'Verdikkeme,' zeg ik tegen Ryan. 'Ik heb dat grote ontwikkelaarsinterview vanmorgen.' Ik schud mijn hoofd. 'Daar heb ik nu echt geen zin in, maar ik moet de details van hun plannen in de Pioneer Square-serie verwerken.'

'Moet ik wat telefoontjes voor je plegen? Hun vragen of ze zich netjes willen gedragen? Een exclusieve blik op hun bouwkundige tekeningen voor je regelen?'

'Je bent een schat,' zeg ik, 'maar dat is niet echt professioneel. Ik red me best.'

'Goed,' zegt hij met een grijns. 'Tot vanavond.' Hij pakt zijn jas. 'Ik hou van je.'

'Ik hou ook van jou,' fluister ik, als de deur al dicht is.

Een uurtje later arriveer ik bij een torenflat in Belltown en word naar een vergaderzaal geleid waar flesjes water en een schaaltje pepermuntjes staan, maar die geen enkele sfeer heeft. Vijf minuten later komen vijf mannen haastig binnen. Twee heten er Bob. Een gedweeë assistente drentelt achter ze heen en weer. 'Kan ik nog iets voor u halen?' vraagt ze bijna fluisterend.

Ik schud mijn hoofd. 'Nee hoor, dank je wel.'

Een van de Bobs neemt het woord. 'Mevrouw Crain, het is een genoegen u te ontmoeten.'

'Dat is wederzijds,' zeg ik bondig.

De andere mannen stellen zich voor als Steve, Dan en Phil.

Ik zit in mijn eentje aan een kant van de lange eikenhouten conferentietafel. Ik haal mijn notitieboekje en pen uit mijn tas. 'Uiteraard weten jullie dat ik een serie voor de *Herald* schrijf over de toekomst van Pioneer Square. Ik ben me ervan bewust dat jullie stuk voor stuk in een strijd verwikkeld zijn met de gemeente over jullie belangen bij de ontwikkeling van de buurt.' Ik open de pagina met aantekeningen over Creighton Properties. 'Bob,' begin ik. 'Je stelt voor om de opvang aan Main Street te sluiten. Waarom?'

'Een simpel rekensommetje,' zegt hij. 'Als je er een bouwt, dan komen ze.'

'Kun je dat uitleggen?' vraag ik, terwijl ik aantekeningen maak.

'Misschien herinner jij je dit niet, maar die opvang is in 1996 gebouwd,' gaat hij verder. 'En vanaf dat moment is de buurt overspoeld door daklozen. Je kunt geen meter lopen zonder over een zwerver te struikelen.'

Ik vertel hem niet dat ik me wel degelijk kan herinneren wanneer het gebouwd werd en dat Cade er toen pal naast woonde.

'Maar Bob, behalve de opvang waar jij het over hebt, zijn er weinig andere opties voor ontheemde mensen in de stad.'

'Ontheemde mensen?' Hij grinnikt en ik zie hoe zijn buik meetrilt. 'We hebben het hier voornamelijk over drugsverslaafden, hoor. Mensen die hun hand ophouden en weigeren te werken. Gajes.'

Ik schraap mijn keel. 'Gajes?'

'Inderdaad,' zegt de andere Bob nu. 'Maar moet je horen. We zijn niet zonder gevoel. Als je ons voorstel voor de stad hebt gelezen, dan zie je dat we daar een heel aardig verhuispakket bij gevoegd hebben, wat naar ons idee meer dan afdoende is.'

'Een verhuispakket?'

'Ja, ja,' vult de eerste Bob aan.

'Jullie bouwen ergens anders een nieuwe opvang?'

'Niet helemaal,' zegt een van de andere mannen. Steve?

'Wat dan? Als je de opvang afbreekt en er een appartementencomplex neerzet, waar moeten de honderden mensen dan naartoe die afhankelijk zijn van de opvang?'

'Wat dacht je van een Subway?' zegt Phil. 'Taco Bell. McDonald's.'

Ik schud mijn hoofd. 'Ik begrijp het niet.'

Phil glimlacht. 'We hebben het over werk, mevrouw Crain. We geloven niet in een aalmoes, we geloven in werken. En ons plan omvat een grootmoedig pakket dat daarop gericht is.'

Ik leg mijn notitieboekje neer. 'Ik begrijp wat jullie zeggen. En geloof me, ik ben een absoluut voorstander van werken, net zozeer als jullie. Maar als ik één ding heb geleerd tijdens mijn gesprekken met mensen voor deze serie, dan is het dat het daklozenprobleem erg complex is.' Ik denk aan Cade en de talloze anderen die er niet voor hebben gekozen om op straat te leven.

Bob 1 haalt zijn schouders op. 'Tja, dan zijn we het niet met elkaar eens,' zegt hij. 'Maar we hopen dat je in je artikel toch ons punt naar voren kunt brengen.'

'O, maar dat komt in orde,' zeg ik, en ik klap mijn notitieboekje dicht.

Op weg naar het Harborview bel ik Jan. 'Ik heb net het ontwikkelaarsinterview gehad.'

'Hoe ging het?'

Ik rol met mijn ogen. 'Dat vertel ik je nog wel. Maar laat ik het voorlopig op één woord houden: jakkes.'

'Kom je nog naar de redactie?' vraagt Jan.

'Nee. Cade ligt in het ziekenhuis.'

Ze hapt naar adem. 'O, nee. Is het erg?'

'Ja en nee,' zeg ik. 'Hij is in elkaar geslagen. Een paar gebroken ribben, maar verder voornamelijk oppervlakkige wonden. Het goede nieuws is dat een van de artsen denkt dat hij geschikt is voor een nieuw programma voor patiënten met traumatisch hersenletsel. Ze vermoeden namelijk dat hij dat heeft. Maar goed, ik ga nu eerst naar het ziekenhuis.'

'Neem alle tijd die je nodig hebt,' zegt Jan. 'Ik meen het.'

Ik haal diep adem. 'Je hebt geen idee hoe schuldig ik me voel dat ik je zo laat stikken.' Ik zucht. 'Ik heb het gevoel dat ik mijn hele leven in de steek laat.'

'Nou, maak je voorlopig in elk geval maar geen zorgen over het werkgedeelte,' zegt ze. 'Ik bedoel, verdwijn niet helemaal van de aardbodem, maar neem een paar dagen de tijd om alles op een rijtje te zetten. Ik neem de boel hier wel waar.'

'Dank je wel,' zeg ik, als ik de parkeergarage binnenrijd.

'Heb je het Ryan verteld?' vraagt ze.

'Nee,' zeg ik. 'Dat durf ik niet.'

'Zeg het hem, Kailey,' dringt Jan aan. 'Dat verdient hij.'

Cade is wakker als ik zijn kamer binnenloop. De muren zien er in het ochtendlicht smoezeliger uit. Er is kennelijk geen verf die de smet van ziekte kan bedekken.

'Hoi,' zeg ik, en ik loop naar zijn bed. De iPod en koptelefoon liggen op zijn schoot. Ik vraag me af of hij heeft genoten van de muziek. Hij kijkt niet op. 'Heb je al gegeten?'

Hij staart recht voor zich uit en ik pak de telefoon naast zijn bed.

'Dag,' zeg ik. 'Ik ben bij Cade McAllister op kamer 502. Heeft hij vanmorgen iets gegeten?'

'Ah ja, meneer McAllister,' zegt de verpleegkundige. 'We hebben hem een uur geleden zijn ontbijt gebracht, maar hij wilde niet eten.'

Ik kijk naar Cade die er zo mager, zo verloren uitziet. 'Wat hebt u hem gebracht?'

'Even kijken,' zegt ze, en ze klinkt een beetje geërgerd. Ik hoor het schuiven van papieren op de achtergrond. 'O ja, havermout. En pruimen. Met melk.'

'Hij lust geen havermout,' zeg ik.

‘Tja, onze diëtiste raadt havermout aan voor patiënten met gebroken ribben,’ zegt ze. ‘Om de stoelgang zacht te houden. Het is beter om…’

‘Kunt u hem geroosterd brood met roerei brengen?’ vraag ik. ‘En tabasco. Hij is gek op tabasco.’

‘Ik zal zien wat ik kan doen,’ zegt de vrouw.

Een half uur later brengt een jonge vrouw van het ziekenhuisrestaurant een dienblad dat ze met een glimlach op Cades tafeltje neerzet.

‘Dank je wel,’ zeg ik, als ze weer vertrekt.

Ik trek mijn trui uit, leg hem op de stoel bij het raam en loop dan weer naar Cade om de metalen cloche van het bord op te tillen. Eieren en geroosterd brood. Tot mijn vreugde zie ik dat er een flesje tabasco bij staat. Ik druppel er wat van op het roerei en pak een vork.

‘Alsjeblieft,’ zeg ik, en ik breng de vork naar Cades mond.

Hij kijkt strak voor zich uit, maar ik laat me niet uit het veld slaan. Voorzichtig breng ik de vork naar zijn mond en als bij toverslag gaan zijn lippen uiteen. Hij neemt een hapje en kijkt me aan om aan te geven dat hij er nog een wil. Dat geef ik hem, gevolgd door een stukje brood. Met elke hap kijkt hij me strak aan.

‘We gaan ervoor zorgen dat jij weer gezond wordt,’ zeg ik tegen hem. ‘Maar je moet wel goed eten, hoor. Je bent veel te mager.’ Ik glimlach. ‘Je was altijd al slank, maar toch had je een beetje een buikje. Weet je dat nog? Ik plaagde je er altijd mee.’

Zwijgend doet hij zijn mond open wanneer de vork zijn lippen raakt. De herinneringen blijven komen, de ene na de andere: dat we met zijn tweeën wijn dronken op het dakterras van mijn appartement; dat ik worstelde met een dienblad vol borrelhapjes tijdens een feest bij hem thuis voor een of andere nieuwe band die het helemaal zou gaan maken; de keren dat we hand in hand over Pike Place Market slenterden.

'Je bent altijd gek geweest op pittig eten,' zeg ik. 'Echt waar, zelfs als je iets wat ik had klaargemaakt niet lekker vond, hoefde ik er alleen maar genoeg rode chilivlokken door te doen of het te verdrinken in tabasco en je vond het om te smullen.' Ik glimlach, terwijl Cade de laatste hap roerei neemt. 'Dat was mijn geheimpje.'

Ik breng een glas water naar zijn lippen en hij neemt een slokje. De hele tijd blijft hij me aankijken, alsof hij zijn hersenen zover wil krijgen dat ze zich mij kunnen herinneren. Deels kan hij zich mij ook terughalen, dat kan ik merken. Ik vraag me af hoe het moet zijn om gevangen te zitten in deze verwarde toestand. Ik kan me herinneren dat ik een keer op een ochtend wakker werd en nog steeds warrig was door een droom die ik had gehad. Ik was voor een vastgoedcongres in Atlanta en had de vorige avond een beetje te veel wijn gedronken. Ik deed mijn ogen open, bekeek mijn omgeving en zo'n tien seconden lang had ik geen idee waar ik was of wie ik was. Het was alsof mijn brein tijdelijk had stilgestaan en nu sputterend tot leven kwam. Die tien seconden was ik totaal in de war. *Wie ben ik? Waar ben ik? Wat doe ik hier? Hoe ben ik hier terechtgekomen?* En toen begon de motor te lopen. Mijn wereld kwam weer scherp in beeld.

Zou het bij Cade ook zo gaan? Ik pak het dienblad en zet het bij het raam op het moment dat de deur opengaat en dokter Branson binnenkomt. 'Goeiemorgen,' zegt ze, en ze loopt direct naar Cade. Ze stelt zijn infuus bij, pakt de bloeddrukmeter en meet zijn vitale functies. Ze knikt tevreden en maakt een aantekening in zijn dossier, waarna ze zich tot mij richt. 'Mijn collega's en ik zijn van mening dat uw vriend de ideale kandidaat zou zijn voor het programma waar ik u gisteren over heb verteld. Er is helaas op dit moment geen plek.'

'O, nee,' zeg ik ontmoedigd.

'Maar ik heb een idee,' gaat ze verder. 'Ik heb mijn collega's gesproken en er is op de tweede verdieping een studio die nog niet klaar is, maar we gaan kijken of het mogelijk is om die speciaal voor Cade af te maken.'

'Ja, ja,' zeg ik. 'Dat zou geweldig zijn.'

'Het zou wel een grote stap voor hem zijn,' zegt ze, 'zelfstandig wonen. Maar er is medisch toezicht in het gebouw aanwezig. We zien het als de beste manier voor mensen met traumatisch hersenletsel om terug te keren in de maatschappij.' Ze geeft me een stapel papieren. 'Het programma begint pas over twee weken, dus zal hij tijdelijke huisvesting nodig hebben.'

Mijn hart gaat sneller kloppen. 'Tijdelijke huisvesting?'

'Ja,' zegt ze. 'Daar kunt u hem vast wel mee helpen.'

Ik knik, denk aan Ryan, mijn schoonouders, mijn leven. 'Ja, ja, natuurlijk.'

'En hoewel het een gesubsidieerd programma is, dekken de bijdragen niet de totale kosten. Uw vriend is niet verzekerd, dus zal een deel van de kost en inwoning betaald moeten worden.' Ze geeft me nog meer papieren. 'Ongeveer vijfduizend dollar.'

Ik knik somber. Ryan en ik hebben het geld. We hebben onze financiën onlangs samengevoegd en hoewel we genoeg spaargeld hebben en dit niet meer dan een hobbeltje in ons financiële landschap is, voel ik me ongemakkelijk. Hoe kan ik dit betalen zonder hem eerst over Cade te vertellen? Daarmee zou ik zijn vertrouwen schaden.

'Ik vind het vervelend om u op te jagen, maar ik ben bang dat de aanbetaling vandaag binnen moet zijn om zijn plaats te garanderen.'

Ik knik en pak mijn portemonnee. 'Geen probleem,' zeg ik. 'Dat regel ik direct.' Ik overhandig haar de cheque, die ze aan haar assistente geeft die net de kamer is binnengekomen.

'Gail, leg deze op mijn kamer en vraag John of hij de inschrijving van meneer McAllister in gang wil zetten.'

We kijken allebei naar Cade die zijn ogen dicht heeft.

Dokter Branson fluistert tegen mij: 'Kunnen we even op de gang praten?'

Ik knik en loop achter haar aan de kamer uit.

Als de deur achter ons dicht is, slaat ze een map open en haalt ze er wat papieren uit die aan elkaar zijn geniet. 'Mijn assistente is in de archieven gedoken en wat ik al vermoedde is dat we inderdaad een naamloze patiënt hebben gehad die voldoet aan de beschrijving van uw vriend. Hij is op 4 augustus 1998 opgenomen. Volgens zijn dossier werd hij per ambulance binnengebracht, was hij bewusteloos en had hij hoofdletsel en hersenoedeem. Hij had geen legitimatie bij zich. Wat ik hier lees is dat hij twee weken in coma heeft gelegen en kort daarna is ontslagen. Ik heb hier een aantekening van zijn arts. Eens even kijken.' Ze zwijgt, terwijl haar blik over de pagina glijdt en ze vervolgens een wenkbrauw optrekt. 'Dat is interessant.'

'Wat?'

'Iemand heeft voor hem getekend.'

Ik schud mijn hoofd. 'Dat begrijp ik niet.'

Dokter Branson knikt. 'Hier staat dat de arts heeft geprobeerd die persoon over te halen de patiënt aan te melden voor een behandeling wegens mogelijk hersenletsel. Maar dat is duidelijk niet gelukt. De volgende dag is Cade vertrokken.'

'Vertrokken?'

‘Er staat alleen dat hij ontslagen is.’
‘Hoe kan dat nou?’
‘Een ziekenhuis kan een patiënt niet tegen zijn wil vasthouden,’ gaat ze verder. ‘Of Cade uit vrije wil is vertrokken of is meegenomen, zullen we wel nooit zeker weten.’

De rest van de ochtend staar ik naar Cades borst die op en neer gaat en ik zou willen dat ik heel eventjes in zijn hersenen kon kruipen om te zien wat hij voelt, wat hij nog weet, wat er die avond in augustus zoveel jaar geleden is gebeurd. Want er is iets gebeurd.

Zou James Cade uit het ziekenhuis hebben opgehaald? Waarom heeft hij me dat dan niet verteld? Ik pak mijn telefoon, loop de gang op en bel hem. Ik krijg de irritante baliemedewerker weer. Werkt die vent zeven dagen per week?

‘Ik wil James Keatley graag spreken,’ zeg ik. ‘Is hij aanwezig? Het is dringend.’

‘Met wie spreek ik?’

‘Kailey Crain,’ zeg ik.

‘O,’ zegt hij. ‘Nee, het spijt me, hij is niet bereikbaar.’

‘Niet bereikbaar?’

‘Inderdaad.’

Ik zucht. ‘Dat is wel erg vaak zo. Vraag dan maar of hij mij wil bellen zodra hij even tijd heeft.’ Ik geef hem mijn nummer, waarna hij iets mompelt en ophangt.

Als ik mijn telefoon weer in mijn tas heb gestopt, kijk ik naar Cade. Ik heb geen idee wat hij denkt of voelt, maar mijn hart krimpt ineen als ik zie dat er uit zijn rechteroog een traan druppelt.

‘Cade, heb je pijn?’

Hij ligt op z’n zij en staart voor zich uit. Zijn kin trilt licht. Ik wil hem zo graag troosten. Zijn hersenen beter maken. Met mijn vingers knippen en zorgen dat alles weer goed komt. Maar ik kan alleen maar bij hem zijn. Ik voel dat vertrouwde verlangen en zonder na te denken, loop ik naar zijn bed en ga achter hem liggen. Mijn buik drukt tegen zijn rug, ik sla mijn arm om hem heen en leg mijn hand zachtjes tegen zijn borst. Ik kan zijn hartslag horen. Hij knippert even met zijn ogen en sluit ze dan. Ik doe hetzelfde.

'Pardon.' In de verte hoor ik een vrouwenstem fluisteren. *Wie? Wat?* Ik doe mijn ogen open. *Waar ben ik?* Even later wordt de kamer zichtbaar en het gezicht dat voor het mijne hangt ook. Een verpleegkundige. Een ziekenhuiskamer. Ik ga rechtop zitten en kijk om me heen. Cade slaapt nog.

'O, jee,' zeg ik. 'Ik ben zeker in slaap gevallen.' Ik wrijf in mijn ogen. 'Hoe laat is het?'

'Het is net zeven uur geweest,' zegt de verpleegkundige.

'O, nee,' zeg ik in paniek. Ik had Ryan een sms'je gestuurd om te zeggen dat ik om zes uur thuis zou zijn. Ik sta op, pak mijn tas en zie mijn slonzige uiterlijk in de weerspiegeling van het raam. 'Ik moet ervandoor,' zeg ik. 'Ik wil hem niet wakker maken. Maar morgenochtend kom ik weer.'

De verpleegkundige, dezelfde die zo lief voor me was in de lift, controleert de verschillende monitors waar Cade met draden en snoeren aan vastzit. Ze knikt. 'Maakt u zich geen zorgen,' zegt ze. 'We zullen goed voor hem zorgen.'

'Dank u,' zeg ik, en ik kijk nog even naar Cade met zijn baard en zijn magere lijf dat als een halvemaan onder het gesteven ziekenhuislaken ligt. Ik vind het afschuwelijk om hem alleen te laten, maar ik moet echt weg.

'Hoi,' zegt Ryan vanaf de bank als ik binnenkom.

'Hoi,' zeg ik. Ik zet mijn tas op het bankje in de gang. 'Hoe laat komen je ouders ook alweer?'

'Hun vlucht heeft vertraging,' zegt hij. 'Ze zijn er misschien pas na elf uur.'

'O, nee,' zeg ik.

'Ik blijf wel op, dat hoef jij niet te doen. Ik weet dat je een drukke week hebt gehad.'

Ik knik, blij dat ik naar boven kan.

'O,' zegt hij, en hij schuift zijn laptop opzij. 'Een uur geleden belde er iemand van het Harborview. Iets over een hersenletselcentrum.'

Ik krijg klamme handen. Waarom bellen ze me op onze vaste lijn? Dan schiet me te binnen dat dat telefoonnummer bovenaan de cheque staat. 'O,' zeg ik, en ik probeer te bedenken wat ik moet zeggen. Snel.

'Ik heb het nummer opgeschreven,' zegt hij, en hij legt een papiertje op de salontafel. 'Ik neem aan dat het iets voor de *Herald* is? Ik bedoel, tenzij je hersenletsel hebt, waar je mij niets over hebt verteld.' Hij grinnikt.

'Ja,' zeg ik. 'Ik bedoel, nee, ik heb geen hersenletsel.' Ik lach zenuwachtig.

'Kom eens hier,' zegt hij.

Ik ga naast hem op de bank zitten en hij vlecht zijn vingers door de mijne.

'Ik heb net gehoord dat ik het grootste deel van volgende week weer naar Portland moet,' zegt hij. 'Het is een cruciaal stadium voor de plannen van het Pioneer Square-project en de details liggen te gevoelig om telefonisch af te handelen.' Hij geeft een kneepje in mijn hand. 'Vanwege Thanksgiving is het een korte werkweek. Misschien heb je zin om mee te gaan. Ik weet dat je liever naar het strand gaat, maar we zouden langs de rivier kunnen wandelen. Jij kunt schrijven, terwijl ik werk. Een andere omgeving doet je misschien goed.'

Deels wil ik hier blijven, deels wil ik mee. Maar het gaat niet. Cade heeft me nodig. In elk geval tot hij in zijn nieuwe studio zit.

'Lijkt me heerlijk,' zeg ik. 'Maar ik kan volgende week niet.'

Ryan maakt zijn hand los uit de mijne en staat abrupt op. 'Ik begrijp het,' zegt hij op een toon die me zegt dat hij het absoluut niet begrijpt. Hij loopt naar de deur.

'Ryan, het spijt me, ik...'

'Ik snap het,' zegt hij, en hij pakt de hondenriem. 'Ik ga Eddie even uitlaten. Ben zo terug.' Hij kijkt me aan. Ik weet dat hij mijn bezorgdheid kan zien. 'Het is al goed,' zegt hij, terwijl hij zijn jas dichtritst.

Maar het punt is dat ik weet dat het niet goed is. Niets is goed.

De volgende ochtend ben ik eerder wakker dan Ryan. Stilletjes kleed ik me aan en vertrek zonder Ryans ouders te wekken. Zelfs Eddie is te slaperig om te zien dat ik de deur uit ga.

Ik parkeer mijn auto bij het ziekenhuis en ga naar de vierde verdieping. Mijn hart gaat tekeer als ik de deurklink vastpak. Als ik de kamer binnenga, bots ik bijna tegen een man aan die een vaas witte anjers vastheeft en een ballon met BETERSCHAP erop.

'O,' zeg ik geschrokken. 'Neem me niet kwalijk. Ik heb zeker de verkeerde kamer. Ik zoek 502.'

'Dit is 502,' zegt hij. 'Mijn vrouw is hier vanmorgen naartoe gebracht na haar operatie.'

'Uw vrouw?' Ik tuur over zijn schouder en zie een vrouw van middelbare leeftijd met kort donker haar in het bed liggen dat gisteren nog van Cade was. Ze heeft de afstandsbediening vast en staart met een gefrustreerde blik naar de televisie.

'Bill, hoe werkt dat ding? Kun je een verpleegkundige halen?'

'Sorry,' zeg ik. Ik glip de deur uit en loop naar de balie. Misschien is hij verplaatst. Misschien ligt hij op een andere verdieping.

'Pardon,' zeg ik. 'Ik zoek Cade McAllister. Gisteren lag hij op kamer 502, maar daar is hij niet meer.'

'O,' zegt de jonge verpleegkundige. 'Ja.' Ze wendt zich tot haar collega, een oudere verpleegkundige die ik me niet van gisteren kan herinneren.

'Uw vriend is vertrokken,' zegt de oudere verpleegkundige.

Ik schud mijn hoofd. 'Hoe bedoelt u, hij is vertrokken?'

Ze haalt haar schouders op. 'Hij is halverwege de nacht weggeglipt,' zegt ze. 'De nachtverpleegkundige zei dat ze hem om drie uur zijn pijnmedicatie wilde geven en dat hij toen verdwenen was.'

'Hoe kunnen jullie hem nou laten gaan?' roep ik uit. 'Hij heeft traumatisch hersenletsel. Hij weet niet wat hij doet. Hij weet niet wie hij is.'

'Mevrouw,' zegt de oudere verpleegkundige, 'dit is een ziekenhuis, geen gevangenis. We kunnen mensen niet dwingen hier te blijven. Als iemand weg wil, kan dat.'

Ik slaak een zucht. 'Hebt u een idee waar hij kan zijn? Hebt u énig idee?'

Ze haalt haar schouders op. 'Misschien weer op straat,' zegt ze, en ze richt zich op de papieren voor haar. 'Daar komen ze toch altijd weer terecht.'

Ze wil nog iets anders zeggen, maar ik luister niet. In plaats daarvan ren ik naar de lift.

De hele dag ben ik op zoek naar Cade. Ik loop eindeloos door het Westlake Center heen en weer, werp een blik in elke steeg, kijk op elke stoep. Vervolgens ga ik naar Pioneer Square, ga bij de opvangplekken en gaarkeukens langs, maar zonder enig succes. Om drie uur ben ik doodmoe en gedesillusioneerd. Ik besluit naar kantoor te gaan, waar ik me moedeloos in mijn stoel laat ploffen.

Jan loopt langs en steekt haar hoofd om een hoekje. 'Daar is ze.'

'Sorry dat ik zo afwezig ben,' zeg ik. Ik voel een golf van emoties in me opkomen en laat mijn hoofd in mijn handen zakken.

'Ik vind het erg voor je dat je dit moet doormaken.' Ze gaat zitten. 'Heb je al bedacht of je erover wilt schrijven?'

Ik schud mijn hoofd. 'Het is zo persoonlijk, Jan.'

'Dat is het ook,' zegt ze. 'Daarom is het ook zo boeiend.'

'O, Jan. Ik weet niet wat ik moet doen.' Ik ben zo lang op mijn hoede geweest rond Ryan, dat het fijn is om toe te geven aan mijn emoties.

'Het is bijna Thanksgiving,' zegt ze. 'Laten we de serie over Pioneer Square eindigen vanuit Cades perspectief. Laten we de buurt door zijn ogen zien.'

'Ik weet het niet,' zeg ik.

'Ja, dat weet je wel,' is haar weerwoord.

Ik vertel haar over Cades ziekenhuisverblijf en zijn verdwijning.

'Je vindt hem wel,' zegt ze. 'Je hebt hem niet na tien jaar teruggevonden om hem vervolgens weer kwijt te raken. Zo'n rotstreek kan het lot je niet leveren.'

Ik moet even lachen.

'Uiteindelijk komt het allemaal goed,' zegt ze, en ze kijkt me lang aan. 'Ga hem zoeken en schrijf een stuk waar jullie allebei trots op kunnen zijn.'

Haar woorden zijn troostrijk en verwarrend tegelijk.

'Het spijt me dat ik laat ben,' zeg ik. Ik geef Ryan een snelle zoen en laat me bij Earl's in een stoel zakken. Ryans ouders, Bennett en Melinda, kijken me aan en onmiddellijk krijg ik een gespannen gevoel, zoals ik krijg als ik tijdens personeelsvergaderingen geacht wordt iets te zeggen. Het is tien over zeven en hoewel ik op tijd van de redactie ben vertrokken, stond ik op Mercer een stuk langer in de file dan ik had verwacht. Ik kijk om me heen door het restaurant waar keurig geklede gasten zitten. Weken geleden, toen ik hoorde dat Ryans ouders zouden komen, was ik van plan om mijn nieuwe blauwe jurk te dragen die ik pas bij Nordstrom heb gekocht en ik had wat mascara op willen doen en mijn haar willen kammen. Maar vandaag – Cade – is zo moeilijk geweest dat ik hier in een spijkerbroek en een gekreukte witte bloes zit. Ik zucht en doe mijn best mijn natgeregende haar glad te strijken.

'Dag, lieverd,' zegt Melinda, en ze blaast me een kus toe. Ze is tot in de puntjes gekleed in een beige trui van kasjmier en een zwart kokerrokje. Haar volmaakt gekapte blonde haar maakt me acuut bewust van hoe het mijne eruitziet.

Bennett glimlacht. 'Leuk je weer te zien, Kailey.'

'Sorry dat ik er zo verlopen uitzie,' zeg ik. 'Ik kom net uit mijn werk.'

'Drukke dag?'

'Ja,' zeg ik.

Ryan glimlacht trots. 'Kailey is bezig met een aantal grote thema's voor de *Herald*. Ze heeft belangrijke ideeën over hoe de daklozen in Seattle geholpen kunnen worden te midden van alle ontwikkelingsprojecten in het centrum.'

'Ik heb tijdens mijn research delen van de stad gezien waar ik anders nooit zou komen,' zeg ik. Ik wil het uitleggen, maar word afgekapt.

'Nou, wat geweldig,' zegt Melinda. Ze wil overduidelijk alleen maar beleefdheden uitwisselen.

'Hoelang blijven jullie?' vraag ik, en ik denk aan Cade, aan alles.

'Twee nachtjes maar en dan gaan we door naar Atlanta,' vertelt Bennett. 'Melinda treedt dit weekend samen met een oude vriendin op als gastvrouw bij een liefdadigheidsbal.'

'Ten bate van onderzoek naar spastische verlamming,' vult Melinda aan.

Ik bedenk opeens wat een succesvol fondsenwerver als Melinda zou kunnen betekenen voor de daklozen van de stad. Misschien hebben zij en ik meer gemeen dan ik zou willen toegeven.

'Dat is fantastisch, mama,' zegt Ryan.

Melinda glimlacht naar haar zoon. 'Het is mijn roeping.'

'Hoe staat het met het samenwerkingsverband rond Pioneer Square? Is de financiering rond?' vraagt Bennett aan Ryan. En opeens zijn vader en zoon in een privégesprek verwikkeld over hoe het met hun verschillende zakelijke belangen gaat tijdens deze recessie.

Melinda wendt zich tot mij. 'Je ziet er moe uit, lieverd. Je werkt te hard.'

Ik dwing mezelf te glimlachen. 'Ik probeer net als jij mensen te helpen, door middel van mijn woorden. Al lijkt het soms wel eens dat niemand luistert.'

'Tja,' zegt ze, en ze knijpt haar ogen samen. 'Misschien moet je overwegen om vrijwilligerswerk te gaan doen als jullie eenmaal getrouwd zijn. Ryan verdient genoeg geld voor jullie beiden, hoor. Dan zou je levens heel direct kunnen beïnvloeden.'

De ober brengt een wijnglas en schenkt er de duur uitziende Franse wijn in uit de fles die op tafel staat.

'Ik hou echt van mijn werk,' zeg ik, nadat ik een slokje heb genomen.

'Maar lieverd,' zegt ze. 'Hoe doe je het dan thuis? Wil je geen gezin? Je wilt toch zeker geen kantoorbaan als je een kind hebt?'

Mijn wangen branden. 'Ik kan me niet voorstellen dat ik niet zou werken. Het hoort bij wie ik ben.'

Melinda trekt haar schouders naar achteren en vouwt haar handen sierlijk op haar schoot. 'Je merkt vanzelf hoeveel vreugde en voldoening je kunt hebben als echtgenote en moeder.'

'Nou ja,' zeg ik, en ik glimlach zo vriendelijk mogelijk. Ik werp een blik op Ryan om te zien of hij me kan redden, maar hij is nog steeds diep in gesprek met zijn vader. 'We zien wel.'

Bennett heeft zeker nog een fles wijn besteld, want de ober komt een nieuwe fles brengen. Zo te zien is de jongeman nieuw want hij frunnikt met de kurkentrekker en heeft moeite om de kurk uit de hals van de fles te krijgen. Hij glimlacht zenuwachtig. 'Jeetje,' zegt hij. 'De kurk is geloof ik kapot.'

Ik kijk even en zie dat hij niet alleen afgebroken is, maar volledig verpulverd lijkt. Ik heb medelijden met de jongen die zich nu in een lastig parket bevindt. Ryans ouders zijn best aardig, maar ze zijn geneigd overdreven teleurgesteld te reageren als iets niet gaat zoals zou moeten.

'Dat was een heel dure fles wijn,' zegt Bennett, en hij slaat zijn armen over elkaar. 'Ik drink liever geen wijn met stukjes kurk erin.'

'Wacht,' zeg ik, en ik schiet de ober te hulp. 'Ik weet hoe we dit kunnen oplossen. 'Heb je een tandenstoker?'

Iedereen kijkt me met open mond aan, behalve de ober die misschien wel mijn nieuwe beste vriend is. Hij komt in actie. 'Alstublieft,' zegt hij.

Ik sta op, duw de tandenstoker voorzichtig in de kurk en pak de kurkentrekker. Die draai ik in de lastige kurk, waarna ik hem voorzichtig omhoogtrek. De combinatie werkt perfect en de kurk komt met een zachte plop naar buiten.

'Kijk eens,' zeg ik.

De ober slaakt een zucht van verlichting.

Ryan heeft een brede glimlach op zijn gezicht. 'Van wie heb je dat geleerd?' vraagt hij, en hij kijkt me vol trots aan.

Ik slik moeizaam. 'Van een oude vriend,' zeg ik. Voordat ik ga zitten, schenk ik Bennett bij.

'Geen spoortje kurk te zien,' zegt hij tevreden. 'Met deze vrouw moet je trouwen, jongen.' Hij geeft Ryan een knipoog.

'Ben ik ook van plan, papa,' antwoordt Ryan met een grijns.

'Ryan, lieverd, waar gaat jullie huwelijksreis naartoe?'

Ryan veegt zijn mond af met zijn servet en legt dat dan terug op zijn schoot. 'We hebben het zo druk gehad met werk en het nieuwe huis dat we het er nog geen moment over gehad hebben.' Hij glimlacht naar mij. 'Kailey, is er een speciale plek waar je naartoe zou willen?'

'Weet je waar we naartoe zouden kunnen?' vraag ik.

'Nou?'

'Naar Big Sur,' zeg ik.

Melinda kijkt moeilijk. 'Big Sur?'

'Ja,' zeg ik. 'Het is daar prachtig.'

Ryan kijkt verrast. 'Grappig, ik wist niet dat je daar ooit bent geweest. Wanneer was dat?'

'In een vorig leven,' zeg ik met een moeizame glimlach.

Melinda kijkt Bennett aan en schudt dan haar hoofd. 'In onze tijd was het een mekka voor hippies.'

'Het strand is echt uniek,' zeg ik.

'Waarom niet Parijs?' gaat Melinda verder. 'Of Venetië. Bennett en ik zijn dol op Venetië.'

'Mama,' zegt Ryan, die ziet dat ik me begin te ergeren. 'Kailey en ik gaan een fantastische huwelijksreis plannen. Maak je maar geen zorgen.'

'Natuurlijk, lieverd,' zegt ze. 'Maar Big Sur is zo... gewoontjes.'

'Mijn ouders hebben elkaar daar ontmoet,' zeg ik. Mijn stem is niet afwerend maar dromerig.

'O,' zegt Melinda. 'Ik wilde niet...'

'Ik begrijp het,' zeg ik snel. 'Voor jou heeft het niets bijzonders, maar voor mij wel.'

Het eten wordt gebracht en het gesprek, dat nu voornamelijk over koetjes en kalfjes gaat, kabbelt verder tussen hapjes eend en heilbot *en papillotte*. Als onze borden leeg zijn, betaalt Bennett de rekening en gaan Ryan en zijn vader nog even naar het toilet, terwijl Melinda en ik bij de deur van het restaurant wachten.

'Het is fijn om Ryan zo gelukkig te zien,' zegt Melinda tegen mij. Ze staart me lange tijd aan en ik besef dat haar opmerking niet zozeer een waarneming is als wel een waarschuwing. Als in: mijn zoon is gelukkig, waag het niet om dat te verpesten. Doe hem geen verdriet.

Bennett en Ryan zijn terug voordat ik kan reageren. Ryan slaat zijn arm om mijn middel als we naar buiten lopen. 'Ik sta een straat verderop,' zeg ik, terwijl Bennett het parkeerkaartje voor Ryans auto aan de bediende geeft. 'Ik had beter van de parkeerservice hier gebruik kunnen maken.' Ik werp een blik naar de plek waar ik Cade voor het eerst terugzag. Mijn hart gaat tekeer.

'Ik loop wel even met je mee,' zegt Ryan, en hij pakt mijn hand vast. We draaien ons om, maar horen op hetzelfde moment dat Melinda haar stem verheft.

'Bennett,' roept ze, 'deze man valt me lastig!'

Ryans vader, die met een jongeman bij de parkeerservice staat te praten, kijkt naar zijn vrouw. Als Melinda een stap naar achteren doet, voel ik het bloed naar mijn gezicht stromen. Het is Cade. Hij draagt nog steeds het ziekenhuisschort met daar overheen zijn legerjas. Hij ziet er verward uit en onverzorgder dan ooit.

'Hij doet niemand kwaad,' zeg ik, en ik ren naar Melinda.

'Nou zeg,' zegt ze, terwijl ze naar adem hapt, 'je kunt tegenwoordig niet eens meer in een goed restaurant dineren zonder dat iemand bij je komt bedelen.'

Ik schud mijn hoofd. 'Hij bedelde niet,' zeg ik zonder nadenken.

'Hij wilde geld van me,' gaat Melinda ontzet verder.

Ik schud mijn hoofd. 'Deze man praat helemaal niet.'

'Zeg je nu dat ik... lieg?'

'Nee,' zeg ik, en ik kijk in Cades ogen.

'Nou,' zegt Melinda, en ze zwijgt even. 'Het was niet wat hij zei, maar de manier waarop hij naar me kéék.' Ze legt haar hand tegen haar voorhoofd, alsof ze wil aangeven dat ze elk moment kan flauwvallen. 'Hij maakte me bang.'

'Gaat het?' vraag ik Cade, terwijl ik alles om me heen vergeet.

Hij kijkt me aan en wil mijn arm pakken. Ik laat hem.

Melinda hapt naar adem. 'Kailey, kén je deze man?'

Zij en Bennett staan vol ongeloof op de stoep en wachten op mijn reactie. Het is alsof er duizend schijnwerpers op me zijn gericht. Ik sta op het podium en het doek is net opgegaan.

'Ik, eh... ik,' stamel ik, terwijl ik zoek naar de juiste woorden, wat voor woorden dan ook. Ik voel Ryans blik op mijn gezicht. Verward. Bezorgd. Twee werelden die pal voor mijn ogen tegen elkaar botsen. Ik zou kunnen liegen en zeggen dat ik hem heb geïnterviewd voor een artikel. Ik knipper hard met mijn ogen, maak mijn blik van Cade los en trek mijn arm terug. Als men zijn eigen hart zou kunnen breken, dan breek ik op dit moment het mijne. 'Nee,' zeg ik uiteindelijk. 'Nee, ik ken hem niet.'

Cades ogen weerspiegelen mijn pijn als Ryan mijn hand vastpakt. 'Hier, man,' zegt Ryan. Hij haalt wat geld uit zijn zak en duwt het in Cades hand.

Ik staar naar mijn voeten.

'Mama, papa, nemen jullie mijn auto maar. Ik breng Kailey naar huis.' Ryan pakt mijn sleutels.

Daar ben ik blij om, want ik ben te geschrokken om te rijden. Elke vezel in mijn lijf wil terugrennen, Cade redden van weer een nacht op straat. Maar hoe? Moet ik hem meenemen naar huis en hem blootstellen aan Melinda en Bennett? Moet ik Ryan alles vertellen? En dan?

Met elk stoplicht, elke glimlach, elk ogenblik dat Ryan verder rijdt, kan ik het vanbinnen wel uitschreeuwen. Het voelt alsof ik zojuist mijn waardevolste bezit op straat heb laten liggen in de hoop dat het er morgenochtend nog is, onbeschadigd en intact.

'Wil je erover praten?' vraagt Ryan uiteindelijk na een lange stilte.

Ik schud mijn hoofd.

'Wanneer neem je me in vertrouwen, Kailey? Wat het ook is, ik zal niet minder van je houden. Wat het ook is.'

Ik knik, wend mijn gezicht af en knipper de tranen weg, terwijl de stad voorbijzoeft.

14

18 februari 1997

'Gefeliciteerd met je verjaardag!' zegt Cade, terwijl hij zijn hoofd om een hoekje steekt.

Geschrokken kijk ik op van mijn computerscherm en zie hem met een enorm boeket rode rozen in de deuropening staan. Hij draagt een hoodie, spijkerbroek en zwarte Converse-schoenen. Zijn haar zit een beetje warrig.

'Je bent het niet vergeten,' zeg ik, terwijl ik opsta om hem te zoenen.

'Natuurlijk ben ik het niet vergeten,' antwoordt hij met een grijns. 'En nu ga je mee naar huis om je tas in te pakken want we hebben de vlucht van half vier.'

Ik schud mijn hoofd. 'Waar heb je het over?' Zijn glimlach werkt aanstekelijk.

'Ik neem je mee naar Big Sur.'

'Big Sur?'

'Jazeker, mevrouw,' gaat hij verder. 'Ik vind dat iedereen moet zien waar zijn ouders elkaar hebben ontmoet. En maak je geen zorgen, ik heb je redactrice gesproken. Je hebt de komende vier dagen officieel vrij.'

Ik bijt op mijn lip en kan mijn opwinding bijna niet bedwingen. *Big Sur!* 'Maar heb jij wel tijd? Kun je zo lang weg?'

'Voor jou, ja,' zegt hij met een glimlach. 'James redt zich wel even alleen.'

Ik moet denken aan een ruzie die hij vorige week met James heeft gehad, iets over de aankoop van een opnamestudio, maar ik begin er niet over. Als hij het ziet zitten, dan ik ook. En ik zie het helemaal zitten! Ik ben blij en opgewonden en ontroerd tegelijk. We hebben nu achttien maanden een relatie en sinds Tracy en Mark vorige maand naar New York zijn verhuisd, heb ik stiekem ontzettend veel zin gehad om met Cade te reizen, al was het maar een eenvoudig avontuur naar de San Juaneilanden, een paar uur naar het noorden.

'Je hebt het haar dus verteld,' zegt Jan, die met een voldane glimlach in de deuropening verschijnt.

Ik knik. 'Dank je wel,' zeg ik tegen haar, terwijl ik mijn jas en tas pak. 'Ik ga naar Big Sur!'

'Ik verwacht hier wel een column over,' zegt ze gekscherend.

Ik knik en kan de glimlach niet van mijn gezicht krijgen.

'Gefeliciteerd, Kailey.'

Cade huurt in San Francisco een cabrio en met het dak omlaag rijden we in zuidelijke richting naar Highway 1: Monterey en Carmel, de koele wind door onze haren, een glimlach op ons gezicht en muziek die uit de luidsprekers schalt. De weg is smal en kronkelig en ik hou me aan mijn stoel vast als de auto langs de rand van de kliffen rijdt die bijna honderd meter boven de zee uitstijgen.

Het terrein is adembenemend, de lucht is bedwelmend. Ik heb nog nooit zoiets geroken: die aromatische mengeling van sequoia's en de zilte nevel van de oceaan. Geen wonder dat mijn ouders hier verliefd werden. Het is betoverend.

Ik werp een blik op Cade, die een beetje bleek om de neus is. 'Je bent wagenziek,' zeg ik, en ik ben zelf ook een beetje misselijk.

Hij knikt en parkeert bij een uitkijkpunt waar een groep toeristen voor de camera staat te poseren.

'Wauw,' zeg ik, en ik haal diep adem. 'Een prachtige, maar misselijkmakende rit.'

We lachen allebei, waarna hij zijn camera van de achterbank pakt en me zegt dat ik bij de rand moet gaan staan. 'Daar,' zegt hij, en hij kijkt door de zoeker. Ik glimlach zenuwachtig en vraag me af wat hij ziet. 'Prachtig,' zegt hij. Hij klikt een keer, twee keer, drie keer.

Een man komt naar ons toe en glimlacht. 'Zal ik een foto van jullie samen maken?'

'Graag,' zegt Cade, en hij geeft hem de camera.

We hebben wel wat polaroids van feestjes, maar ik besef dat dit de eerste echte foto van ons samen is.

Cade geeft me een zoen op mijn wang terwijl de camera klikt en ik vraag me af of we naar deze foto zullen kijken als we oud zijn. Ik vraag me af of we hem aan onze kinderen en hun kinderen zullen laten zien en of we hier over een fiks aantal jaren terugkomen en aan dit moment zullen denken.

We stappen weer in de auto en rijden enkele kilometers verder. Op een gegeven moment neemt Cade een weg die een heuvel op gaat. 'Dit is Post Ranch Inn,' zegt hij. 'Ik wil dat je op de mooiste plek in Big Sur logeert.'

Ik geef een kneepje in zijn hand als we de ronde oprijlaan oprijden. Een man begroet ons en laadt onze spullen uit. Een paar minuten later worden we met een golfkarretje naar onze kamer gebracht: een afgezonderde, modern ogende hut boven op de klif. De inrichting is schitterend rustiek en mijn blik wordt getrokken door een schilderij van de kust aan de muur.

Cade gaat op bed liggen en laat zijn hoofd op een van de kussens zakken. 'Weet je wat ik graag doe in hotels?'

Ik glimlach nieuwsgierig naar hem. 'Wat dan?'

Hij grijnst ondeugend. 'Vroeger moest ik veel reizen voor Element, ik was soms vaker weg dan dat ik thuis was. Ik bracht zoveel nachten in hotels door dat ik uiteindelijk een manier verzon om de tijd door te komen.' Hij wijst naar het schilderij waar ik naar heb staan kijken. 'Dat is natuurlijk wel van hoge kwaliteit, maar meestal is hotelkunst verschrikkelijk.'

Ik knik. 'Net als in de wachtkamer van de tandarts.'

'Precies,' zegt hij. 'Dus nam ik op een gegeven moment indexkaartjes en punaises mee.' Hij gaat rechtop zitten en begint te lachen. 'In restaurants en cafés is de kunst wel eens te koop, hè?'

'Ja,' zeg ik.

'Nou, als ik dan ergens in een hotel zat, nam ik de meest waardeloze prent in de kamer en schreef er een indexkaartje bij. Dan gaf ik het een titel als: *Dwalend tussen de wilgenbomen, in retrospectief* of wat voor suffe naam ik op dat moment ook maar kon bedenken en dan zette ik er een prijs onder.'

Ik schiet in de lach. 'Waarom?'

'Nou, ga maar na. Ik check uit en de volgende gasten in die kamer zijn misschien Myrtle en Bob uit Orlando, Florida. Myrtle ziet dat er een schilderij te koop is. "Moet je kijken, Bob, een origineel kunstwerk! En het is maar driehonderd dollar. Dit moeten we kopen." Bob wil Myrtle graag een plezier doen, dus belt hij met de receptie. "Dit is Bob Smith, kamer 402. Ik zou het schilderij aan de muur graag willen kopen."

Vervolgens blijft het lang stil. "Neemt u mij niet kwalijk, meneer," zegt het meisje van de receptie, "maar wélk schilderij?" Bob schraapt zijn keel en zegt: *"Dwalend tussen de wilgenbomen, in retrospectief."* Weer blijft het lang stil. "Dat te koop is op onze kamer." Het meisje: "Meneer, de kunst op de kamers is niet te koop."'

Ik val slap van het lachen naast Cade op bed. 'Ik doe het in mijn broek!'

Cade blijft in zijn rol. '"Ja, jullie verkopen wel kunst."' Myrtle begint wat onrustig te worden. '"Er hangt een kaartje bij. Mijn vrouw wil het bij ons in de woonkamer hangen." Het meisje: "Meneer, hier moet ik de manager over raadplegen." Bob begint zich nu op te winden: "Moet u eens luisteren, mijn vrouw is erg enthousiast over dit schilderij en we willen het graag kopen."'

'Hoe verzin je het?' zeg ik, en ik moet zo hard lachen dat er tranen in mijn ogen springen.

Cade gaat op zijn zij liggen en leunt op zijn elleboog. Zijn ogen glinsteren en ik heb een overweldigend gevoel dat ik niet kan verklaren.

'Laten we de rest van ons leven bij elkaar blijven,' zegt hij, en hij strijkt een lok haar achter mijn oor.

Ik knipper met mijn ogen. 'Zeg je nu wat ik denk dat je zegt?'

Hij blijft me strak aankijken. 'Het is wat mijn hart me ingeeft. En het jouwe?'

'Ja,' zeg ik, en ik voel tranen in mijn ogen prikken.

Ik trek een zwarte jurk met spaghettibandjes en een paar sleehakken aan. Als ik mijn haar in een lage knot heb gedaan, pak ik een trui en loop hand in hand met Cade over het pad naar het restaurant.

Onderweg rent een meisje in een bloemetjesjurk al zingend

voor ons uit. Ze is een jaar of vier, vijf. 'Grace!' roept haar vader.

Ze giechelt vrolijk terwijl haar ouders hand in hand achter haar aan lopen en haar inhalen.

'Hebbes,' zegt haar vader, en hij neemt haar in zijn armen. Het meisje giechelt weer.

'Dat heb ik altijd een mooie naam gevonden, Grace,' zegt Cade.

'Ik ook.'

Hij kijkt hoe het meisje verder huppelt, waarna hij zich omdraait en knikt alsof hij een beslissing heeft genomen. 'Grace.'

Als we bij het restaurant aankomen, flirt de zon met de horizon, hij gaat bijna onder, maar nog niet helemaal. Het uitzicht is zo spectaculair dat we nog even het terras op lopen, zodat we van de vele tinten roze en oranje aan de hemel kunnen genieten voordat we binnen aan tafel gaan.

'Vind je het fijn hier?' vraagt hij, terwijl hij een arm om mijn middel slaat en zijn lichaam tegen het mijne drukt.

'Geweldig,' zeg ik, en ik kijk hoe de golven tegen de kust onder ons slaan.

'Laten we vanavond naar het strand lopen,' zegt hij. 'Na het eten.'

'Goed,' zeg ik.

'Ik kan me voorstellen waarom jouw ouders zich hier tot elkaar aangetrokken voelden.'

Ik knik en denk aan hun liefdesverhaal. Ik heb het duizenden keren van oma gehoord. Papa zei dat ze de mooiste vrouw was die hij ooit had gezien. En mama vond dat hij de knapste was. Ze waren twee handen op een buik, zei oma. Ze waren… zielsverwanten.

Ongevraagde herinneringen spoelen als golven over me

heen, de ene na de andere. Ze raken me met zoveel kracht dat ik me moet vasthouden. Ik ruik de zonnebrandcrème uit het bruine flesje, mijn handen zijn weer plakkerig van de marshmallows, de ridderspoor in oma's tuin bloeit. Ik weet niet waar deze gedachten vandaan komen, maar op hetzelfde moment besef ik dat de man achter mij de reden is dat deze unieke kiekjes uit mijn jeugd in mijn hart opborrelen. Ik besef dat ik bij hem altijd thuis ben.

15

24 november 2008

Ryans ouders hebben gevraagd of we naar North Carolina wilden komen voor Thanksgiving, maar goddank gaat dat dit jaar vanwege Ryans werk niet door. In sommige opzichten was het fijn om hen bij ons in huis te hebben. Hun aanwezigheid gaf me een reden om de waarheid niet te erkennen en Ryan had een excuus om er niet over te beginnen. Maar het zeurde op de achtergrond door, deze waarheid die ik nog niet onder ogen wil zien.

'Ik kom vrijdag terug uit Portland. Ik vind het jammer dat we met Thanksgiving niet samen zijn,' zegt Ryan deze maandagochtend met zijn koffer in zijn hand. Hij zwijgt, geeft me de gelegenheid om iets te zeggen, wat dan ook.

Ik schraap mijn keel. 'Ryan?'

Hij knikt en komt een stap dichterbij.

Gedachten razen door mijn hoofd. Ik moet hem over Cade vertellen. Ik moet hem alles vertellen. 'Ik moet je iets...'

De telefoon in Ryans zak snoert me de mond. 'Sorry,' zegt hij, en hij kijkt op het schermpje. 'Het is mijn baas. Ik moet opnemen.'

Ik knik, draai me om en doe alsof ik slaap wanneer hij me een paar minuten later een zoen op mijn wang geeft.

Tracy belt later die ochtend terwijl ik met Eddie uit ben. 'Ben je dóód?'

'Sorry,' zeg ik. 'Ryans ouders waren op bezoek. En... ik heb me een beetje verloren gevoeld.'

'Vanwege die idiote moeder van hem?'

'Nee, ik bedoel, ja, dat ook, maar niet echt,' zeg ik met een zucht. 'Het is gewoon... álles.' Ik schop tegen een steentje op het trottoir, terwijl Eddie naast me in het gras snuffelt. 'Ik weet het gewoon niet meer. Ik heb Ryan nog steeds niets over Cade verteld. En toen...' Ik vertel haar over de toestand bij het restaurant en dat ik zei dat ik Cade niet kende. Dat ik vervolgens ben weggelopen en hem daar heb achtergelaten.

'O, lieverd,' zegt ze. 'Wees niet zo streng voor jezelf. Wat had je anders moeten doen? Ter plekke de confrontatie aangaan waar Ryans ouders bij stonden? Ryan in verlegenheid brengen? Je hebt gedaan wat je moest doen. En ik weet hoeveel pijn dat moet hebben gedaan.'

'Het gaat niet om mij,' zeg ik. 'Ik ben alleen zo bang dat ik het beetje vertrouwen dat ik aan het opbouwen was met Cade kapot heb gemaakt.'

'Ik heb je horoscoop vanmorgen gelezen,' zegt Tracy. 'Ik weet zeker dat je hem niet kwijt bent. Sterker nog, iets zegt me dat je op het punt staat hem te vinden.'

De rest van de ochtend ben ik op kantoor, beantwoord ik e-mails en lees ik het volgende artikel in de serie nogmaals door. Met Jans woorden nog vers in het geheugen open ik een nieuw Word-document en typ bovenaan de pagina: *Dakloosheid en haar gezichten.*

Daarna blijven de woorden stromen en ik hou ze niet tegen.

Eind jaren negentig kende Seattle Cade McAllister als succesvolle platenbaas. Nu is hij dakloos.

Terwijl ik verder schrijf, denk ik aan Cade, de Cade van lang geleden met zijn geliefde fles tabasco en de wereld aan zijn voeten. Het beeld kwelt me. Evenals het beeld toen hij me die avond op het trottoir aankeek, zo bang, zo verloren. En het beeld van mijzelf toen ik wegliep.

'Klop, klop.'

Ik kijk op en zie Jan in de deuropening staan.

'Goed om je te zien schrijven,' zegt ze.

Ik zucht. 'Ik weet niet wat ik anders moet, Jan.'

Ze knikt. 'Jawel, dat weet je best.' Ze klinkt resoluut en zelfverzekerd. 'En ik geef je een opdracht voor vandaag, nou ja, eigenlijk voor de hele week. Een belangrijke.' Met een zakdoekje veegt ze de tranen van mijn wangen. 'Zorg dat je Cade vindt. Breng hem thuis. Verzorg hem tot hij weer gezond is. Help hem de weg vinden en als je dat doet, zal je je eigen weg vinden.'

'Maar ik...'

'Geen gemaar,' zegt ze. 'Dit is een opdracht. En ik wil dat je erover schrijft.'

Ik glimlach even.

'En denk maar niet dat ik je een voorkeursbehandeling ga geven,' zegt ze op haar bazigste toon. 'Als je geen goede kopij inlevert, mag je voorlopig weer gemeenteraadsvergaderingen verslaan.'

Ik grijns.
'Ga hem zoeken.'

Ik zet mijn auto voor Le Marche en begin aan mijn zoektocht naar Cade. Ik kijk overal, net als vorige week: het Westlake Center, Fourth en Fifth dan terug naar Second, parken. Ik til zelfs de deken van het gezicht van een man die op een bankje in het park ligt, maar het is Cade niet.

Uren gaan als minuten voorbij en voordat ik er erg in heb is het al zes uur geweest en komen mannen in pakken kantoorgebouwen uit en gaan ze restaurants en bars binnen.

Als de zon ondergaat, besluit ik met tranen in mijn ogen om terug te lopen naar mijn auto. Ik zucht, steek de sleutel in het slot en zet de radio aan. Op het moment dat ik invoeg, krijg ik kippenvel. Mazzy Star. 'Fade Into You'. Ik zet de radio hard en voel nieuwe tranen in mijn ogen springen. Als ik bij de oprit naar de I-5 kom, rijd ik door, alsof ik op de automatische piloot rijd. In plaats van naar huis te gaan, rijd ik naar de plek waar mijn hart naartoe wil: het met klimop begroeide bakstenen gebouw aan Pioneer Square.

Ik parkeer en stap uit zonder mijn koplampen uit te zetten. Recht voor me is Cades oude voordeur. In een fractie van een seconde voel ik me weer vijfentwintig. We komen hand in hand aan lopen na een voorstelling. Hij fluistert iets grappigs in mijn oor en ik werp mijn hoofd in mijn nek en lach. Bij de voordeur duwt hij me tegen de bakstenen muur en kust me met het vuur van alle sterren aan de hemel.

Ik knipper tranen weg, herinner me elk detail van wat er wel en niet gebeurde. Van het leven dat we hadden. De toekomst die ons werd ontnomen.

Ik kus mijn hand, leg hem tegen de deur en doe een stap

naar achteren. Hoe neem je afscheid van een droom waar je nog steeds naar verlangt?

In de steeg vlakbij hoor ik voetstappen schuifelen en ik besluit terug te lopen naar mijn auto. Als ik langzaam wegrijd, kijk ik nog één keer achter me en mijn aandacht wordt getrokken door een figuur in mijn achteruitkijkspiegel. Ik rem, doe het raampje open om beter te kijken en zet vervolgens de auto in z'n achteruit.

Het is hem. Hij staat op de hoek en kijkt naar links en naar rechts.

Ik trap op de rem en zet de motor af. 'Cade!' roep ik, en ik spring de auto uit.

Hij kijkt op. Hij ziet me.

'Cade,' zeg ik opnieuw. 'Ik ben het.'

Hij wendt zijn blik af, maar ik pak zijn hand vast en op dat moment ontmoet zijn blik de mijne.

'Ik ben er,' zeg ik. 'En ik laat je niet meer alleen. Dat beloof ik.' Ik trek hem naar me toe, omhels hem en zo blijven we staan. Het lijkt wel een eeuwigheid. En misschien is het dat ook wel. Ik weet het niet.

'Ga met me mee,' zeg ik. Ik pak zijn hand vast en steek samen met hem de straat over. Ik doe het portier van mijn auto open. 'Ik neem je mee naar huis.'

16

17 juli 1997

'Ik weet zeker dat oma je geweldig zal vinden,' zeg ik.

Cade grijnst. 'En je opa? Ik maak me meer zorgen om hem.'

'Hij is ouderwets,' zeg ik trots. 'Zolang hij het idee heeft dat je hem respecteert, kan je het niet fout doen. Hij heeft in het leger gediend.'

'En hij houdt van zijn kleindochter.'

Ik glimlach. 'Dat is een feit. Hij is echt als een vader voor me geweest.'

'Hij wil zijn kleine meisje beschermen en terecht,' zegt Cade, en hij geeft me een zoen op mijn wang. 'Ik vind het een eer dat je ze aan me wilt voorstellen.'

'Het is heel bijzonder dat ze komen,' zeg ik. 'Oma vindt vliegen eng.' Ik kijk op mijn horloge. 'Over een uur zijn ze er al!'

Hij geeft een kneepje in mijn hand. 'Moet je horen, het spijt me echt van gisteravond.'

Door spanningen op zijn werk was hij uit z'n slof geschoten tegen mij. Het deed pijn, maar ik heb mijn best gedaan om me er niets van aan te trekken, omdat ik weet dat het niet zijn bedoeling was. Het is niet onze eerste ruzie en het zal ook niet onze laatste zijn. Het zou dom zijn om te denken dat we nooit meer ruzie zullen maken. Het zal misschien nog wel honderden keren gebeuren. Waarschijnlijk meer. Maar we zullen het ook goedmaken. En dan spat de hartstocht ervan af.

We gaan ze met Cades auto van het vliegveld halen en als ik ze op de stoep bij Delta Air Lines zie staan, zwaai ik en Cade parkeert. Ik spring uit de auto, sla mijn armen om hen beiden heen en knipper mijn tranen weg.

'Kailey,' zegt oma. 'Wat zie je er prachtig uit.'

'Mijn mooie meisje,' valt opa haar bij.

Het is nog maar een jaar geleden dat ik ze voor het laatst heb gezien, maar opa lijkt een stuk ouder dan in mijn herinnering en het doet me verdriet om hem te zien worstelen met zijn bagage.

Cade laat de motor draaien en stapt uit. 'Welkom in Seattle,' zegt hij. Hij steekt zijn hand uit naar mijn opa die hem met een sceptische blik aankijkt.

Oma omhelst hem zoals ze al mijn vrienden omhelst. 'We vinden het allebei zo fijn om je te ontmoeten,' zegt ze hartelijk.

Cade neemt haar tas over, maar opa weigert die van hem los te laten. In plaats daarvan tilt hij hem koppig in de achterbak. Ik sta mijn stoel voorin aan hem af en ga samen met oma op de achterbank zitten. Ze steekt haar arm door de mijne en het is alsof ik weer negen ben, compleet met vlechtjes en balsem met kersensmaak op mijn lippen.

'Hebben jullie trek?' vraagt Cade, als we wegrijden.

'Gerry heeft in het vliegtuig gegeten,' zegt oma. 'Maar ik zou best wat lusten.'

‘Houdt u van Mexicaans?’ vraagt Cade.

‘Reken maar,’ zegt oma, met een goedkeurende glimlach naar mij.

Opa zegt niets en oma kwebbelt enthousiast verder. Of Cade familie in Seattle heeft. Of hij altijd al in muziek is geïnteresseerd.

Bij Agua Verde, een restaurantje aan Lake Union dat we allebei geweldig vinden, nemen we een tafeltje bij het raam. Kanoërs varen over het meer, terwijl wij onze tortillachips in groene salsa dippen.

‘Ik heb dit altijd een fantastisch plekje gevonden. Het eten is authentiek Mexicaans, maar de omgeving is typisch Seattle,’ vertelt Cade, terwijl hij een rondje margarita’s bestelt.

Opa begint op te klaren.

‘Je zegt “altijd” alsof je uit de Midwest komt,’ zegt oma.

Cade glimlacht. ‘Echt waar? Dat heeft nog nooit iemand me gezegd.’

Oma knikt. ‘Kaileys moeder Lucinda is in Alton in Illinois geboren. Ze heeft er maar zes jaar gewoond, maar die typische klank is ze nooit kwijtgeraakt. Op de een of andere manier heeft Kailey het niet opgepikt. Je kunt het horen aan de manier waarop iemand “altijd” zegt.’

Ik glimlach en zeg het woord hardop.

Cade doet hetzelfde.

‘Het is echt zo, je zegt dat inderdaad anders.’

‘Echt?’

‘Hm, zeg het nog eens.’

Dat doet hij.

Oma glimlacht als de margarita’s arriveren. ‘Je draagt je ketting nog steeds,’ zegt ze, en ze wijst naar mijn medaillon. ‘Ik neem aan dat Cade het verhaal erachter kent.’

Ik voel Cades hand onder tafel op mijn been. Hij laat me geruststellend weten dat hij het verhaal achter de ketting kent, maar hen nooit zal vertellen over de dag dat ik het medaillon bijna kwijtraakte – de dag dat zij me alle drie bijna kwijtraakten.

'Ja, dat was een van de eerste dingen die ik hem vertelde,' zeg ik, en ik voel dat mijn wangen gloeien.

Ik maak het medaillon open en laat het scherfje in mijn hand vallen. 'Opa zei dat het geluk bracht.'

'Wauw,' zegt Cade. 'Dat is...'

'Ik zal dat strand nooit vergeten,' zegt opa, en hij schraapt zijn keel. 'Ik had nog nooit zoiets gezien. Rotsachtige kliffen langs de kust en zand dat...' Hij zwijgt even en denkt terug. '... dat de kleur van amber had. Het was een bijzonder strand. Toen ik die schelp vond, stopte ik hem in mijn zak. Hij bracht geluk omdat hij me op de terugweg naar het kamp om een landmijn heen heeft geleid. Dat heb ik Kailey nooit verteld toen ze jong was.'

'Jeetje,' zegt Cade, en hij slikt moeizaam. 'Mijn vader heeft in Vietnam gediend. Hij was marinier. Maar hij is overleden. Ik...'

Ik geef een kneepje in Cades hand. 'Cade is ook zijn beide ouders kwijt.'

'Dat is heel erg, jongen,' zegt opa.

En heel opeens zie ik dat hij hem mag. Er ligt een blik van acceptatie in opa's ogen. Ik stop het stukje schelp terug in het medaillon, leun achterover en kijk toe hoe de mensen om wie ik het meest geef onder het genot van Mexicaans eten zitten te praten over de grote en kleine dingen in het leven.

De week vliegt voorbij en hoewel Cade het druk heeft op kantoor, is hij zo veel mogelijk bij ons, geeft hij opa en oma een rondleiding door Pike Place Market, neemt hij ze mee uit eten bij Wild Ginger en wandelt met ze langs het water.

'Wat een lieve mensen,' zegt hij, als we ze op het vliegveld hebben afgezet.

'En ze vonden jou geweldig,' reageer ik, terwijl ik mijn vingers door de zijne vlecht.

We eten even een hapje bij een Italiaans restaurant vlak bij Cades huis waar we aan een tafeltje zitten met een rood-wit geblokt tafelkleed en een flakkerende en druipende kaars in een chianti-fles.

'Afgezaagd, maar charmant,' zeg ik. 'Helemaal mijn stijl.'

Cade knikt en schenkt rode wijn voor ons in uit de karaf op tafel. Het kaarslicht accentueert de wallen onder zijn ogen. Hij heeft wel gezegd dat de sfeer op kantoor gespannen is, maar toen ik er gisteren naar informeerde, wuifde hij het weg. 'Het gebruikelijke, meer niet,' zei hij.

'Gaat het?' vraag ik nu.

'Ik ben gewoon moe,' zegt hij.

'Wat is er aan de hand bij Element?' vraag ik, en ik steek mijn hand naar hem uit. 'Ik weet dat je me niet wilt lastigvallen met je werk, maar heus, ik wil het weten.'

Hij grimast. 'En deze prachtige avond verpesten?'

'Niets van wat jij zegt kan deze avond verpesten, Cade,' stel ik hem gerust.

'Nou,' zegt hij, en hij neemt een grote slok wijn. 'Ik heb het verknald. Ik heb James ervan overtuigd om vijftigduizend dollar in een nieuwe band te stoppen en die is geflopt.'

'Hoe bedoel je, die is geflopt?'

Hij wrijft over zijn voorhoofd en neemt nog een slok. 'Het

album, dat sowieso al boven het budget zat, is totaal mislukt. Nu willen ze onder hun contract uit, maar weigeren de tekenbonus terug te geven.'

'Dat klinkt als contractbreuk,' zeg ik.

'Dat is het ook,' antwoordt hij. 'Maar goed, het zijn verliezen die een bedrijf moet kunnen incasseren.'

Ik knik. 'Wees niet zo streng voor jezelf,' zeg ik. 'Je hebt tientallen successen gehad met het label. Je mag het zo nu en dan bij het verkeerde eind hebben.'

Cade haalt zijn schouders op. 'James ziet het niet zo. Hij is een perfectionist.'

'Is híj dan perfect?' Ik schud mijn hoofd. 'Ik dacht het niet.'

'Hij heeft Alexis bevorderd tot hoofd Bedrijfsactiviteiten,' gaat hij verder.

'Alexis? Ze is aardig hoor, maar heeft ze de juiste papieren voor de baan?'

Cade schudt zijn hoofd. 'Ze heeft wel een opleiding als boekhouder, maar heeft geen verstand van muziek.'

'Cade, dit is ook jouw bedrijf,' zeg ik. 'Laat je niet onder druk zetten om dingen te doen waar je het niet mee eens bent.'

Ik zie aan hem dat hij het gesprek vermoeiend vindt en als de ober onze bestelling heeft opgenomen, begin ik over iets anders.

Na het eten gaan we naar buiten. Het is een warme avond en in plaats van een taxi naar Cades appartement te nemen, gaan we lopen.

'Hé,' zegt hij, en hij klaart opeens op. 'In de Crocodile speelt vanavond een band die ik ken. Heb je zin om daar naartoe te gaan?'

'Tuurlijk,' antwoord ik. Ik ben dol op zijn spontaniteit.

Hand in hand zigzaggen we door wat straten. Cades naam staat op de gastenlijst en we glippen langs de rij bij de deur naar binnen.

Hij bestelt voor ons allebei een dubbele wodka met spa, waarna we naar het podium lopen. 'Deze jongens staan nog niet onder contract,' zegt hij.

'Wie zijn het?' vraag ik.

'Death Cab for Cutie,' zegt hij. 'Een kleine band uit Bellingham. Ik heb ze een paar maanden geleden zien spelen en heb hun muziek niet uit mijn hoofd kunnen krijgen. Dat zegt genoeg.' Hij neemt een slokje. 'Ik probeer James zover te krijgen ze te contracteren. Maar het is vechten tegen de bierkaai.'

'Niet als je dat niet wilt,' zeg ik. 'Als je in ze gelooft, contracteer ze dan.'

De band loopt het podium op en de lichten worden gedimd. Het publiek klapt.

'Zo ging het vroeger inderdaad,' gaat Cade verder. 'Ik heb het idee dat ik niet scherp genoeg meer ben. En dat James dat weet.'

'Welnee,' zeg ik.

De band begint te spelen en ik word getroffen door hun geluid, vooral de stem van de zanger. 'Wauw, die zijn goed,' zeg ik. 'Echt goed.'

We blijven tot het laatste nummer en lopen dan achter de menigte aan naar buiten. Ik voel me een beetje licht in mijn hoofd door de cocktail, dus als Cade voorstelt om nog een glaasje te halen bij een bar verderop, zeg ik geen nee.

Twee drankjes later schateren we van het lachen. Alle problemen die Cade vanavond met zich meedroeg zijn verdwenen. 'Je bent betoverend,' zegt hij vanaf zijn barkruk naast me. 'Jij maakt alles blij.'

Ik giechel en streel met mijn hand langs zijn gezicht. 'Betoverend, hè?'

Hij knikt en doet ontspannen zijn ogen dicht onder mijn aanraking. 'Betover mij.'

Ik zwaai met mijn rietje alsof het een toverstokje is. 'Hokus pokus,' zeg ik.

We staan op en lopen lachend en struikelend naar buiten. Ik voel me verdoofd, op een goede manier. En ik kan me niet herinneren dat ik zoveel heb gedronken... ooit.

Cade pakt mijn hand vast. 'Waar nu naartoe, mevrouw?' vraagt hij, als we aan onze linkerhand een tattooshop passeren. Hij blijft staan. 'Wacht. We hebben geen van beide tatoeages. Laten we er een nemen.'

'Nu?' zeg ik, en ik hik. 'Serieus?'

'Waarom niet?' vraagt hij.

'Nou, ik kan wel een paar redenen bedenken... Onder andere het overweldigende gevoel van spijt dat we morgenochtend misschien hebben.'

Cade haalt zijn hand door zijn haar en als een donkere wolk die de zon overschaduwt, zie ik dat de zorgeloze grijns op zijn gezicht verandert in een serieuze blik.

'Het probleem met jou, Kailey, is dat je geen risico neemt. Je durft niet buiten je comfortzone te gaan.'

Ik hap naar adem. 'Dat is niet eerlijk.'

Hij haalt zijn schouders op. 'Het is misschien niet eerlijk, maar wel waar.'

Een zenuwachtig lachje ontsnapt me. 'Nou, als je mij te voorzichtig vindt, dan vind ik jou te impulsief.' Mijn wangen branden. Hoe kan hij zo bot zijn? Zo...

'Schat, moet je horen,' zegt hij, en hij pakt mijn hand. 'Dat had ik niet moeten zeggen. Ik wil alleen...'

'Je wilt alleen dat ik spring als jij zegt dat ik moet springen?'

'Nee,' zegt hij ernstig.

'Cade, ik ben niet een van je bandvriendjes. Ik ben niet...'

'Dat weet ik,' zegt hij. 'Dat had ik niet moeten zeggen. Ik weet niet waarom ik het zei.'

'Tja, je hebt het gezegd.'

'Luister eens,' gaat hij verder. 'Vergeet wat ik heb gezegd. Je bent niet te voorzichtig. Je bent slim, beeldschoon en verstandig.'

'Maar kennelijk is er iets heel erg mis met mij omdat ik niet ter plekke een tattooshop binnen wil om een dolfijn op mijn kont te laten zetten.'

Onwillekeurig schiet ik in de lach. Hij ook.

'Dat is een tatoeage die ik wel zou willen zien,' zegt hij, en hij grinnikt nog na.

'Weet je wat?' zeg ik, en ik kijk over mijn schouder naar de tattooshop. 'Waarom ook niet, verdorie?'

Cade spert zijn ogen wijd open. 'De dolfijn?'

'Nee,' zeg ik. 'Maar iets.' Ik knik. 'Waarom niet? Je hebt gelijk. Ik ben te voorzichtig.'

'En jij hebt ook gelijk,' antwoordt hij. 'Ik ben te impulsief.'

Ik haal diep adem. 'Laten we het doen.'

'Echt?'

'Ja,' zeg ik, met een zekerheid waarvan ik niet wist dat ik haar in me had. 'Wat zullen we nemen?' Ik kijk naar plaatjes van draken, Romeinse cijfers en tribal art in de etalage. 'Geen zeezoogdieren.'

Cade krabt onder zijn kin. 'Allebei dezelfde vlinder?'

We lachen.

'Een woord?' oppert hij.

'Zoals?'

Hij komt dichterbij en kijkt me teder aan. 'Wat dacht je van "altijd"?'

'Altijd?' herhaal ik, en ik glimlach.

Ik loop achter hem aan naar binnen. Achterin zit een grote kale man.

'Goeieavond,' zegt hij. 'Wat kan ik voor jullie doen?'

'We willen allebei een tatoeage.'

Als Cade het zegt, maakt mijn hart een sprongetje. Gaan we dit echt doen?

'Dat kan,' zegt hij.

Cade krabt zich achter de oren. 'Weet je hoe je "altijd" in het Frans zegt? *Toujours*. Ik heb een semester in Frankrijk gestudeerd. Toujours,' herhaalt Cade, en hij wendt zich tot mij. 'Voor jou. Voor ons. Voor Normandië.'

We bladeren door een boek met lettertypen en kiezen uiteindelijk een font dat volgens de tatoeëerder heel bijzonder is en uit de jaren veertig komt. Kennelijk is het nog gebruikt voor een albumcover van Frank Sinatra.

'Ik ga wel eerst,' zegt Cade, en hij gaat in de stoel zitten. De tatoeëerder maakt een schets van het ontwerp voor ons en we kiezen hoe groot het moet worden. Cade besluit dat hij hem op zijn schouder wil en ik kijk hoe hij huivert als de naald zijn huid raakt. Ik wend mijn blik af als ik bloed zie en wanneer het eindelijk mijn beurt is om in de stoel te gaan zitten, aarzel ik. 'Misschien moet ik dit niet doen,' zeg ik.

'Doe het voor mij,' zegt Cade. 'Doe het voor ons.'

Zijn blik is intens en ik besef op hetzelfde moment dat er niets is wat ik niet zou doen voor deze man. Ik doe mijn ogen stijf dicht. 'Oké,' zeg ik, en ik wijs naar mijn rechterschouder. 'Daar. We doen het.'

De pijn is geen fabeltje en als ik de eerste prik van de naald voel, krimp ik ineen.

'Probeer zo stil mogelijk te zitten,' zegt de tatoeëerder. Zijn stem is diep en geruststellend en ik luister naar een verhaal dat hij vertelt over een stel dat eerder die dag in de zaak is geweest en allebei een trouwring rond hun ringvinger getatoeëerd wilde hebben. Ik denk aan Cade en mij, voor altijd.

Als mijn tatoeage af is, kijk ik in de spiegel, maar mijn huid is rood en gezwollen. Het is moeilijk om een beeld te krijgen van hoe het eruit zal gaan zien. En eerlijk gezegd kan het me op dit moment ook niets schelen.

Cade betaalt de tatoeëerder en pakt mijn hand vast. Terwijl we naar zijn appartement lopen, klopt mijn schouder, maar ik merk het nauwelijks. Ik voel me met hem verbonden op een manier die ik nog nooit heb ervaren. Cade en ik zijn één met elkaar, meer dan de tatoeage, meer dan de woorden die we op liefdevolle momenten tegen elkaar hebben gezegd. En zo zal het altijd zijn.

17

24 november 2008

'Hier woon ik,' zeg ik tegen Cade, als we het huis binnenlopen dat ik met Ryan deel. Het voelt onwerkelijk om hem in de deuropening te zien staan. Hij staat als verlamd bij de deur, terwijl ik mijn trui uittrek en mijn tas wegleg.

'Het is goed,' zeg ik zacht, en ik wil zijn tas pakken. In eerste instantie houdt hij hem stevig vast, maar laat dan los. Ik zet hem bij de deur. 'Kom verder.'

Eddie schiet langs me heen en rent op Cade af, die zijn hand naar hem uitsteekt. Zou hij hem nog kennen? Hij doet een stap naar voren en bekijkt in stilte mijn woonkamer. Ik doe de lichten aan en zie dat zijn verwondingen iets minder gezwollen zijn, maar er nog steeds zo pijnlijk uitzien als in het ziekenhuis.

'Je zult wel honger hebben,' zeg ik zenuwachtig. Ik loop naar de keuken en inspecteer de koelkast. Voor het eerst in jaren weet ik niet wat ik moet maken. Ik heb geen idee. 'Waar heb je zin in?' vraag ik, zonder antwoord te verwachten. 'Ik kan een burrito maken of quesadilla's met spinazie?' Ik knik, pak een zak spinazie, wat kaas en tortilla's. 'Zo,' zeg ik, terwijl ik de ingrediënten bij elkaar leg en dan mijn trouwe gietijzeren koekenpan pak waarmee ik al kook sinds de tijd dat Tracy en ik in ons appartementje in het centrum woonden. Hij is van oma geweest; zij kookt niet veel meer. Ik denk graag aan alle maaltijden die ze er door de jaren heen mee heeft gemaakt.

Cade kijkt toe terwijl ik de quesadilla's maak. Als ze klaar zijn, snijd ik ze in driehoekjes en leg ze voor hem op een bord.

'Het is geen Wild Ginger,' zeg ik, als ik het bord op tafel zet, 'maar simpele quesadilla's zijn soms precies waar een mens zin in heeft.' Ik wijs naar de stoelen bij de tafel. 'Ga zitten. Doe alsof je thuis bent.'

Langzaam laat hij zich op de stoel naast me zakken. Eddie gaat op het kleed bij zijn voeten liggen.

'Kijk eens,' zeg ik, en ik schuif het bord naar hem toe. Hij doet niets, dus breng ik de vork naar zijn lippen, net als in het ziekenhuis. Het werkt en hij neemt behoedzaam een hapje.

Als hij zijn bord leeg heeft, ruim ik af en probeer ik zenuwachtig een plan voor de avond te bedenken. 'Je kunt in de logeerkamer slapen,' zeg ik. 'Je zult wel in bad willen. Ik zal een handdoek en wat schone kleren voor je pakken.'

Cade pakt de trompetschelp van de salontafel, draait hem in zijn handen om en bekijkt hem van alle kanten. 'Als je meeloopt, zal ik je laten zien waar alles is.'

Hij volgt me de trap op en ik ben me bewust van elke stap die ik zet, elke hap lucht die door mijn longen gaat. Ik pak een handdoek uit de linnenkast en doe het licht in de badkamer aan. 'Ik zal het bad laten vollopen,' zeg ik. 'Daar ligt zeep en shampoo.'

Hij staat maar te staren.

'Goed,' zeg ik met een zucht. 'Dan zal ik je met rust laten. Geef maar een gil als je iets nodig hebt.'

Ik loop naar mijn slaapkamer, ga op de rand van het bed zitten en luister of ik nog water hoor stromen. Minuten gaan voorbij en ik begin me zorgen te maken. Moet ik bij hem gaan kijken? Ik sta op en ga weer zitten. Vervolgens kom ik weer overeind en trek een tanktop en legging aan, mijn gebruikelijke nachtkleding.

'Sorry hoor,' zeg ik, en ik kijk door een kiertje. Ik duw de deur verder open en zie dat Cade volledig aangekleed op de plek staat waar ik hem tien minuten geleden heb achtergelaten. 'Is alles goed?'

Hij reageert niet, dus loop ik langzaam naar binnen en doe de kraan uit. Het bad loopt bijna over.

'Je hebt wat hulp nodig,' zeg ik. 'Ik zal je helpen.' Ik haal diep adem en kom dichterbij. Mijn vingers knopen zijn jas los en ik laat hem op de grond vallen. Vervolgens trek ik zijn ziekenhuisschort uit en worden zijn magere blote borst en de vertrouwde tatoeage op zijn schouder zichtbaar. Zou hij de mijne ook zien?

Ik slik moeizaam als ik mijn vingers op de knoop van zijn broek leg en die lostrek. Zijn borst gaat met elke ademhaling op en neer en accentueert zijn ingevallen buik. Ik voel vanbinnen iets vertrouwds kriebelen als ik de rits omlaagtrek. Ik wend mijn blik af als zijn broek afzakt en breng mijn blik dan langzaam terug naar het lichaam dat ik ooit zo goed kende. Ik heb elk deeltje van zijn anatomie onthouden, als een stukgelezen landkaart. Elke sproet. Elke centimeter spier en huid.

Ik pak zijn hand vast, loop met hem naar het bad en controleer met mijn vrije hand de temperatuur. 'Het water is goed,' zeg ik. 'Ga je gang.'

Hij staart naar het bad alsof het van olympisch formaat is en hem zojuist is gevraagd om de borstcrawl te zwemmen. 'Het is goed,' zeg ik, en ik moedig hem aan om erin te stappen. 'Het is lekker ontspannend.'

Heel langzaam en aarzelend stapt hij dan in het bad. Maar als hij zich eenmaal in het water laat zakken, merk ik dat hij zich eindelijk ontspant. Ik ga op mijn knieën naast hem zitten en maak met de douchekop zijn hoofd nat, waarna ik de shampoo pak. Ik zeep zijn hoofd stevig in en spoel zijn haar schoon. Vervolgens geef ik hem het stuk zeep aan. Hij pakt het niet aan, dus wrijf ik ermee over zijn armen en borst. Hij kijkt naar mij als ik de washand pak, hem in het water doop en ermee over zijn huid wrijf. Het water kleurt donker. In het ziekenhuis hebben ze hem wel afgesponsd, maar een echt goed bad heeft hij niet gehad want als ik Cade overeind help en een handdoek om hem heen sla, spoelt het vuil van dagen, misschien wel van jaren leven op straat door het afvoerputje.

Ik breng hem naar de slaapkamer en haal uit de kast een spijkerbroek en oud versleten blauw T-shirt van Ryan. Uit de ladekast haal ik een witte boxer en leg die op de stapel. 'Hier,' zeg ik. 'Deze kun je wel aan.'

Ik trek het T-shirt over zijn hoofd en zijn armen vinden hun weg naar de mouwen. Hij lijkt totaal niet verlegen als de handdoek op de grond valt. Voorzichtig leid ik zijn benen in de boxer van mijn verloofde, help hem vervolgens in diens spijkerbroek die ik dichtknoop alsof hij een klein kind is.

'Zo,' zeg ik, als hij aangekleed is.

Cade legt zijn handen op de spijkerbroek, die bijna twee maten te groot is, alsof hij nog nooit het fantastische gevoel van schone spijkerstof heeft gevoeld. Gewassen en aangekleed lijkt hij meer op de Cade die ik ken, op het lange haar en de baard na. Ik kijk in zijn ogen en houd mijn hoofd schuin, alsof ik op de een of andere manier verwacht dat hij weer normaal gaat doen. Alsof hij naar me zal glimlachen en zeggen: *Ik ben er weer! Zeg, is er hier in de buurt iemand die mijn haar kan knippen en mijn baard kan afscheren?*

Maar die Cade zit nog steeds opgesloten in de afgrond, diep in het doolhof van zijn geest. Daar waar hij misschien herinneringen aan mij bewaart, aan ons. Ik zucht. 'Je zult wel kapot zijn, zal ik…'

Terwijl ik dit zeg, laat hij zich op mijn bed zakken en legt zijn hoofd op het kussen. Ik kijk hoe hij ongemakkelijk schuift, zodat er niet te veel druk op zijn ribben komt. Ik hoor dat Eddie de trap op davert en de slaapkamer binnen banjert. Hij springt op bed, kruipt tegen Cades buik aan en duwt zijn kop tegen diens linkerarm.

Ik glimlach en loop naar de logeerkamer. Ik werp een blik op mijn telefoon: Ryan heeft twee sms'jes gestuurd. Portland is prachtig. Hoe gaat het met mij? Ik sms niet terug, maar leg mijn telefoon op het nachtkastje en lig lange tijd op bed naar het plafond te staren en na te denken. Als ik eindelijk mijn ogen sluit, droom ik over Cade en de zee.

Als ik mijn ogen opendoe, stroomt het licht door het slaapkamerraam. Vogels tsjilpen in de boom buiten. Ik ga rechtop zitten en vraag me af of Cade net zo goed geslapen heeft als ik. De oude houten vloeren kraken onder mijn blote voeten als ik naar mijn slaapkamer loop, waar de deken en het laken zijn teruggeslagen en het bed leeg is. Ik kijk door de kamer, loop dan naar de badkamer en werp een blik naar binnen. Ook leeg.

'Cade?' roep ik bovenaan de trap. 'Waar ben je?'

Eddie trippelt met me mee naar beneden. In de keuken druppelt alleen een kraan waar Ryan morgen een klusjesman voor heeft geregeld. Is hij weg? Paniek welt in me op en ik ren naar de achterdeur en kijk naar de verlaten tuin achter het huis. 'Cade?' roep ik opnieuw door het stille huis.

Dan zie ik een streepje licht door de voordeur komen die op een kier staat. Ik trek hem open, loop de veranda op en zie Cade op het stoepje zitten. Hij staart voor zich uit.

'O,' zeg ik, en ik slaak een zucht van verlichting. 'Daar ben je.'

Ik ga naast hem zitten. Even vraag ik me af wat de buren wel niet zullen denken als ze mij op de veranda zien zitten met een vreemde man met een baard. Maar dan kijkt Cade me aan, hij glimlacht naar me en zegt een woord waarmee al mijn zorgen verdwijnen. 'Goeiemorgen.'

Ik kijk hem stralend aan en geef hem een kneepje in zijn arm. 'Goeiemorgen!' De vogels tsjilpen. De zon schijnt. En ik ben gelukkig.

Ik schenk koffie in uit de cafetière en kijk hoe hij de eerste slok uit de beker neemt. Bij het tweede slokje doet hij zijn ogen dicht alsof hij zich probeert koffie, mij, het leven te herinneren.

'Ik was van plan een omelet te maken,' zeg ik, terwijl ik de koelkast opentrek. Ik haal een doos eieren, boter, spinazie, geraspte kaas en wat lente-uitjes die hun beste tijd hebben gehad tevoorschijn.

Ik schenk voor mezelf een tweede kop koffie in, hak de spinazie fijn en snijd de verwelkte eindjes van de lente-ui. Boter sist in de pan, terwijl ik de eieren in een witte keramische schaal kluts. Ryan is dol op mijn omeletten en ik maak ze vaak voor hem. Terwijl ik het eiermengsel in de pan doe, kijk hoe de randen stollen en het in het midden een beetje bubbelt, word ik overspoeld door schuldgevoelens. Als Ryan thuiskomt, heeft Cade hopelijk zijn draai gevonden in het hersenletselprogramma van het Harborview en dan zal ik hem alles vertellen. Hij zal het begrijpen, stel ik mezelf gerust. Ryan heeft altijd overal begrip voor.

Ik snijd de enorme omelet in tweeën en geef ons allebei een portie. Cades hand trilt een beetje als hij de vork vasthoudt en een paar happen vallen op het bord voordat ze zijn mond bereiken, maar hij eet en als hij het op heeft, bied ik hem het restje van mijn omelet aan en dat eet hij met smaak op.

Ik denk aan alles wat ik nog moet doen: de bruiloft plannen, Cade voorbereiden op het hersenletselprogramma, de enorme klus om te achterhalen wat er met hem is gebeurd, inclusief uitzoeken wat James wel of niet weet. En erover schrijven. Maar ik wil het allemaal niet. Ik wil alleen maar hier in dit moment zijn.

Na het ontbijt ruim ik in stilte de keuken op, terwijl Cade op de bank zit met Eddie. Rond een uur of elf uur slaapt hij. Ik heb zo'n vermoeden dat hij jaren heeft in te halen.

Ik ga op de veranda zitten om Tracy te bellen, zodat hij zo lang mogelijk kan slapen. 'Hoi,' zeg ik zachtjes. Ik hoor ziekenhuisgeluiden op de achtergrond.

'Waarom fluister je?'

'Cade is hier. Hij ligt te slapen.'

'Cade is bij jou thúís?'

'Ja,' zeg ik. 'Ik heb hem gisteravond meegenomen. Ik wist niet wat ik anders moest doen.'

'Vindt Ryan dat goed?'

'Die is er niet,' zeg ik. 'Hij zit deze week in Portland voor zaken.'

'O, Kailey,' zegt ze. 'Dus... Wat? Slaapt hij bij jullie in de logeerkamer?'

'Nou, nu ligt hij op de bank, maar gisteravond viel hij in mijn bed in slaap. Ik bedoel, niet met mij. Maar hij viel daar in slaap.' Ik praat moeizaam. 'Ik had hem in bad gedaan, gewassen. Hij draagt Ryans kleren.'

'Jeetje,' zegt Tracy, die het allemaal in zich opneemt.

'Ja,' zeg ik zenuwachtig.

'Hij begint toch binnenkort met dat programma in het Harborview?'

'Ja,' zeg ik, en ik zwijg even. 'Maar ik heb zitten denken dat het misschien beter is als hij hier blijft. Ik ben de enige die hem echt kent. Hij zou hier kunnen logeren tot hij zover is opgeknapt dat hij zelfstandig kan wonen.'

'Maar Kailey, jij bent geen medicus. Cade heeft nauwgezette therapie en revalidatie nodig. Ik bedoel, begrijp me niet verkeerd, ik weet zeker dat je uitstekend voor hem zult zorgen, maar hij heeft meer nodig.' Ze is even stil. 'Jij en ik weten allebei dat Ryan het niet prettig zou vinden als jij voor langere tijd voor Cade zou zorgen.'

Ik schud mijn hoofd. 'Ryan begrijpt het wel.'

'Echt?' is haar weerwoord. 'Een man van wie je ooit met hart en ziel hebt gehouden duikt opeens op en jij werpt je op als zijn persoonlijke verzorger en verpleegkundige.'

'Hij zou hetzelfde doen voor iemand uit zijn verleden,' zeg ik.

'Dat vraag ik me af. Ik vraag me af of er íémand is die dat zou doen. Voor jou is het anders. Ik ken jou. Je bent deze man een keer eerder kwijtgeraakt en je kunt het niet aan om hem nog een keer te verliezen. Dat snap ik. Maar Kailey, je kunt Cade niet redden door gezellig samen met hem in een huis te wonen. Als je om hem geeft, zorg je ervoor dat hij aan dat programma in het Harborview kan beginnen. Dan laat je hem gaan, zodat hij beter kan worden.'

Ik zucht. 'Je hebt gelijk.'

'Precies.' Ze wordt onderbroken door een werkkwestie, maar is er even later weer. 'Ik moet ophangen,' zegt ze. 'Toch denk ik dat er wel iets heel belangrijks is waarmee je Cade kunt helpen, Kailey.'

'Wat dan?'

'Je kunt uitzoeken wat er met hem is gebeurd,' zegt ze. 'Sinds je me hebt verteld over dat dossier van die naamloze patiënt uit 1998 heb ik een heel naar gevoel.'

'Ik ook,' zeg ik.

'Cade had een vol leven en een succesvol bedrijf toen hij vertrok, of toen we dachten dat hij vertrok,' zegt ze. 'Ik denk dat er misschien iemand is geweest die daar een graantje van heeft willen meepikken, iemand die mogelijk iets te maken heeft met de toestand waarin hij nu verkeert.'

Ik knik. 'Ja,' zeg ik, en ik praat nog wat zachter als ik Cade door het raam zie bewegen op de bank. 'Dat denk ik ook. Er klopt iets niet.'

'Help hem om het op een rijtje te krijgen,' zegt Tracy voordat ze ophangt.

De rest van de dinsdag gaat voorbij en woensdagochtend word ik getroffen door het feit dat de tijd zo snel kan gaan zonder dat je echt veel doet. In mijn geval zit ik op de veranda met Cade, eten we samen aan tafel en vertel ik hem verhalen waarvan ik niet zeker weet of hij ze zich nog herinnert of zelfs maar begrijpt. Maar elke keer als hij me een fractie van een seconde aankijkt alsof er een lichtje gaat branden, voel ik vanbinnen iets hartverwarmends dat ik niet kan verklaren. Het gebeurt voornamelijk als ik muziek opzet, oude platen waar we vroeger allebei dol op waren. Op die momenten zie ik hem oplichten. Ik zie die oude glans in zijn ogen.

Als Ryan die avond belt, loop ik naar de veranda om op te nemen.

'Hoi,' zegt hij.

'Hoi,' antwoord ik.

'Ik mis je stem. Ik mis je heel erg.'

'Ik mis jou ook,' zeg ik, en ik frunnik aan een draadje van mijn trui.

'Hoe gaat jouw week?'

'O, goed.'

'Ik had je nog gebeld op kantoor, maar je nam niet op.'

'Sorry,' zeg ik. 'Het is een gekkenhuis.'

'Dat weet ik, lieverd,' zegt hij. 'Moet je horen, kan ik ...' Hij is even stil. 'Je bent de laatste tijd zo afwezig. Ik weet dat je ergens over piekert, iets wat je niet met mij kunt of wilt delen, maar wat het ook is, ik hoop dat het niet tussen ons in komt te staan. Kailey, ik wil je niet kwijt.'

De tranen springen in mijn ogen, vanwege Ryan, vanwege mezelf, vanwege mijn verleden en mijn toekomst.

'Je raakt me niet kwijt,' beloof ik hem. Binnen hoor ik glasgerinkel. 'Maar Ryan, het spijt me. Ik moet ophangen. Ik bel je nog, goed?'

Cade staat in de woonkamer zenuwachtig naar zijn voeten te staren. Het Chihuly-stuk, een belachelijk kostbare, lelijke mengeling van veelkleurig geblazen glas dat Ryans ouders ons als verlovingscadeau hebben gegeven, ligt in gruzelementen op de grond.

'Geeft niets,' zeg ik, en ik loop naar hem toe.

Hij gaat op zijn knieën zitten, pakt twee scherven en duwt ze tegen elkaar aan in een onmogelijke poging het te maken.

Dan zie ik dat er een druppeltje bloed langs zijn hand loopt en ik hap naar adem. 'Je bent gewond,' zeg ik. 'Laat maar liggen. Ik ruim het straks wel op.' Ik spring overeind en kom terug met een vochtig doekje en een pleister. 'Hier,' zeg ik. Ik pak zijn hand vast en verzorg zijn wond.

Hij laat me niet los als ik klaar ben. In plaats daarvan geeft hij me een kneepje in mijn hand. 'Dank je wel,' zegt hij, met die stem die ik zo goed ken. Een stem die me heeft laten lachen en huilen. Een stem die me duizenden verhalen heeft verteld en nog veel vaker 'ik hou van je' tegen me heeft gezegd.

18

17 oktober 1997

Ik werp een blik op de klok aan de muur van mijn appartement: vijf over half zeven. Cade is een uur te laat.

'Je ziet er geïrriteerd uit,' zegt Tracy, die op de bank een herhaling van *Friends* zit te kijken.

Ik doe mijn mond open, maar Tracy praat verder.

'Heb je je horoscoop van vandaag al gelezen?'

Ik schud mijn hoofd.

Ze knikt. 'Komt door de retrograde Mercurius. Daardoor raakt alles uit balans, vooral voor Watermannen.' Ze fronst haar wenkbrauwen. 'Ik zeg het niet graag en ik weet hoeveel Cade en jij van elkaar houden, maar het ziet er een beetje wankel uit op relatiegebied.'

'Tja,' zeg ik met een zucht, 'ik geloof normaal niet zo in die onzin, maar...' Ik kijk weer op de klok. '... nu misschien wel.'

'Wat is er aan de hand?' vraagt ze.

'Cade is weer laat,' zeg ik. 'Hij zou hier om half zes zijn.' Ik staar naar het eten dat ik voor hem heb klaargemaakt – zeebaars en gestoomde asperges die nu koud zijn – en zucht.

'Heeft hij gebeld?'

'Nee,' zeg ik, en ik laat me naast haar op de bank zakken. Jennifer Anistons haar zit perfect terwijl ze koffie uit een idioot grote beker drinkt. Ik haal mijn hand door mijn haar en denk erover om er iets anders mee te doen, het misschien te verven. Misschien alles te veranderen.

Tracy knikt veelbetekenend.

'Er is iets mis,' zeg ik.

'Vertel.'

Ik schud mijn hoofd. 'Het is Cade. Hij is... veranderd.'

'Veranderd?'

Ik zucht. 'Cade is de briljantste man die er is, de grappigste, de boeiendste. Dat wist ik toen ik hem leerde kennen en vanaf dat moment ben ik meegezogen in zijn hele wezen. Als zijn zon op jou schijnt, dan... dan voel je dat gewoon. Maar als hij ergens anders schijnt, dan is het koud.'

Tracy zet de tv uit. 'Het is maar een fase, een drempeltje,' zegt ze. 'Elke relatie heeft ze. Jullie horen bij elkaar. Dat weet ik zeker. En jij weet het ook.'

Ik knik.

'En trouwens,' gaat ze verder, 'volgens je horoscoop kunnen jullie door deze moeilijke periode heen komen en er samen sterker van worden.'

Ik dwing mezelf te glimlachen en kijk dan naar de deur.

Cade staat met een schaapachtige blik in de deuropening. 'Hoi,' zegt hij, en hij haalt zijn hand door zijn haar. 'Sorry dat ik laat ben.' Hij komt naar me toe en geeft me een snelle zoen op mijn mond. Ik ruik alcohol en draai mijn hoofd weg.

'Ik ben even weg, dan... kunnen jullie praten,' zegt Tracy. Ze staat op, pakt haar trui en vertrekt.

'Schatje,' zegt Cade, en hij pakt mijn hand vast. 'De vergadering liep uit en Steve van Everland – je weet wel, de band die we net gecontracteerd hebben – kwam langs, dus ben ik even wat met hem gaan drinken en ik...'

'Cade,' zeg ik, 'het is al goed.'

'Maar dat is het niet,' zegt hij teder. 'Ik merk het aan je.'

Ik zucht en kijk naar buiten. De esdoorn beneden op straat met zijn feloranje bladeren lijkt wel in brand te staan. Ik draai me weer om en kijk naar de man van wie ik hou. 'Je lijkt de laatste tijd anders,' zeg ik. 'Je komt te laat voor alles wat ik plan en het is net alsof... nou ja, alsof je niet meer zo in mij geïnteresseerd bent... in ons.'

'O, Kailey,' zegt hij. Hij knijpt zijn ogen samen en een blik van bezorgdheid glijdt over zijn gezicht. 'Dat is absoluut niet waar.'

'Wat is er dán?'

'Ik denk dat het me allemaal een beetje te veel wordt.'

'Je werk?'

Hij fronst zijn wenkbrauwen. 'Ja. En andere dingen.'

'Zoals?'

Hij wendt zijn blik af. 'Daar hoef jij je geen zorgen over te maken.'

'Cade, zeg het me.'

'Moet je horen,' is zijn reactie, en hij verheft zijn stem iets. 'Geloof me als ik zeg dat je je daar geen zorgen om hoeft te maken.' Hij staat op en loopt naar het raam. 'Ik wil je niet betrekken bij iets wat...' Hij zwijgt even en draait zich dan om. 'O lieverd, het spijt me. Dat klonk afschuwelijk. Vergeef me.'

Ik knik en voel de tranen in me opkomen.

Cade gaat op z'n knieën naast me zitten. 'Geef me wat tijd,' zegt hij. 'Dan beloof ik je dat alles goed komt.' Hij pakt mijn hand vast en ik laat hem.

‘Wat het ook is,’ zeg ik, ‘ik ben er voor je. Sluit me alsjeblieft niet buiten.’

‘Hoe zou ik dat ooit kunnen doen?’ vraagt hij.

Maar ik ben bang dat hij dat al heeft gedaan.

19

26 november 2008

Cade zit stilletjes met Eddie op de bank. Eerder op de dag heb ik dokter Branson gebeld, die me heeft verteld dat Cade overmorgen al in zijn nieuwe studio van het hersenletselprogramma terecht kan. En ook al is dat goed nieuws, ik vind het afschuwelijk om hem te laten gaan, met het verwarrende gevoel dat hij zonder mijn bescherming zo weer zou kunnen vertrekken om weer voor een dag, een jaar of voorgoed te verdwijnen.

Ik ga naast hem zitten en zie dat hij voortdurend zijn haar uit zijn ogen veegt. Ik denk aan de baardtrimmer boven in het badkamerkastje. Ryan gebruikt hem zo nu en dan om zijn bakkebaarden bij te werken. Ik ren naar boven, pak het apparaat en neem ook een kappersschaar mee.

'Laten we je haar knippen,' zeg ik met een glimlach tegen Cade.

Hij kijkt me verward aan.

'Dat kan ik voor je doen,' zeg ik, en ik trek er een stoel bij. 'In de keuken.'

Hij blijft op de bank zitten, dus loop ik naar hem toe en pak zijn hand vast. 'Ik zal heel voorzichtig zijn, dat beloof ik.'

Behoedzaam loopt hij achter me aan naar de keuken en gaat op de stoel op de tegelvloer zitten. Ik leg een handdoek over zijn schouders en steek de trimmer in het stopcontact. Aan de zijkant kort en bovenop iets langer, weet ik nog. Hij huivert even als ik een kam door zijn haar haal. 'Het is goed,' fluister ik, waarna ik eerst wat van de zijkant wegknip en er dan met de trimmer langs ga. Zijn bruine haar valt in plukken op de grond. Hij zit stil met zijn handen op schoot, terwijl ik zijn haar knip, trim en kam. Vervolgens begin ik aan zijn baard. 'Laten we die alleen een beetje bijwerken.'

Hij protesteert niet als ik met de trimmer langs zijn gezicht ga en centimeters van het ruwe gezichtshaar afscheer. Ik veeg de haren uit zijn nek en haal de handdoek weg, waarna ik een stap naar achteren doe en het resultaat bekijk. Hij staat op, haalt zijn handen door zijn haar en laat ze over zijn gezicht glijden. Er schieten tranen in mijn ogen als ik de transformatie zie. En als hij zichzelf in de spiegel aan de wand bekijkt, ziet hij er ook erg ontroerd uit, alsof hij een geest heeft gezien. Een geest uit zijn verleden.

'Je ziet er... fantastisch uit,' zeg ik, en ik ben misschien nog wel ontroerder dan hij. 'Net als in mijn herinnering.'

Hij blijft naar zijn spiegelbeeld staren, terwijl ik het haar opveeg en de schaar en trimmer opberg. Op het aanrecht staat een lading vuile vaat, maar daar heb ik nu geen zin in. In plaats daarvan loop ik naar de platenspeler, degene waar Ryan altijd een beetje spottend over doet. Een overblijfsel van mijn tijd met Cade, die bezwoer dat alles beter klonk op vinyl. Ik gebruik hem tegenwoordig zelden, maar kan er ook geen afscheid van nemen. Zelfs als mijn oude platen alleen maar op een vervaarlijke stapel op een boekenplank stof liggen te vergaren, biedt hun aanwezigheid me troost.

Ik kies mijn lievelingsplaat van Mazzy Star, *So Tonight That I May See*, haal hem uit de hoes en zet de naald bij het eerste nummer. De openingsmaten van 'Fade Into You' brengen me terug naar die avond met Cade twaalf jaar geleden. Zou hij het zich nog kunnen herinneren? Misschien wel. Maar misschien ook niet. Ik weet het in elk geval nog wel. En terwijl ik langzaam heen en weer wieg, denk ik aan de manier waarop hij die avond mijn hand vastpakte en me backstage nam, zodat we samen konden kijken. Ik weet nog hoe hij naar me keek. De manier waarop de tijd in zijn gezelschap zo snel ging. Ik doe mijn ogen stijf dicht en als ik ze weer opendoe, voel ik zijn hand in mijn zij. Eerst denk ik dat het een droom is, dat ik het me inbeeld. Maar dan legt hij zijn andere hand om mijn zij en draait me om, zodat ik recht voor hem sta. Als ik in zijn ogen kijk, zie ik zijn tranen. Mijn armen glijden omhoog zonder dat ik erbij nadenk. Ze glijden over zijn borst en smalle schouders, tot ik ze om zijn nek heb geslagen. Hij trekt me nog dichter tegen zich aan, terwijl we heupwiegen op de muziek, het ene nummer na het andere, omsloten door zijn omarming.

Ik weet dat ik me terug moet trekken. Hij is te ziek om te weten wat hij doet. Te verloren. Maar tegelijkertijd voelt dit moment te echt om te negeren. Hij houdt me net als vroeger vast. Ik wil wel duizend dingen tegen hem zeggen. *Je weet het nog, hè Cade? Heb je enig idee hoe moeilijk het voor me was toen jij verdween? Weet je hoeveel verdriet ik om je heb gehad? Het verdriet is nooit helemaal verdwenen. Ik ben altijd van je blijven houden. Weet je dat, Cade? En nu ben je hier en staan we hier in de woonkamer en houd je me vast. En ik weet niet wat ik in vredesnaam moet doen. En ik maak me zorgen, zo vreselijk veel zorgen. Om jou, om mezelf, om het leven dat ik heb opgebouwd in jouw afwezigheid en dat nu in elkaar lijkt te storten.*

Al die gedachten draaien om me heen als paardenbloemzaadjes in de wind, vrij en wild. Tegelijkertijd sta ik stil in de tijd. Alsof ik tussen twee werelden hang, in allebei een voet, en één hart dat twee kanten op getrokken wordt.

Ik maak mijn hoofd los van Cades borst en kijk hem even aan. 'Wat je laatst zei,' zeg ik, 'dat je het nog wist. Cade, ik moet het weten. Weet je het echt nog? Weet je echt nog wie ik ben? Kun je je het leven herinneren dat we samen hadden, het leven dat we samen hadden gepland?'

Tranen stromen over mijn wangen.

Teder strijkt hij ze weg en hij knikt.

Op hetzelfde moment hoor ik de sleutel in het slot. Geschrokken draai ik me om en ik zie Ryan met open mond in de deuropening staan, zijn koffer in zijn hand.

'Ryan?' Ik doe een stap naar achteren en maak me los uit Cades omhelzing.

'Kailey, wat moet dit voorstellen?'

'Eh, nou, zie je...' Ik kijk naar Cade en dan weer naar Ryan.

Hij zet zijn koffer neer. 'Ja, ik zie het inderdaad.' Hij blijft op de tegelvloer in de deuropening staan alsof er een onzichtbaar, onneembaar obstakel tussen ons staat.

'Ryan, dit is Cade,' zeg ik.

'Cade,' zegt hij, en hij knikt. 'Natuurlijk.'

'Ryan, het is niet wat je denkt,' zeg ik. 'Hij heeft op straat geleefd. Hij heeft ernstig hersenletsel.'

Ryan kijkt Cade lang aan. 'Dit is die vent van het restaurant. Degene die mijn moeder zo ongeveer aanklampte?' Hij knikt. 'Dat verklaart het een en ander.'

'Ryan,' zeg ik smekend. 'Hij heeft onze hulp nodig.'

'Natuurlijk,' zegt hij, en hij wrijft over zijn voorhoofd. 'En ik zie dat jij hem al fantastisch helpt.'

'Ik heb ervoor gezorgd dat hij is toegelaten tot een programma in het Harborview voor mensen met traumatisch hersenletsel.' Ik wend me tot Cade die nu naar zijn voeten staart. Ik vind het afschuwelijk. Ik vind deze confrontatie afschuwelijk voor Ryan, maar vooral voor Cade. 'Hij wordt vrijdag opgenomen. Tot die tijd heeft hij een plek nodig.'

Ryan schudt zijn hoofd. 'En dat heb je allemaal voor me verzwegen?'

'Ik was van plan het je te vertellen,' zeg ik. 'Ik kon alleen het juiste moment niet vinden. Ik was bang dat je... zou reageren zoals je nu doet.'

Ryan slaakt een zucht. 'Zoals nu? Kailey, wat had je dan verwacht? We gaan trouwen en je kunt je er niet toe zetten de uitnodigingen te versturen. Ik heb het gevoel dat ik je helemaal niet meer ken.' Hij zwaait met zijn sleutels.

'Ga niet weg,' zeg ik, en ik zet een stap zijn kant op. Ik heb het gevoel dat ik gevangenzit tussen twee in elkaar stortende werelden en dat ik ze geen van beide kan redden.

Ryan blijft lange tijd stil en staart me met die prachtige ogen van hem aan. En wacht. 'Ik ga,' zegt hij uiteindelijk verslagen. 'Ik ga bij Matt logeren, totdat we dit allemaal hebben opgelost.'

'Ryan, alsjeblieft,' smeek ik. 'Ik heb niets te verbergen.'

Hij kijkt naar mij, dan naar Cade en zijn blik zegt alles. 'Niets te verbergen?' Hij schudt zijn hoofd. 'O, mijn lieve Kailey, je hebt datgene waar je niet aan kunt ontsnappen voor jezelf verborgen gehouden: de waarheid. Het is tijd dat je die onder ogen ziet, al vind ik het hartverscheurend om te moeten toekijken.' Hij pakt zijn koffer. 'Dag.'

Cade komt achter me staan, terwijl ik naar de dichte deur

staar en me afvraag of ik hem achterna moet rennen, hem moet smeken om te blijven, het te begrijpen. Hij kan het toch zeker wel begrijpen? Maar mijn benen bewegen niet en mijn stem is verdwenen. Als verlamd laat ik me op mijn knieën vallen en huil. Ik heb het gevoel dat ik verdrink in mijn eigen verdriet, niet in staat te blijven drijven. Dan legt Cade als een reddingsboei zijn hand op mijn schouder.

Ryan neemt die avond de telefoon niet op. De volgende ochtend bel ik zijn vriend Matt die getuige op onze bruiloft zal zijn.

'Matt, met Kailey,' zeg ik. 'Is Ryan bij jou?'

'Dat was hij,' zegt hij. 'Maar hij zegt dat hij liever alleen is als hij niet bij jou kan zijn.'

'Dan heeft hij je zeker verteld over…'

'Ja,' zegt Matt.'

'Ik wilde het hem zelf vertellen, maar hij kwam eerder thuis en toen…' Ik zucht. 'O Matt, de timing had niet slechter kunnen zijn.'

'Kailey,' zegt hij, 'ga je echt bij hem weg omdat je bij een… zwerver wil zijn?'

'Om te beginnen,' zeg ik, 'ga ik niet bij hem weg. En Cade is niet zomaar een zwerver. Hij is mijn ex. Ik heb twee jaar een relatie met hem gehad.'

'Dan snap je dus waarom Ryan hier kapot van is,' zegt Matt.

'Ja,' zeg ik. 'Het is een puinhoop en ik wil het goedmaken. Maar ik moet Cade helpen. Hij heeft niemand.' Ik praat wat zachter, zodat ik Cade die boven nog ligt te slapen niet wakker maak. 'Hij logeert hier alleen omdat hij nergens anders naartoe kan. Morgen breng ik hem naar het Harborview. Hij wordt opgenomen in een programma voor mensen met hersenletsel.

Hij gaat daar wonen onder toezicht van een team van deskundigen die hem kunnen helpen zijn leven weer op de rit te krijgen. Hij zal vrijwel alles weer opnieuw moeten leren.'

'Ik begrijp het,' zegt Matt. 'En ik veroordeel je niet, Kailey. Het is alleen...'

'Ryan is je beste vriend,' zeg ik. 'Dat begrijp ik. Ik hoop dat je weet dat ik hem nooit pijn heb willen doen.'

'Dank je,' zegt hij, voordat hij ophangt.

Op vrijdag pak ik schone kleren uit Ryans kast en help Cade met aankleden. In de auto op weg naar het Harborview is hij stil en ik ook.

'Goeiemorgen,' zegt dokter Branson, als we op de eerste verdieping arriveren. We hebben elkaar eerder deze week een paar keer gesproken toen ze belde om te vragen hoe het met Cade ging. 'Dit is mijn assistente, Tess. Je gaat nu met ons mee, als je er klaar voor bent.'

Ik knik voor ons allebei en we lopen door een lange gang naar een andere groep liften.

'Ik neem aan dat u in geval van nood zijn contactpersoon bent,' zegt Tess, en ze kijkt op het klembord in haar hand.

'In geval van nood? Wat voor nood?'

'Dat is uit voorzorg,' zegt ze, 'voor het geval er iets gebeurt. Als de patiënt wegloopt, bijvoorbeeld. Zoals ik u al aan de telefoon zei, kunnen mensen met traumatisch hersenletsel nogal wispelturig zijn.'

'Aha, natuurlijk,' zeg ik, en ik slik moeizaam als we op de begane grond zijn en buiten over een pad naar een bakstenen gebouw lopen dat eruitziet als een kantoorpand. 'Ja, natuurlijk.'

Dokter Branson wijst naar het gebouw voor ons. 'Dat is het,' zegt ze met een glimlach. 'Het Edward Miller Centrum voor

Traumatisch Hersenletsel en Revalidatie.' Ze wendt zich tot Cade. 'Dit zal het komende jaar jouw thuis zijn. Je hebt er een eigen studio. Sterker nog...' Ze wijst naar het hoekraam op de bovenste verdieping. '... volgens mij is die van jou.'

Hij kijkt omhoog en dan naar mij. Ik weet niet of hij bang is of dat hij het allemaal niet begrijpt, of allebei.

'Er is vierentwintig uur per dag personeel aanwezig en elke dag heb je spraak- en fysiotherapie, er worden hersenscans gemaakt en je krijgt intensieve revalidatie om je te helpen alles wat je ten gevolge van het trauma bent kwijtgeraakt opnieuw te leren.' Ze legt haar hand op Cades arm. 'We willen je helpen om je leven terug te krijgen.'

De lift schiet omhoog en we stappen op de tweede verdieping uit. Tess loopt naar een deur met nummer 204 erop en steekt een sleutel in het slot. We lopen de studio binnen. Hij is klein en ruikt naar schoonmaakmiddel en boenwas. Hij lijkt in de verste verte niet op Cades appartement aan Pioneer Square, maar het is er schoon en licht en door het hoge plafond valt niet zo op hoe hokkerig de ruimte is.

Ik zie hoe Cade zijn nieuwe huis bekijkt, eerst stopt bij het tweepersoonsbed met eenvoudige ziekenhuislakens en dan kijkt naar het bruine tweezitsbankje en de salontafel. Het keukentje bestaat uit een aanrecht, wat kastjes en een kleine koelkast.

'Voor de veiligheid van iedereen staan we erop dat onze bewoners geen oven of fornuis gebruiken tijdens de duur van het programma. Alle maaltijden worden geserveerd in het restaurant op de begane grond. Het ontbijt is om acht uur, de lunch om twaalf uur en het avondeten om vijf uur. Ik hoop dat hij hier zal opbloeien,' zegt dokter Branson tegen mij.

'Dat hoop ik ook,' zeg ik.

'Zo,' gaat ze verder, 'dan is het nu tijd om afscheid te nemen. Cade heeft een volle dag vandaag. De oriëntatie, de kennismaking met de ergotherapeut en de fysiotherapeut. Een team neurologen komt om twee uur voor een evaluatie. We willen een basislijn vaststellen, zodat we de komende tijd zijn vooruitgang kunnen bijhouden.'

Ik knik en doe een stap naar achteren.

'Het is altijd moeilijk om iemand achter te laten,' zegt dokter Branson. 'Maar ik beloof u dat hij hier in goede handen is.'

'Dank u,' zeg ik, en ik kijk nog even naar Cade voordat ik me naar de deur toe draai. Hij staat bij het raam en kijkt uit over Capitol Hill met zijn vele platenwinkels. De Space Needle steekt boven het stadsgezicht uit. 'Ik kom morgen bij je langs.'

Hij staart voor zich uit, ik weet niet of hij me hoort. Tracy heeft gelijk. Hoe graag ik hem ook voor de wereld verborgen wil houden om hem niet kwijt te raken, ik moet hem loslaten. En dit is de veiligste plek om dat te doen. Maar als ik met de lift naar de begane grond ga en terugloop naar mijn auto in de parkeergarage, heb ik onwillekeurig toch het gevoel dat ik een stukje van mezelf in studio 204 heb achtergelaten.

Ik rijd langs Pioneer Square. Het tweede artikel in de serie heeft een nog feller debat losgemaakt dan het eerste, maar dat verandert niets aan het feit dat er nog steeds te veel daklozen zijn die nergens naartoe kunnen. Het derde artikel over de ontwikkelaars en hun 'verhuispakket' bestond uit feiten en cijfers. Maar het artikel over Cade heb ik nog steeds niet af. Omdat Cades verhaal nog niet af is. Stukje bij beetje schrijf ik het. Het is altijd in mijn hoofd, net als hij.

Ik ga zo op in mijn gedachten dat ik nauwelijks merk dat ik in de auto zit, de I-5 op rijd en daarna de afslag bij Forty-fifth

Street naar huis neem. Maar als ik de auto parkeer, maakt mijn hart een sprongetje bij het zien van Ryans auto.

'Hoi,' zeg ik vanuit de deuropening waar hij gisteravond stond met een blik alsof de wereld verging.

'Hoi,' antwoordt hij, en hij kijkt op van zijn laptop die op de keukentafel staat.

'Ik had niet verwacht dat ik jou hier zou aantreffen.'

Hij staart me een tijdje aan, staat dan op en komt naar me toe. 'Kailey, ik heb tijd gehad om na te denken,' zegt hij. 'Ik ben gekwetst, maar misschien heb ik te snel gereageerd.' Hij haalt diep adem. 'Hoe kan ik je iets kwalijk nemen wat een van je mooiste eigenschappen is? Je bent vrijgevig en lief. Je geeft intens veel om mensen. En je bent trouw.'

Tranen springen in mijn ogen als hij mijn handen vastpakt. 'Het verleden is moeilijk onder ogen te zien, maar meer is het niet: het verleden. En jij hebt je toekomst aan mij beloofd. Als jij nog steeds hetzelfde voor mij voelt, zou ik die reis naar de toekomst willen voortzetten, omdat ik van je hou. Zo simpel is het. Ik heb nog nooit zo veel van iemand gehouden als van jou. En ik ben bereid jou door deze periode heen te helpen. Ik ben bereid om je de tijd en ruimte te geven die je nodig hebt.'

Hij kijkt me ingespannen aan, er brandt een vuur in zijn ogen. Ik weet dat hij verdriet heeft. Ik weet dat hij bang is.

'Wat ik je probeer te zeggen is dat ik hoe dan ook met je wil trouwen. Ik wil van je houden en voor je zorgen en de rest van mijn leven bij je zijn. En ik denk niet dat jouw verleden of het mijne dat in de weg hoeft te staan.'

Ik knik, val in zijn armen en laat de tranen stromen. 'O, Ryan,' zeg ik.

Hij houdt me vast en trekt dan mijn gezicht omhoog tot we

elkaar aankijken. 'Ik vind dat we samen een reisje moeten maken,' zegt hij.

'Wat bedoel je?'

'Vijf dagen Mexico,' zegt hij. 'Ik zat net naar vluchten en hotels te kijken. Ik kan het Pedregal reserveren, het resort dat ik je laatst liet zien in *Travel and Leisure*, weet je nog? Elke kamer heeft zijn eigen zwembad. Dan kunnen we uitslapen, margarita's bij het zwembad drinken, dutjes doen, praten en massages nemen.' Hij glimlacht. 'Over een week of twee. Lijkt je dat wat?'

'Heerlijk,' zeg ik. 'Maar kunnen we echt weg? We hebben het allebei zo druk met ons werk en...' Ik denk aan Cade die net in zijn nieuwe studio zit. Kan ik hem alleen laten? Redt hij het wel?

Met een lange hartstochtelijke zoen legt Ryan mijn zorgen het zwijgen op. 'Dan kunnen we vakantie vieren. We hebben veel om dankbaar voor te zijn,' zegt hij. En als hij me nog dichter naar zich toe trekt met die sterke armen van hem die me zoveel jaar getroost en bemind hebben, smelt ik weg in zijn omhelzing.

'Goed,' fluister ik. Ik doe mijn ogen dicht, terwijl zijn lippen van mijn gezicht via mijn hals naar mijn schouder glijden.

20

31 december 1997

'Je ziet er waanzinnig uit,' zegt Tracy vanuit de deuropening van de badkamer, waar ik grijze glitteroogschaduw op doe.

'Lief van je, dank je wel,' antwoord ik, en ik draai me om. 'Vind je niet dat deze jurk te…'

'Welnee, zijn mond valt open als hij je ziet,' zegt ze.

Het jurkje is zwart, getailleerd en bedekt met glinsterende lovertjes en was vorige week in de uitverkoop bij Nordstrom. Het was een impulsaankoop. Maar op de een of andere manier voel ik me er een bedrieger in. 'Echt?' vraag ik, en ik trek aan de taille. Wat ik haar niet zeg is dat ik aan alles twijfel, van mijn jurk tot aan Cades liefde. Hij is de laatste tijd zo afstandelijk, zo… niet zichzelf.

'Geloof me,' zegt Tracy. 'Je bent straks het mooiste meisje op het feest.'

'Nou ja, na jou dan,' zeg ik met een grijns.

Tracy kijkt naar haar rode mouwloze jurk en haalt haar schouders op. 'De vraag is of Mark het überhaupt ziet.'

Ik weet dat ze de laatste tijd problemen hebben, maar ik was blij om te horen dat hij mee zou gaan naar Cades jaarlijkse feest van Element Records.

'Reken maar dat hij het ziet,' zeg ik. 'Je ziet er vanavond meer dan schitterend uit.'

Tracy werpt in de spiegel een lange blik op zichzelf en tikt met haar vingers even op de denkbeeldige wallen onder haar ogen. 'Het is moeilijk om een relatie te hebben als je geneeskunde studeert,' zegt ze. 'Het is een emotionele en fysieke uitputtingsslag.' Ze zucht en schiet dan in de lach. 'Misschien had ik het bij Wes moeten houden.'

'De mormoon?'

'Ja,' zegt ze nostalgisch. 'Hij was verliefd op me.'

'Maar jij niet op hem,' zeg ik met een grijns.

'Maar hij was zo knap en zo... aardig.'

'Mormonen zijn erg aardig.'

Ze knikt. 'Maar hij had een beugel.'

'Arme vent,' zeg ik. 'Hij ging op missie om vervolgens bij thuiskomst gedumpt te worden door jou, was het niet zo?'

'Twee jaar in Jackson, Alabama, ja,' zegt ze, in gedachten verzonken. 'Maar hij was een vreselijk slechte kusser.'

'De beugel,' zeggen we in koor, en we schieten in de lach.

'Klaar?' vraag ik. Ik borstel mijn haar nog een laatste keer en trek het naar achteren in een nette lage staart.

Tracy kijkt op haar horloge. 'Ja, Mark is over een uur klaar met zijn werk. Hij komt daar naartoe.'

We zouden kunnen lopen, maar we dragen hoge hakken en het is een gure dag, zo'n dag waarop het koud genoeg is voor sneeuw, maar de atmosfeer het niet in zich heeft, en dus houdt Tracy een taxi aan. Als we om vijf over acht bij Cade arriveren, zijn er al zeker tien gasten.

Zodra hij me ziet, komt hij op me af. 'Dag schoonheid,' zegt hij. 'Wat zie je er waanzinnig mooi uit.'

'Dank je wel,' zeg ik lachend.

Zijn appartement is veranderd in een feestlocatie. De meubels zijn opzijgeschoven om ruimte te maken voor een dansvloer, compleet met stroboscooplampen en een glitterbal. Een barkeeper staat in Cades keuken en een van de stagiaires van Element (Tom of Tony heet hij, geloof ik) bemant de stereo.

'Ik heb een verrassing voor je,' zegt hij, en hij gebaart dat ik mee moet naar de keuken.

Ik loop achter hem aan de hoek om, waar een paar vrouwen met geblondeerd haar gehurkt naast een zwarte labradorpuppy zitten.

'Alvast gefeliciteerd met je verjaardag,' zegt hij met een glimlach.

Ik sper mijn ogen wijd open. 'Cade!'

'Je hebt altijd gezegd dat je een zwarte labrador wilde en, nou ja, die wilde ik je graag cadeau doen.'

Ik ga met tranen in mijn ogen op mijn knieën zitten.

'Misschien kunnen we hem samen opvoeden.'

De puppy besnuffelt mijn gezicht als ik naar voren leun. 'Dag, jongetje.'

Cade komt naast me zitten en de blonde vrouwen kijken vertederd toe. 'Hoe zullen we hem noemen?'

'Eddie,' zeg ik, en ik til hem op.

'Dan heet hij Eddie,' zegt hij met een glimlach.

Na een paar minuten arriveren er meer gasten en ik stel voor dat we Eddie op de logeerkamer zetten. De drukte van een feest is misschien wat te veel voor hem.

'Wat wil je drinken?' vraagt Cade, als we een bak water en wat dekens voor de puppy hebben geregeld.

We komen Tracy tegen bij de bar. Ze bestelt net een martini en ik neem hetzelfde. Cade hangt onze jassen en tassen in de kast op en we babbelen met wat mensen van Element, terwijl de gasten binnendruppelen: oude vrienden van Cade, leden van bands waar ik nog nooit van heb gehoord en een paar die ik wel ken, zoals Dave Grohl van de Foo Fighters die zichzelf aan mij en Tracy voorstelt en een glas Jägermeister achteroverslaat. Dan komen James en Alexis binnen. James ziet er afwezig en vermoeid uit, alsof dit een verplichting is die hij zo snel mogelijk achter de rug wil hebben. Als Alexis er al hetzelfde over denkt, dan laat ze het niet merken. Ze glimlacht naar me.

'Hoi,' zeg ik, en ik zwaai even.

James' frons trekt weg als hij me ziet en hij komt samen met Alexis naar ons toe.

'Gelukkig nieuwjaar,' zegt James, en hij heft zijn martiniglas zodat we kunnen toosten.

'James en Alexis, dit is mijn huisgenoot Tracy,' zeg ik.

'Leuk je te ontmoeten,' zegt James.

Cade zet aan de andere kant van de kamer een nieuwe plaat op en als onze blikken elkaar kruisen, kijkt hij me met een veelbetekenende glimlach aan.

Tracy legt haar hand tegen haar borst. 'Een geweldig album vind ik dit.'

'Ik ook,' zegt Alexis. 'Neil Young is zo tijdloos.'

Ik schraap mijn keel. 'Harry Nilsson, bedoel je?'

Alexis wordt rood. 'O ja, tuurlijk,' zegt ze.

'Hun stemmen lijken ook wel een beetje op elkaar,' zeg ik, zodat ze niet al te veel gezichtsverlies leidt.

'Neil Young en Harry Nilsson?' grinnikt James. 'Echt niet.'

Ik kijk hem streng aan. 'Nou, ze hebben wel allebei die jarenzeventigsound.'

James glimlacht en Alexis' blik schiet de kamer rond. Ik weet niet of ze zich erg gekwetst voelt of dat ze het gewoon een beetje gênant vindt. Haar gezicht verraadt niets.

'Hoelang zijn jullie al samen?' vraagt Tracy, die haar best doet om het ijs te breken.

Alexis doet haar mond open, maar James neemt het woord. 'Een jaartje,' zegt hij.

'En wat doe jij?' vraagt Alexis, om het over iets anders te hebben. Haar blik glijdt naar Cade aan de bar.

'Ik ben in opleiding aan het University Washington Medical Center,' zegt ze.

Ik grijns. 'Tijd voor een consult met dokter Greenfield.'

James schiet in de lach, maar Alexis' blik blijft onveranderd.

'Wat goed, zeg,' zegt James. 'Ik kan me niet voorstellen hoe heftig het is om geneeskunde te studeren.'

Tracy knikt. 'Het is heel intens. Sterker nog, het is een wonder dat ik vanavond vrij heb.'

'Leuk dat je er bent,' zegt James, en hij wijst naar haar glas. 'Je glas is leeg. Laten we daar eens iets aan doen.'

Tracy glimlacht, kijkt naar mij en loopt met James naar de bar.

Alexis volgt hen met een afwezige blik.

Cade komt terug en geeft me een zoen op mijn wang. 'Hoe gaat het met mijn meisje?' Hij struikelt over zijn woorden. Hij heeft weer een glas in zijn handen en ik heb hem er al minstens zes zien drinken. Maar ik heb besloten Cade van de avond te laten genieten: het is per slot van rekening oud en nieuw.

Ik kijk even naar de bar en zie dat James staat te lachen met Tracy, die er een beetje ongemakkelijk bij staat. Hij legt zijn hand even tegen haar rug en dan op haar arm.

'James, die gladde jongen. Ik snap het niet,' zegt Cade, op het moment dat Alexis naast ons komt staan. 'Sorry,' zegt hij snel. 'Ik...'

'Geeft niet,' zegt Alexis onaangedaan. Zo te zien doet het gedrag van haar vriend haar helemaal niets.

'Gaaf feest,' zegt ze, en ze kijkt Cade recht in de ogen. Ze ziet er mooi uit in haar zwarte jurk en donkerbruine Dr. Martens.

'Wil je nog een borrel?' vraagt Cade.

Ze glimlacht. 'Een dubbele.'

Hij grijnst en wendt zich tot mij. 'Kailey?'

'Nee, dank je.'

'Nou,' gaat hij verder, 'ik wil er ook nog eentje.'

Alexis loopt met hem mee en ik voel een steek van jaloezie als ik zie dat Cade haar schouder aanraakt. Dwaas, ik weet het. Cade zou me nooit bedriegen en al helemaal niet met Alexis, maar toch kan ik niet ontkennen dat ik me de laatste tijd een beetje onzeker voel. Onze band, die zo lang zo sterk is geweest, voelt op de een of andere manier verzwakt, als een hartslag die trager wordt, en ik weet niet waarom.

Ik heb er niet aan willen denken of met Tracy over willen praten, maar ik maak me zorgen om Cade. Hij lijkt meer gestrest dan anders en hij is niet langer een gelegenheidsdrinker, maar drinkt gewoon heel veel.

Ik loop naar de bar en leg mijn arm om zijn middel. Alexis wendt haar blik af en neemt een slok. 'Voor mij nog een keer hetzelfde,' zegt Cade tegen de barkeeper. 'Nee, doe maar een dubbele.'

James kijkt afkeurend naar Cade. 'De hoeveelste is dat wel niet, je vierde? Vijfde?'

'Wat gaat jou dat aan?' antwoordt Cade. 'Ik wist niet dat je het bijhield.'

'Het is wel veel drank,' zegt James. 'Ik wou alleen maar zeggen...'

'Wat wou je alleen maar zeggen?'

James steekt zijn borst vooruit. 'Ik wou alleen maar zeggen dat je, als je wat minder zou drinken, misschien een keer naar kantoor zou kunnen komen en, ik weet niet hoor, echt eens zou kunnen komen werken.'

'Hoe durf je!' zegt Cade, en hij doet een stap naar voren. 'Ik werk keihard en dat weet je.'

James haalt zijn schouders op. 'Als je niet dronken bent.'

Cade duikt op zijn vriend af.

'Nee,' zeg ik, en ik leg een hand tegen zijn borst. Alle ogen in de kamer zijn nu op hen tweeën gericht. 'Cade, nee. Doe dit niet.'

Hij kijkt me aan en doet dan een stap naar achteren. Voordat ik hem kan tegenhouden, stormt hij tussen de gasten door, grist zijn leren jas mee en verdwijnt.

'Wat was dat allemaal?' vraagt Tracy, die me even later opzoekt en James en Alexis aan de andere kant van de kamer laat staan.

'Cade en James hebben de laatste tijd veel problemen,' leg ik uit.

'Waarom?'

Ik haal mijn schouders op. 'Ze hebben totaal verschillende ideeën over hoe het bedrijf gerund moet worden. Het is de laatste tijd heel erg.'

Tracy en ik mengen ons onder de andere gasten, praten en drinken. Om de paar minuten kijk ik naar de deur in de hoop dat Cade terugkomt. Na een tijd begin ik zenuwachtig te worden.

Ik ga naar de slaapkamer om te kijken hoe het met Eddie is

en pak zijn riem, zodat ik hem kan uitlaten. 'Ik ga even kijken of ik Cade kan vinden,' zeg ik tegen Tracy. Ik pak mijn jas en ga naar buiten. Het is bitterkoud als ik door de steeg loop en daarna door de straat. Cade zit om de hoek op een bankje met een dakloze te praten.

'Daar ben je,' zeg ik tegen hem. Ik laat Eddie even snuffelen en plassen op een bevroren stukje grond.

'Hoi,' zegt hij. 'Sorry, maar ik moest daar even weg.'

'Komt het door James?'

Cade haalt zijn schouders op. 'Ivan,' zegt hij tegen de dakloze man die zijn leren jas aan heeft.

Er komen stoomwolkjes uit zijn mond terwijl hij praat en ik spring op en neer om warm te blijven.

'Dit is mijn vriendin Kailey.'

'Dag,' zegt de oude man met een tandeloze glimlach.

'Hallo,' zeg ik vriendelijk. Ik blaas warme lucht in mijn handen en richt me weer tot Cade. 'Moeten we niet weer naar binnen? Het wordt al laat.'

Cade slaat het restje drank in zijn glas achterover, terwijl Ivan een slok neemt uit een fles in een bruine papieren zak. 'Ik kan er niet meer tegen,' zegt Cade. 'Al die mensen daarbinnen. Het bedrijf dat we hebben opgebouwd... het begint iets te worden wat ik veracht.'

'Maar Element is je droom,' zeg ik.

'Het bedrijf dat ik ooit ben begonnen was geweldig.' Hij wijst naar zijn appartement. 'Maar dát? Die mensen daar, heb je ze gezien? Rijke mannen met aan coke verslaafde vriendinnetjes.' Hij schudt zijn hoofd. 'Dat is niet míjn Element Records.'

'Doe er dan iets aan,' zeg ik.

'Dat is helaas een gevecht dat ik niet langer kan winnen,' antwoordt hij.

'Dan ben je niet de Cade die ik ken. Jij bent iemand die geen nee accepteert. Je bent iemand die vecht voor waar je in gelooft. Je geeft niet op. Zo ben je niet. Geef dan nu ook niet op.' Zijn mondhoeken vormen een matte glimlach als ik zijn hand vastpak. 'Kom op,' zeg ik. 'Laten we naar binnen gaan. Laten we dit allemaal achter ons laten en op het nieuwe jaar proosten.'

Hij komt wankel overeind. 'Nou, goedenavond dan maar, Ivan,' zegt hij.

Ivan gromt iets en grinnikt dan.

'Wil je je jas niet terug?' fluister ik.

'Nee,' zegt Cade. 'Hij heeft hem harder nodig dan ik.'

Mijn woorden hebben kennelijk effect gehad, want als we weer op het feest zijn, is hij de oude en begint direct een gesprek met enkele muzikanten bij de deur. Ik geef een kneepje in zijn hand en loop tussen de feestgangers door naar Tracy. Geweldig dat Cade zo goed is met zijn gasten. Iedereen wil met hem praten, maar toch weet hij mij altijd weer te vinden. Ik zie hoe iedere gast oplicht als hij hem begroet, een vriendelijk woord heeft te zeggen over het nieuwste nummer van die persoon, hem bedankt voor zijn komst. Als onze blikken elkaar kruisen, voel ik vlinders in mijn buik.

Tracy werpt zenuwachtige blikken op haar horloge. Om half twaalf kijkt ze me met tranen in haar ogen aan. 'Hij komt niet meer.'

'Hij zit vast nog in het ziekenhuis,' zeg ik. 'Of misschien...'

Tracy schudt haar hoofd en neemt een slok. 'Als hij echt wilde komen, was hij er wel.'

Voordat ik iets kan zeggen, hoor ik dat er bij de deur wat getouwtrek ontstaat, gevolgd door iemand die iets schreeuwt.

We draaien ons om en zien een groepje jongemannen gekleed alsof ze net van het podium komen bij een punkrockshow. In het midden zie ik Cade die zichzelf overeind hijst. Zonder aarzelen ren ik naar hem toe.

'Wat is er gebeurd?' roep ik.

Hij brengt zijn hand naar zijn lip. 'Niet belangrijk. Ze zijn al weg.'

'Cade, wie waren dat?'

'Bandleden,' zegt hij. 'Het doet er niet toe. Ze zijn hier niet meer welkom.'

'Cade, je bloedt.'

Tracy holt naar de keuken en komt terug met wat keukenpapier en ijs. 'Hou dit ertegenaan.'

Ik help hem verder overeind. 'Ik maak me zorgen om je,' fluister ik.

'Het stelt niks voor,' zegt hij. 'Laten we oudjaarsavond er niet door laten verpesten.'

'Oké,' zeg ik onwillig.

De deur gaat open en Mark komt binnen. Tracy rent naar hem toe.

'Hoi,' begroet ik hem even later. Hij ziet er moe of afwezig of schaapachtig uit, of alle drie.

'Het was gekkenwerk in het ziekenhuis,' zegt hij. 'Het spijt me dat ik zo laat ben.' Hij wendt zich tot Cade. 'Hé man, goed je te zien.'

Cade knikt afwezig, ziet iemand aan de andere kant van de kamer en zwaait. Tracy komt terug met een glas in haar hand en geeft het aan Mark. 'Nee,' zegt hij. 'Ik moet vanavond maar niet drinken. Sterker nog, ik moet eigenlijk terug naar het ziekenhuis. Ik... eh... wilde je alleen een gelukkig nieuwjaar wensen.'

Tracy zet zijn glas op een bijzettafeltje. Ze ziet er verslagen uit, net als Alexis die even verderop naast James staat.

Cade pakte twee glazen champagne en geeft mij er een. Hij ziet er uitgeput uit, geestelijk en lichamelijk. Hij heeft een lege blik in zijn ogen die ik niet herken. Hij heeft veel te veel gedronken en als hij struikelend tegen me aan komt staan, krijg ik een brok in mijn keel. Hij staat vlak naast me, maar op de een of andere manier heb ik het gevoel dat hij er helemaal niet is.

Tien, negen, acht. Ik kijk naar Cade. *Zeven, zes, vijf.* Mijn hart doet pijn. *Vier, drie, twee.* En zo eindigt het oude jaar en begint het nieuwe.

21

12 december 2008

Door mijn keukenraam zie ik hoe het licht zich een weg baant door de kersenboom en een grillige, dreigende, donkere schaduw op het trottoir werpt. Wat is het leven toch dubbel – de manier waarop de wereld prachtig en wreed tegelijk kan zijn.

Vandaag is het tien jaar geleden dat... Ik knipper tranen weg bij de gedachte. Als ik de herinneringen toelaat die zo diep in mijn hersenen liggen begraven, komt het allemaal terug. De kleur van de muren van die kleine ziekenhuiskamer met het armoedige witte gordijn met de versleten randen tussen de twee bedden. Die herinneringen die ik zo graag had willen verbannen blijven koppig hangen. Misschien gaan ze nooit weg. Ik haal diep adem en zet een dubbele espresso voor mezelf met het chique nieuwe apparaat dat Ryans ouders hebben opgestuurd.

Vervolgens pak ik mijn sleutels en rijd naar het Harborview om Cade op te zoeken.

Vanuit de deuropening kijk ik hoe hij in het restaurant met twee andere bewoners zit te ontbijten. Ik zie hoe hij met een medewerker communiceert die bij hem komt kijken en hij lijkt sterker, alerter. Ik loop een paar stappen verder en luister even stilletjes naar hun gesprek.

'Heb je misschien ook pikante saus?' vraagt hij.

De restaurantmedewerker glimlacht. 'Is tabasco goed?'

Cade glimlacht en zegt: 'Ik was vroeger gek op tabasco.'

Ik glimlach. Cade en zijn voorliefde voor pittig eten.

'Kijk hem daar eens zitten,' zegt dokter Branson, die over mijn schouder meekijkt.

Ik straal terwijl ik naar hem kijk en ben trots op het feit dat hij al zoveel heeft bereikt. Er schijnt een kracht in zijn ogen die er heel lang niet is geweest.

'Hij is er nog lang niet, maar hij gaat geweldig goed vooruit,' zegt dokter Branson, waarmee ze mijn gedachten bevestigt. 'We hebben hem op een nieuw medicijn gezet. Een medicijn dat normaal voor iets anders wordt ingezet, maar er is vorig jaar een onderzoek verschenen waaruit is gebleken dat het heel effectief zou kunnen zijn bij de behandeling van patiënten met traumatisch hersenletsel. Het is nog te vroeg om te juichen, maar zijn hersenscans tonen meetbaar verbetering.'

'Wat goed om te horen,' zeg ik. 'Ik vertrek morgen naar Mexico. Kan ik wat tijd met hem doorbrengen?'

Ze kijkt op haar horloge en knikt dan. 'Ja, toevallig heeft hij de rest van de ochtend vrij.'

'En ik vroeg me ook af of ik hem mee kan nemen naar een oude vriend,' zeg ik.

'Wie is die vriend?' vraagt ze.

'Zijn beste vriend van vroeger en voormalig zakenpartner,' zeg ik.

'Ik weet het niet,' zegt dokter Branson. 'Lastig te zeggen. Als deze persoon in verband staat met traumatische incidenten uit zijn verleden, zou ik het niet aanraden.'

'Maar dat is het nou juist,' zeg ik. 'Ik weet niet wat er met Cade is gebeurd en misschien helpt het als hij James ziet.'

'In dat geval laat ik de beslissing aan u over,' zegt dokter Branson. 'Onderdeel van het herstel is dat de patiënt zich in de buitenwereld begeeft. We kunnen onze patiënten niet behoeden voor de moeilijke dingen in het leven.' Ze zwijgt even. 'Maar wees voorzichtig.'

Ik bedank haar en wacht tot Cade heeft ontbeten. Als hij de gang op loopt, trek ik zijn aandacht. 'Hoi,' zeg ik.

'Hoi,' antwoordt hij.

Ik hou een papieren boodschappentas op. 'Ik heb wat spullen voor je meegebracht.'

'Dank je wel,' zegt hij.

Ik kijk naar de lift. 'Zullen we ze even boven in je studio neerleggen?'

Hij knikt en samen gaan we met de lift naar de tweede verdieping. Zonlicht stroomt door de grote ramen in de kleine kamer en ik ga op het bankje zitten, terwijl Cade zich op de rand van het bed laat zakken.

'Bevalt het programma je?' vraag ik. In mijn hoofd leken de woorden heel normaal, maar ze komen er ongemakkelijk en neerbuigend uit.

Hij knikt.

'Ik heb me zo'n zorgen om je gemaakt,' zeg ik. 'Ik hoop dat dit de goede keus voor je is. Je hebt het hier naar je zin, toch?'

'Ja,' zegt hij.

'Daar ben ik blij om,' zeg ik stralend. 'Dat hoopte ik al.'

Ik zet de tas op het aanrecht. 'Voor je het weet komen je herinneringen terug. Dan krijg je je leven terug, Cade. Ik weet het zeker.' Ik haal kleren uit de tas en leg ze in een nette stapel op tafel: twee spijkerbroeken, een trui en drie T-shirts. 'Nu we het er toch over hebben,' ga ik verder. 'Het leek me wel een goed plan om vandaag bij James langs te gaan. Je oude vriend.'

De naam lijkt Cade niets te zeggen. 'James,' herhaalt hij, alsof hij het woord proeft.

'Jullie zijn samen opgegroeid,' leg ik uit. 'Hij was je zakenpartner.'

Cade knikt.

'Dokter Branson vertelde dat je in 1998 in het ziekenhuis bent opgenomen en dat je volgens het medisch dossier een vervolgbehandeling voor je verwondingen hebt geweigerd.'

Cade zit er stilletjes bij.

'Ik weet dat dit allemaal veel is om te verwerken, maar als je James ziet, komen er misschien wat herinneringen los.'

'Oké,' zegt Cade.

We rijden naar Fourth en parkeren daar de auto. 'Het kantoor van James zit op de zesde verdieping.'

Cade kijkt behoedzaam naar het gebouw en ik geef hem een kneepje in zijn hand. 'Het komt wel goed,' zeg ik.

We gaan met de lift naar boven en komen met een schok tot stilstand. Ik ben blij dat de chagrijnige assistent met het vlinderdasje niet achter de balie zit. We kunnen doorlopen.

'Deze kant op,' zeg ik tegen Cade.

James' kantoor komt in zicht. Hij zit achter zijn bureau aan de telefoon met zijn rug naar de glazen deur.

'Klop-klop,' zeg ik, als ik de deur opendoe en mijn hoofd om een hoekje steek.

James draait zich om en als hij Cade ziet, spert hij zijn ogen wijd open. 'Ik bel je straks terug,' zegt hij, en hij maakt snel een eind aan zijn telefoongesprek. 'Kailey en… Cade, tjonge. Ik…'

'Daar is-ie dan,' zeg ik met een glimlach.

James loopt op Cade af en steekt zijn hand uit, lacht dan ongemakkelijk en spreidt zijn armen om zijn oude vriend te omhelzen.

Cade blijft stijfjes staan.

'Wat is dat lang geleden,' zegt James. 'Hoe is het met je?'

Cade staart voor zich uit.

'Je ziet er goed uit, man,' gaat James verder. 'Toen Kailey me vertelde over je… toestand… nou ja, ik denk dat ik dacht dat het… anders zou zijn.'

'Cade zit in een revalidatieprogramma,' zeg ik, 'in het Harborview.'

James knippert met zijn ogen. 'Nou, dat is geweldig. Blij te horen dat je hulp krijgt. Als ik nog iets voor je kan doen, jongen, dan moet je het me maar laten weten.'

Hij praat sneller dan anders en zijn aanbod om Cade te helpen verrast me, gezien mijn vorige bezoek toen hij het helemaal niet fijn leek te vinden dat zijn oude vriend in Seattle was.

Cade lijkt niet te luisteren. In plaats daarvan loopt hij naar de muur waar hij de verzameling ingelijste foto's en herinneringen bekijkt: prachtige familieportretten, certificaten, James die de hand van George W. Bush schudt. Ik zie dat Cades blik even blijft rusten bij de foto van Alexis en James op hun jacht. Ik kan me die nog herinneren van de vorige keer toen ik hier was en ik kan me gemakkelijk voorstellen hoeveel plezier zij daar hadden onder het genot van een glas champagne, terwijl Cade ergens in elkaar gedoken naast een roestige container aan Fourth Avenue zat.

'James, ik wil je iets vragen,' zeg ik.

'Tuurlijk,' antwoordt hij.

Ik fluister. 'Cades arts is in de archieven gedoken en nu blijkt dat iemand die aan Cades beschrijving voldoet in augustus 1998 met forse verwondingen is opgenomen in het Harborview. Die persoon heeft enige tijd in coma gelegen en is uiteindelijk tegen medisch advies in vertrokken.' Ik haal diep adem.

James haalt zijn schouders op.

Ik kijk hem sceptisch aan. 'James, is er iets wat je mij niet hebt verteld?'

Cade staart nog steeds naar de wand met foto's.

'Alsjeblieft,' ga ik bijna onhoorbaar verder, 'je hebt ooit als een broer van hem gehouden. Ik probeer hem alleen maar te helpen zijn leven weer op orde te krijgen. Kun je me helpen?'

James loopt om zijn bureau heen en haalt een chequeboek uit zijn la. 'Natuurlijk,' zegt hij. 'Hoeveel heb je nodig? Genoeg voor een aanbetaling voor een auto, zodat hij naar een eventuele baan kan rijden? Geld voor boodschappen? Welk bedrag had je in gedachten?'

Ik schud mijn hoofd. 'Ik ben hier niet voor geld,' zeg ik. 'Ik ben hier omdat ik oprecht hoopte dat je hem zou kunnen helpen erachter te komen wat er met hem is gebeurd.'

James schudt zijn hoofd. 'Ik zal je zeggen wat er met hem is gebeurd. Je vriendje is doorgeslagen. Hij had een zenuwinzinking en heeft Element Records toen in een puinhoop achtergelaten. Hij protesteerde niet eens toen we hem het overnamepakket aanboden. Hij wilde weg, dat heb ik je al gezegd. Ik was degene die de rotzooi kon opruimen en moest redden wat er te redden viel en ik kan je wel vertellen, dat was niet veel. En nu kom jij hier binnenwalsen alsof ik hem iets verschuldigd ben? Sorry Kailey, maar daar trap ik niet in.'

'Zachtjes,' zeg ik, en ik trek hem aan zijn arm mee naar de gang. 'Hij is niet doof. Hij kan ons horen.'

'Nou, laat het hem maar horen,' zegt James.

Ik doe de deur achter ons dicht.

'Cade McAllister,' gaat James verder, en hij spreekt de naam uit alsof hij hem in neonlicht voor zich ziet. Zijn stem klinkt nostalgisch en boos tegelijk. 'Hij was één brok charme. Wist iedereen om zijn vinger te winden. Jou ook, toch? Hij kreeg altijd zijn zin. Het bedrijfslogo. Het wervings- en ontslagbeleid. Jezus, hij liet nota bene een flipperkast naar ons kantoor komen. Zesduizend dollar kostte dat ding. Vroeg hij mij, zijn zakenpartner, om instemming? Welnee. Hij deed het gewoon. Weet je hoe het is om met zo iemand samen te werken? Ik moest me drie slagen in de rondte werken om het bedrijf overeind te houden. En toen ik hem confronteerde met onze financiële situatie, raakte hij compleet van het pad af. Het platenlabel stond op het punt om ten onder te gaan en hij stak zijn kop in het zand. Zo ging het altijd.'

Ik schud mijn hoofd.

'Ik weet dat je het nooit hebt willen geloven, maar het is de waarheid,' zegt hij.

'Heeft Cade echt een zenuwinzinking gehad?'

James knikt. 'Helaas wel. Het was een van de ergste dagen van mijn leven. Het voltallige personeel was er getuige van. Het was het begin van het einde.'

'Maar als jij niet voor zijn ontslag uit het ziekenhuis hebt getekend, wie dan wel?'

James ziet er uitgeput uit; voor het eerst zie ik donkere wallen onder zijn ogen en diepe groeven tussen zijn wenkbrauwen.

'Geen idee,' zegt hij.

'Tja,' zeg ik, 'dan gaan we maar.'

Hij houdt zijn chequeboekje op. 'Laat me op z'n minst een cheque uitschrijven.'

'Hou maar,' zeg ik. 'Je zei het zelf al, je hebt al genoeg gedaan.'

Ik breng Cade terug naar zijn studio waar we nog een paar minuutjes op de bank zitten, voordat om twee uur zijn sessie begint.

'Het spijt me van vandaag,' zeg ik. 'James is… nou ja, veel van jullie vroegere vriendschap is een beetje ingewikkeld.' Ik kijk hem aan, maar hij kijkt naar buiten. 'Dat kan ook niet anders als twee mensen samen een bedrijf runnen, lijkt me.' Ik ben even stil. 'Ik was bang dat het gesprek je zou aangrijpen, maar ik probeer antwoorden voor je te vinden.'

Hij draait zich naar mij toe en begint te praten. 'Dus hij was mijn vriend?'

Ik moet er nog steeds aan wennen dat hij meer dan een of twee woorden tegen me zegt. Een hele zin uit zijn mond is gewoon overweldigend. Ik geef hem een kneepje in zijn arm. 'Ja,' zeg ik met een glimlach. 'Je zou het bijna niet geloven, maar jullie waren ooit dikke vrienden, broers, bijna.'

'Ik probeer het me te herinneren. Maar het is moeilijk.'

'Ja.' Ik knik. 'Ik kan me niet voorstellen hoe het is om je geheugen kwijt te zijn. Het lijkt me heel beangstigend. Maar kijk eens naar jezelf. Je bent hier en je gaat vooruit en ik ben zo trots op je.'

Hij glimlacht. 'Trots.' Hij zegt het woord hardop alsof hij het probeert te begrijpen.

'Trots,' herhaal ik.

'Kailey,' zegt hij.

Ik schiet vol.

'Ik herinner me dingen.'

'Daar ben ik heel blij om. En ik blijf bij je tot je weer helemaal de oude bent. En je wordt weer de oude. Dat weet ik zeker.' Ik zwijg even, denk aan mijn reisje naar Mexico en zou willen dat ik niet weg hoefde. Maar ik heb het Ryan beloofd. 'Cade, ik ga morgen op reis. Ik ben maar vijf dagen weg, maar in die tijd kom ik niet bij je langs. Ik...'

'Mexico,' zegt hij.

Ik glimlach. 'Mexico.'

'Ik wilde altijd met je naar Cancún.'

Mijn hart maakt een sprongetje en we kijken elkaar aan. Ergens van achter het waas van het hersenletsel, door de lagen verwarring en desoriëntatie heen, komt de oude Cade tevoorschijn. Heel even zie ik hem, zie ik die oude glinstering in zijn ogen. Heel even is hij zichzelf weer.

Dan wordt er op de deur geklopt.

'Binnen,' roep ik.

Even later staat een man in een pak in de deuropening. Zijn rode vlinderdasje valt direct op. 'Dag, ik ben dokter Freidman van het neurologisch team,' zegt hij, en hij wijst naar een naambordje dat aan een koord rond zijn nek hangt. 'Ik ga vandaag met u werken, meneer McAllister.'

Cade spert zijn ogen wijd open, springt overeind en is opeens merkwaardig onrustig. Met elke stap die dokter Freidman zijn kant op komt, doet hij een stap naar achteren, tot hij tegen het raam gedrukt staat.

'Is alles goed, meneer McAllister?' vraagt de arts. Hij kijkt naar mij en dan weer naar Cade.

'Nee!' schreeuwt Cade. 'Nee! Niet doen. Niet doen. Niet doen!' Hij is opeens bang en in paniek.

Als dokter Freidman voorzichtig nog een stap neemt, wordt

Cade nog banger en laat hij zich in elkaar gedoken op de grond vallen, trekt hij zijn knieën naar de borst en houdt zijn armen beschermend boven zijn hoofd.

Ik ren naar hem toe. 'Cade, het is goed,' zeg ik. 'Dokter Freidman zou je nooit iets aandoen.'

'Nee, nee, nee!' blijft Cade roepen.

Ik kijk naar dokter Freidman die zijn best doet rustig te blijven. 'Hij heeft een terugval,' legt hij op langzame, rustige toon uit. 'Het is niet ongewoon dat patiënten geheugenproblemen ervaren, last van verwarring hebben of een traumatische herinnering uit het verleden op een huidige situatie projecteren.'

'Cade,' fluister ik, in de hoop dat mijn stem hem naar het heden kan halen, weg uit de gruwelijke plek waar hij nu in gedachten zit. 'Ik ben het, Kailey. Dokter Freidman is er ook.'

Behoedzaam kijkt hij op.

'We zullen ervoor zorgen dat niemand je pijn doet. Je hoeft niet bang te zijn.'

Dokter Freidman kijkt hem met een bemoedigende glimlach aan.

'Het is goed,' fluister ik. 'Dat beloof ik.'

Cade knikt en komt overeind.

'Fantastisch,' zegt dokter Freidman. 'Als je er klaar voor bent, dan neem ik je mee en gaan we aan de slag.'

Cade haalt diep adem en kijkt nog een keer naar mij.

'Het komt wel goed,' zeg ik, en ik probeer de trilling in mijn stem te verbergen. 'Voor je het weet ben ik weer terug.'

Ik zet de auto op de oprit, maar ga niet naar binnen. Ik slenter door de straat en snuif etensluchten op van maaltijden die al lang gekookt en opgegeten zijn. Rechts een wokschotel, of misschien een Aziatisch kipgerecht. Vogels fladderen in een struik als ik de hoek om ga en langs het huis loop met het lage hek en de kersenboom met de stam die zo dik is dat het lijkt alsof hij in een bos thuishoort, niet in een stadswijk.

Ik blijf abrupt staan als ik een rood lint op het trottoir zie liggen dat waarschijnlijk eerder op de dag uit een meisjesstaartje is gegleden. Ik buk me om het op te rapen en moet opeens denken aan de keer dat Tracy een rood lint in een kersenboom in het centrum zag hangen. Het is jaren geleden, maar haar woorden echoën nog na in mijn oren en mijn hart: *Knoop een rood lint aan een tak voor je ware liefde.*

Ik haal diep adem en knoop het verloren lint aan een laaghangende tak. Er is zoveel veranderd sinds die dag en toch is er zoveel hetzelfde gebleven.

22

1 augustus 1998

Ik rond net een column af als de telefoon gaat.

'Heb je het al gedaan?'

Ik krimp ineen. 'Nee,' zeg ik. 'Nog niet.'

'Kailey, je moet het echt doen,' zegt ze. 'Waarschijnlijk is er niets aan de hand. Je ben gestrest door je werk. Daar komt het vast door. Maar je voelt je een stuk beter als je het zeker weet.'

Ik staar naar mijn tas alsof er een bom in zit. Toen ik vijf dagen over tijd was, heb ik Tracy in vertrouwen genomen. Nu, dag zeven, ben ik nog steeds niet ongesteld. Onderweg naar mijn werk ben ik bij de drogist langs geweest en heb ik een zwangerschapstest gekocht. 'Goed,' zeg ik met een zucht.

'Bel me straks, oké?'

'Doe ik,' zeg ik, en ik hang op.

Ik pak mijn tas en zigzag tussen de verschillende werkplekken door naar het damestoilet op de gang. Ik heb Cade niet verteld dat ik overtijd ben. Nog niet. Trouwens, hoe kan ik nou zwanger zijn? Ik heb de pil deze maand elke dag geslikt, op die ene na. En iedereen weet dat eentje missen niet erg is. Toch?

Ik staar naar het staafje en wend mijn blik af. Drie minuten. Het resultaat telt pas over drie minuten. Ik haal diep adem terwijl er wat kleur, roze, in het venstertje op het staafje zichtbaar wordt. Een lijntje. Twee lijntjes.

Wat betekent dat?

Ik grabbel in het doosje op zoek naar de bijsluiter. *Betekenen twee lijntjes dat ik zwanger ben, of juist niet?* Mijn hart gaat sneller kloppen. En dan heb ik mijn antwoord.

Ik ben... zwanger.

Ik hap naar adem en leun tegen de toiletdeur. Zwanger.

Als verdoofd loop ik terug naar mijn bureau. Ik bel Tracy niet. Ik bel niemand. Ik staar naar het lege computerscherm tot de telefoon gaat en maar blijft rinkelen.

Al, de persklaarmaker, steekt zijn hoofd over de scheidingswand. 'Ga je nog opnemen?'

'O,' zeg ik, alsof ik uit een trance kom. 'Ja, sorry. Hallo?' zeg ik monotoon.

'Kailey, met James.'

Ik ga rechtop zitten.

'Ja, hoi James.'

'Heb je even?'

'Wat is er?'

'De directie is vandaag bijeen geweest en we zijn het er allemaal over eens dat Cade niet langer bij Element Records kan werken.'

Ik schud mijn hoofd. 'Welke directie? Daar heeft Cade het nooit over gehad.'

'Dat is het 'm dus,' zegt James. 'We hebben altijd een directie gehad. Maar Cade interesseert zich niet voor de details, de belangrijke details die een bedrijf maken of breken.'

'Maar dan nog,' zeg ik, 'waarom wil je hem in vredesnaam wegstemmen?'

'Kailey, ga me niet vertellen dat je niet op de hoogte bent van zijn drankprobleem,' zegt hij.

'Nou ja, hij drinkt soms een paar glazen te veel,' zeg ik, 'maar ik zou het niet direct een probleem noemen. Hij werkt nog altijd harder dan wie ook, James. Hij gaat altijd naar optredens, is continue aan het werk voor Element.'

Hij schraapt zijn keel. 'Ik wilde je dit niet vertellen, maar...'

'Wat?'

'Cade is verslaafd geraakt aan pillen.'

'Pillen? Waar heb je het over? Cade is hartstikke antidrugs. Ik heb hem nog nooit iets zien slikken.'

'Dan weet hij het verdomd goed voor je te verbergen.'

'Ik geloof het niet,' ga ik verder. 'Hoe weet je dat?'

'Een van de stagiaires heeft een voorraad Vicodin en Percocet in zijn la gevonden. Ze zocht een nietmachine en ontdekte in plaats daarvan een jaarvoorraad narcotica.'

'Dat slaat nergens op,' zeg ik, maar tegelijkertijd ben ik bang dat het waar is. Cade is de laatste tijd zichzelf niet. Ik heb hem pas nog gevraagd waarom zijn handen zo trilden. Hij zei dat zijn bloedsuiker laag was, maar zou het door drugs zijn gekomen?

'Ik weet het,' zegt James. 'Maar het slaat ook nergens op om zijn gedrag nog langer te tolereren.'

'Heb je er met hem over gepraat?'

'Ja,' zegt hij. 'Maar hij ontkent natuurlijk alles.'

'Nou ja, misschien probeert iemand hem erin te luizen.'

'Onmogelijk,' gaat James verder. 'Ik weet dat dit moeilijk te accepteren is, maar ik wilde dat je het wist, zodat je hem kunt opvangen als we de samenwerking beëindigen.'

'James, alsjeblieft,' smeek ik hem, 'dit kun je hem niet aandoen.'

'Ik moet wel,' zegt hij. 'De directie heeft gestemd en we hebben besloten hem uit te kopen. Het zal niet veel opleveren, maar goed, Element is op dit moment ook niet veel waard.'

'Daar gaat hij echt niet mee instemmen,' zeg ik.

'We zullen hem dringend aanraden dat toch te doen,' antwoordt James. 'Misschien kun jij hetzelfde doen.'

'Wat, hem aanraden het bedrijf op te geven dat hij zelf heeft opgericht?'

'Cades tijd bij Elements is voorbij,' zegt James. 'Hij kan ons overnamebod accepteren of zijn spaargeld aanspreken en het in de rechtbank uitvechten, maar iedere rechter met een greintje gezond verstand kan zien dat zijn handelingen het bedrijf hebben geschaad. Kailey, het label is uitgegroeid tot iets wat Cade niet eens meer wil. Hij moet verdergaan met dingen waar hij van houdt.' Hij zucht. 'En hij moet hulp zoeken.' Hij hangt op.

Ik leg mijn hand op mijn buik en blijf nog een tijd met de hoorn tegen mijn oor gedrukt zitten.

Ik bel Cade niet, maar rijd direct naar zijn studio. Wat is er met hem gebeurd? Met ons? We kunnen vast wel een plan bedenken. Als hij hulp nodig heeft, zal ik hem steunen. Allerlei gedachten gaan door mijn hoofd over afkicken en praten met James over die belachelijke afkoop. En de baby… We krijgen een kind. Daar gaan we ook over praten. We gaan over alles praten.

Ik ben misselijk van de spanning als ik de auto parkeer en

naar Cades huis loop. Het is middag, maar als hij met slaperige ogen de deur opendoet en de afdruk van zijn kussen nog in zijn wang staat, is duidelijk dat hij net uit bed komt.

'Hoe laat is het?' vraagt hij, en hij wrijft versuft in zijn ogen.

'Bijna een uur,' zeg ik. Ik vind het afschuwelijk dat ik zo beschuldigend klink, alsof ik een verbitterde echtgenote ben, maar ik ben geschrokken van mijn gesprek met James.

'Het was gisteravond laat,' zegt hij gapend.

'Dus je was gisteravond uit?'

'Ja, met een paar bandleden.'

'Je hebt helemaal niet gebeld,' zeg ik gekwetst.

'Sorry, schatje,' antwoordt Cade, en hij legt zijn hand tegen zijn voorhoofd. 'Ik heb knallende koppijn. Heb je toevallig Advil bij je?'

'Nee,' zeg ik, en ik doe mijn armen over elkaar. 'Maar ik heb gehoord dat je in je bureaula op kantoor wel wat sterkers hebt.'

Zijn gezicht verstijft. 'Je hebt James gesproken.'

'Ja.'

Ik loop achter hem aan naar binnen, waar hij in een keukenkastje rommelt en een oranje potje tevoorschijn haalt. Hij maakt het open en stopt twee pillen in zijn mond. 'Je weet dat ik last heb van mijn rug, Kailey.'

Ik slaak een diepe zucht. 'Cade, ik weet niet meer wat ik moet geloven. Je bent tot diep in de nacht weg, je drinkt je helemaal klem en vervolgens slaap je de hele dag. Je bent al maanden jezelf niet.'

Hij wil me vastpakken, maar ik trek me terug en zwijg even als ik voel dat mijn stem overslaat. 'Ik weet niet eens meer wat je... voor mij voelt.'

Hij wil me opnieuw vastpakken. 'Kailey, schatje, je weet dat ik van je hou. Ik hou meer van je dan van het leven zelf. Laat je alsjeblieft niet op andere gedachten brengen door iets wat James zegt.' Hij krimpt ineen in het licht dat tussen de lamellen door in de woonkamer schijnt. 'Verdomme, die hoofdpijn.'

Ik wend mijn blik af, denk aan ons verleden, onze toekomst, het leventje dat in mij groeit.

'Moet je horen,' zegt hij, 'ik weet dat ik het een en ander moet veranderen en dat ga ik ook doen. Voor jou. Voor ons.' Hij wrijft over de tatoeage op zijn schouder. 'Ik ga doen wat nodig is.'

Ik kijk hem niet aan.

'Laten we naar Mexico gaan,' zegt hij. 'Naar Cancún. Volgende week.'

Ik schud mijn hoofd. 'Mexico? Volgende week? Cade, ik moet werken. Ben je echt zo van de wereld?'

Hij kijkt gekwetst en onmiddellijk wens ik dat ik mijn woorden kon terugnemen. 'Ik bedoel, ik...'

'Het is goed,' zegt hij. 'Het komt door deze stad.' Hij zwijgt en wrijft over zijn voorhoofd. 'Ik moet hier gewoon weg.' Hij werpt een blik over zijn schouder alsof er iemand naar hem kijkt en op hetzelfde moment zie ik een blauwe plek onder zijn linkeroog.

'Wat is dat?' vraag ik, en ik leg mijn hand even tegen zijn wang.

'Niets,' zegt hij, en hij wendt zijn blik af.

'Het is dus wel iets.'

Hij knikt. 'Ruzie met een oude vriend.'

'Wie? Ken ik hem?'

'Doet er niet toe,' zegt hij hoofdschuddend.

'Cade, het doet er wel toe,' zeg ik, en ik trek hem naar me toe. 'Ik maak me zorgen om je.'

'Het komt wel goed,' zegt hij. 'Dat beloof ik.'

Ik schud mijn hoofd. 'James wil je het bedrijf uit werken.'

'Wát?'

'Hij zegt dat de directie ermee ingestemd heeft en ze willen je uitkopen.'

Cades gezicht is asgrauw als hij zich op de bank laat zakken. Eddie springt op het kussen naast hem. Als het kind van gescheiden ouders brengt hij evenveel tijd door in mijn appartement als in dat van Cade.

'Ze kunnen je nergens toe dwingen,' zeg ik zacht, als ik naast hem ga zitten en Eddie achter zijn oren kriebel.

Cade staart voor zich uit. 'Hij heeft gelijk. Ik ben alleen maar een last voor ze,' zegt hij. 'Het is beter als ik gewoon wegga.'

'Nee,' zeg ik. 'Je weet dat dat niet waar is. Cade je moet...'

We kijken allebei op als er op de deur wordt geklopt. Cade verroert zich niet, dus doe ik voor hem open.

Op de stoep staat een vrouw van amper eenentwintig. Luid kauwgom kauwend hijst ze haar roze behabandje op en kijkt me verrast aan. 'O, sorry. Ik heb zeker het verkeerde adres.' Ze doet een stap naar achteren, kijkt naar het huisnummer op het bakstenen gebouw en kijkt dan op het vodje papier in haar hand. 'Nee, dit is het wel.' Ze is even stil en lacht dan zachtjes. 'Wacht, je bent toch niet zijn vrouw, hè? Dat zou wel erg gênant zijn.'

Cade komt achter me staan.

'Hoi,' zegt de vrouw, en ze doet weer een stap naar voren.

Cade kijkt haar verward en beschaamd aan. 'Sorry,' zegt hij. 'Ik weet niet wie je bent.'

'We hebben elkaar gisteravond ontmoet,' zegt ze. 'In de bar. Ik ben Alicia. Je zei dat ik kon langskomen om je platenverzameling te zien. Ik ben dol op platen.' Ze heeft geblondeerd haar en een vrolijke stem, zo'n meisje dat waarschijnlijk de hele middelbare school bij een jeugdgroep van de kerk zat en daarna tijdens haar vervolgopleiding een jongen in een band heeft leren kennen en een neusring heeft genomen. Het gemakkelijk beïnvloedbare type.

'Sorry,' zegt Cade. 'Ik kan je echt niet plaatsen. Ik, ik...'

'Het is al goed,' zegt ze, en ze spuugt haar kauwgom op de stoep. 'Ik zie dat je het... druk hebt. Nou ja, je hebt mijn telefoonnummer.' Ze wijst naar zijn broek en glimlacht. 'In je zak.'

Hij kijkt naar zijn broekzak en dan naar mij.

'Bel me.'

Haar woorden echoën na en veranderen mijn boosheid in blinde woede. Ik trek Cade naar binnen.

'In Big Sur heb je beloofd dat je de rest van je leven bij me zou zijn. Ik wist niet dat dat inclusief vreemden in pastelkleurige lingerie was.' Ik steek mijn hand in zijn rechterbroekzak en vind het vodje papier met haar telefoonnummer. *Bel me, Alicia xoxo*, staat eronder geschreven. 'Wauw,' zeg ik, en ik leg het op de salontafel.

Cade weet niet wat hij moet zeggen. Hij heeft me nog nooit zo gezien.

Ik wil doorgaan, tegen hem tekeergaan vanwege zijn onvergeeflijke gedrag, maar even snel als de woede is gekomen, wordt hij vervangen door verdriet. Tranen springen in mijn ogen. 'Ik snap het,' zeg ik. 'Ik ben niet genoeg voor je.'

'O, Kailey,' zegt hij smekend. 'Je bent meer dan genoeg voor mij. Je betekent alles voor me.'

'Wat was dát dan?' roep ik. 'Wie was zij dan?'

'Ze stelt niks voor,' zegt hij. 'Luister, er zijn wat deals niet gelukt en misschien drink ik de laatste tijd wat veel.'

'Misschien? Cade je bent elke dag voor twaalf uur 's middags al dronken.'

Hij zucht. 'Oké, ik heb gisteravond te veel gedronken. Maar er is niets gebeurd. Je moet me geloven. Meiden proberen me zo vaak te versieren. Zo is de muziekwereld nou eenmaal. Dat weet je. Ben ik er ooit op ingegaan?'

Ik gooi mijn armen in de lucht. 'Hoe moet ik dat weten?'

'Maar dat weet je,' zegt hij, en hij pakt mijn hand. 'Je weet wat ik voor je voel.'

Ik schud mijn hoofd. 'Nee, ik wist wat je voor me voelde,' zeg ik. Ik pak Eddies riem en maak hem aan zijn halsband vast. 'Nu herken ik je bijna niet meer.'

Als ik naar de deur loop, heb ik het afschuwelijke gevoel dat dit het einde is. Het kolkt door mijn lijf als gif dat door adrenaline wordt voortgepompt.

'Kailey, wacht!' roept Cade. 'Ga alsjeblieft niet weg. Niet zo.'

Ik kijk nog een keer om. Zijn blauwe ogen, zo droevig, doorboren de mijne. Ik houd van hem met alles wat ik ben en dat zal altijd zo blijven. Maar ik moet weg. Cade is verloren en ik kan zijn pad niet langer voor hem verlichten. Ik kan niet langer zijn landkaart zijn. Hij moet zijn eigen innerlijke kompas vinden.

Tranen stromen over mijn wangen als ik bij het einde van de straat kom. Voordat ik de hoek om ga, kijk ik nog een keer om, in de hoop dat Cade me achterna rent en mijn naam roept, maar hij is er niet. Hij is nergens te zien. Ik leg mijn hand tegen mijn buik en Eddie en ik lopen verder.

23

13 december 2008

Ryan pakt mijn hand vast als we in Cabo uit het vliegtuig stappen. Ik ben nog nooit in Mexico geweest, al word ik opeens getroffen door de herinnering aan Cade die laatste dag in zijn appartement aan Pioneer Square. Hij vroeg of ik met hem mee wilde naar Mexico. Naar Cancún. Als ik dat had gedaan, zou alles dan anders zijn gelopen? Ik haal diep adem en loop door. De lucht is warm en droog en ik ben blij dat ik mijn witte linnen zonnejurk aan heb en niet de spijkerbroek waar ik bijna voor had gekozen. Als ik mijn telefoon aanzet, bromt deze gelijk dat ik een paar voicemailberichten heb, maar ik negeer ze, vastbesloten om in het hier en nu te blijven en mijn aandacht bij Ryan te houden.

We gaan met een taxi naar het hotel, waar we worden begroet door een medewerker die twee margarita's voor ons heeft met een zoutrandje rond het glas. Hij brengt ons naar onze kamer: een suite op de tweede verdieping met uitzicht op de oceaan.

'Het is hier echt schitterend,' zeg ik vol bewondering tegen Ryan als we de kamer binnenlopen.

'Ik dacht wel dat je het mooi zou vinden,' zegt hij.

'Het is volmaakt,' zeg ik, en ik kijk om me heen. Dat is ook zo. Chic en modern, maar ook warm. Het bed met de gedraaide mahoniehouten bedstijlen ziet er weelderig uit met een wit gesteven dekbed en kussens met roze en turkooizen borduurwerk. De aangrenzende badkamer, afgeschermd met een gordijn, heeft een bewerkt tweepersoonsbad en een stoomcabine. Het is perfect en toch denk ik met een naar gevoel in mijn buik aan de manier waarop mensen op straat leven, de manier waarop Cade zo lang heeft geleefd. Een verdeelde wereld: half schoonheid en half duisternis met een strakke grens daartussen.

Op de bar staan een chique fles tequila, een schaal limoenen en een kommetje gezouten cashewnoten. Ryan schenkt een glas voor ons in en loopt het balkon op, waar we zoals beloofd een zwembad voor ons alleen hebben met uitzicht over de oceaan. Hij trekt zijn zwembroek aan en ik doe snel mijn blauwe bikini aan. Samen laten we ons in het warme water zakken.

'Op ons,' zegt Ryan met een glimlach.

'Op ons,' herhaal ik, en ik sla mijn drankje achterover. Het vocht brandt in mijn keel, maar is warm en vertroostend tegelijk.

Ik kijk over de rand en zie hoe de golven tegen de kust slaan. Ze zijn fel en krachtig, ranselen het zand onverminderd af. Ik heb ontzag voor hun kracht, ontzag voor krachten waar de mens geen zeggenschap over heeft. De manier waarop de zon ondergaat en de maan opkomt. Zoals het getijde komt en gaat. En ik bedenk hoe we aangetrokken worden door mensen; hoe ik jaren geleden werd aangetrokken tot Cade. Onze aantrekkingskracht was magnetisch, onmiskenbaar.

Ik heb me vanaf het begin ook door Ryan aangetrokken gevoeld, natuurlijk, maar wel anders. De aantrekkingskracht is rustiger, voorzichtiger. Maakt dat het beter, blijvender? Ik hou intens veel van hem, maar onze golven zijn altijd zachter geweest. In onze zee kunnen we veilig zwemmen. Met Cade? Door vloedgolven was het strand afgesloten. Ik sta te peinzen.

Ryan komt dichter bij me en slaat zijn arm om mijn middel. Ik voel me getroost door zijn aanwezigheid en duw mijn gezicht in zijn hals, adem zijn liefde voor me in, neem hem in me op, kom erin tot rust.

'Ik ben blij dat we hier zijn,' zegt hij, en hij stopt een cashewnoot in zijn mond. 'Soms moet je even weg zijn om thuis te waarderen.'

Ik kijk hem aan. 'Denk je dat ik niet hou van het leven dat we samen opbouwen?'

'Dat is het niet precies,' zegt hij. 'We dromen over onze toekomst. Het is net een huis dat we samen al jaren aan het ontwerpen zijn. Jij hebt de ramen gekozen, ik de voordeur. We waren het niet eens over de sierlijsten en de tegels in de badkamer, maar hebben een compromis gevonden. En nu zijn we klaar om de eerste paal te slaan. Alle vergunningen zijn binnen. Betonwagens en bulldozers staan klaar.' Hij zwijgt even en kijkt diep in mijn ogen. 'Maar ik geloof niet dat jij echt klaar bent om de fundering te leggen.'

Hij heeft gelijk en dat weet hij. Voor het eerst besef ik dat, ik besef dat ik deze knappe, geweldige man kwijtraak als ik niet uitkijk.

'Het strand ziet er woest uit. Heb je zin om naar het grote zwembad te gaan?' vraagt Ryan. 'De rotswaterval zag er waanzinnig uit in het tijdschrift. Die wil ik heel graag zien.'

'Tuurlijk,' zeg ik. 'Ga jij maar vast, dan zie ik je daar wel. Ik wil me even verkleden en wat spulletjes uitpakken.'

'Wat je maar wilt, schat,' antwoordt hij met een grijns.

Mexico is indrukwekkend eenzaam. Daar denk ik aan terwijl ik op een strandstoel bij het zwembad lig en naar Ryan kijk, die aan het zwemmen is, terwijl de barkeeper nog twee margarita's voor ons maakt. Maar zelfs de volmaaktheid van deze plek kan de pijn in mijn hart niet verzachten.

Naast me staan twee lege stoelen. 'Zijn deze bezet?' vraagt een stem.

Ik kijk op en zie een stel van mijn leeftijd. Zij draagt een witte bikini met een zwarte pareo rond haar middel. De man naast haar is bruin en lang, draagt een donkerblauwe zwembroek en heeft een dure zonnebril op zijn neus.

'Nee, nee,' zeg ik. 'Ga je gang.'

'Dank je,' zegt de vrouw. 'Ik ben Allie.'

'Hoi, ik ben Kailey.'

Allie glimlacht en neemt een slokje van de fruitige cocktail in haar hand. 'Zijn jullie ook op huwelijksreis?'

Ryan komt op de strandstoel naast me zitten en glimlacht naar het stel.

'Nee,' zeg ik. 'We zijn gewoon op... vakantie.'

Ryan mengt zich in het gesprek. 'We gaan binnenkort trouwen,' zegt hij. 'Dus je zou dit een oefenhuwelijksreis kunnen noemen.'

Allie schiet in de lach. 'Ik wou dat Ray daaraan had gedacht,' zegt ze, en ze kijkt naar de man naast zich. 'We zijn afgelopen weekend getrouwd.'

Ik voel Ryans blik op me. 'Gefeliciteerd.'

'Komen jullie hier terug voor de echte huwelijksreis?'

'Dat weet ik nog niet,' zeg ik. 'Dat hebben we nog niet echt besloten.'

'Echt niet?' Allie kijkt geschokt. 'Wij hebben dit anderhalf jaar geleden al geboekt,' zegt ze, en ze kijkt teder naar haar man.

'Al ben ik blij dat de bruiloft achter de rug is. Ik vind het fantastisch dat ik Ray nu mijn man kan noemen. Heerlijk.' Ze kijkt me aan, wil me dolgraag in vertrouwen nemen. 'Maar ik vond het wel geweldig om de bruiloft te plannen. Ik had twaalf bruidsmeisjes.'

'Wauw,' zeg ik. 'Dat klinkt groots.'

'Zeshonderd gasten, ja,' zegt ze.

Ik word opeens een beetje duizelig en wrijf mijn klamme handpalmen over elkaar. Heeft de barkeeper van mijn margarita soms een dubbele gemaakt?

'Mijn bruidsboeket bestond uit rozen en fresia's,' zegt Allie vrolijk. 'En de taart! Vijf lagen witte chocolade met fondant. Ray en ik hebben een stuk bewaard voor als we een jaar getrouwd zijn.'

Mijn hart gaat tekeer. Ik voel me een beetje vreemd, alsof ik in een kleine ruimte zit met de ramen en deuren dicht.

'Het was allemaal zo mooi,' gaat Allie verder. 'En mijn jurk was prachtig. Wil je een foto zien?'

Nee. Ik wil geen foto van haar bruidsjurk zien. Nee, ik wil niet praten over haar bruiloft of de mijne of over welke vorm van lang en gelukkig dan ook.

Ik sta opeens op. 'Sorry. Ik... ik... ik heb geloof ik wat te lang in de zon gezeten of ik heb te veel gedronken of allebei, ik voel me niet goed. Ik ga even liggen.' Mijn hoofd tolt. Zweetdruppeltjes parelen op mijn voorhoofd.

'Ik ga met je mee,' zegt Ryan bezorgd, en hij pakt mijn tas.

'Beterschap,' zegt Allie, en er klinkt verwarring en bezorgdheid in haar stem door.

Als we in de kamer komen, zijn twee kamermeisjes het bed aan het opmaken. Ryan vraagt hen beleefd om weg te gaan en ik laat me op het bed zakken.

'Hier,' zegt Ryan, die naast me komt zitten. 'Drink wat water. De zon is heet. Je bent uitgedroogd.'

Ik pak het glas en sla het water achterover. Kon water me maar helpen.

Die avond bestelt Ryan bij het eten een fles wijn uit een van onze favoriete wijngaarden in Napa.

'Caymus,' zeg ik, en ik doe mijn best wat opgewekter te zijn.

'Is het niet perfect dat ze die hebben?'

Ik glimlach en denk aan de keer dat hij me, toen we vijf maanden een relatie hadden, verraste met een reisje naar Napa. We hadden allebei op slag ons hart verpand aan die kleine wijngaard. De kronkelige weg was aan weerszijden begroeid met wilde bloemen en ik vroeg Ryan of hij wilde stoppen, zodat ik een rode papaverbloem kon plukken. Wat verlang ik terug naar die tijd.

Terwijl de ober voor ons inschenkt, zie ik het stel van het zwembad. Ze zitten aan een tafeltje aan de andere kant van het restaurant zo dicht bij elkaar dat hun neuzen elkaar bijna raken.

'Mijn broer komt naar ons verlovingsfeest,' zegt Ryan, terwijl hij met zijn wijnglas speelt en vervolgens een slokje neemt.

'Wat fijn,' zeg ik, en ik besef op hetzelfde moment dat ik ons feest helemaal ben vergeten. Ryan heeft een ruimte afgehuurd bij Serafina, een restaurant in Eastlake waar we allebei dol op zijn. Maar het was lang vóór Ryan al een favoriet van mij. De waarheid is dat elke centimeter van de stad herinneringen voor me heeft. Herinneringen aan een andere tijd.

'Ik zag dat Gregory en Katie ook komen,' gaat hij verder. 'Ik had niet verwacht dat ze helemaal uit Portland zouden komen rijden.'

Ik denk aan alle mensen die komen: Gregory en Katie, Mike en Lisa, Evie en Jonathan, Jan, Tracy, Ryans baas, dat leuke stel dat bij ons op de hoek woont en voor het einde van het jaar hun eerste kindje verwacht. Allemaal komen ze onze liefde vieren. Ik voel mijn telefoon zoemen en duik in mijn tas. Ik heb dokter Branson mijn nummer gegeven en heb haar gevraagd te bellen of te sms'en als Cade problemen heeft.

'Kailey,' zegt Ryan zacht.

Ik kijk van mijn telefoon op. Een sms'je van Tracy, meer niet.

'Is het te veel gevraagd als ik je vanavond helemaal voor mij alleen wil?' vraagt hij. 'Ik wil je niet delen met anderen, je telefoon of je verleden. En al helemaal niet met je ex die jouw hart al dan niet bespeelt.'

Ik dwing mezelf te glimlachen en pak zijn hand vast. 'Natuurlijk,' zeg ik, en ik vecht tegen mijn tranen. 'Ryan, ik ben er helemaal voor je.'

'Echt?' vraagt hij. Zijn stem is teder, kwetsbaar.

'Ja,' zeg ik, en ik geef hem een kneepje in zijn hand. 'Ja.'

Het is al negen uur geweest als ik de volgende dag mijn ogen opendoe. Ik lig in Ryans armen en wil me er niet uit losmaken. Ik geniet van de warmte van zijn huid en de manier waarop hij me vasthoudt. Ik voel me veilig en geborgen in ons eigen coconnetje. Maar aan de andere kant van de kamer rinkelt mijn telefoon. Ryan beweegt als ik me losmaak om op te nemen.

Ik herken het nummer niet. 'Hallo?'

'Kailey, met dokter Branson. Het spijt me dat ik je lastigval. Ik weet dat je in het buitenland zit, maar het gaat om Cade.'

'Wat is er gebeurd?'

Ryan gaat rechtop in bed zitten.

Dokter Branson schraapt haar keel. 'Hij is weg en we kunnen hem niet vinden.'

'Wat bedoelt u, hij is wég?'

'We hebben hier vierentwintig uur per dag personeel,' legt ze uit, 'maar kennelijk was onze baliemedewerker even naar het toilet op het moment dat Cade is verdwenen. Op de beveiligingscamera is te zien dat hij vanmorgen om vier uur is vertrokken.'

'Dat is verschrikkelijk,' zeg ik.

'Ja,' gaat ze verder, 'maar laten we niet in paniek raken. Misschien komt hij nog terug. Ik heb de beveiliging gevraagd goed op te letten of ze hem ergens zien.'

Ik kijk door de openslaande deuren die naar het balkon leiden. Golven kabbelen op het strand onder ons. Het is een vredig, evenwichtig plaatje, maar vanbinnen voel ik doodsangst. Cade is weer op straat. En ik ben duizenden kilometers ver weg.

'Ik neem een eerdere vlucht naar huis,' zeg ik. 'Ik kan hem wel vinden. Ik weet waar hij naartoe gaat.'

'Dat zou ik heel vervelend voor je vinden,' zegt ze, 'maar ik...'

'Hij zou hetzelfde voor mij doen,' zeg ik.

Ryan zegt niets als ik mijn telefoon neerleg. 'Cade is zoek,' zeg ik. 'Dat zal je wel begrepen hebben.'

Hij knikt en leunt achterover in de kussens.

Ik kan niet zien of hij verdrietig of boos of allebei is. 'Het spijt me,' zeg ik. 'Maar ik moet gaan. Ik kan hier niet blijven in de wetenschap dat hij ergens op straat zwerft. Hij is de weg kwijt, Ryan. Hij heeft mijn hulp nodig. Ik weet dat het misschien moeilijk te begrijpen is, maar ik moet hem helpen.'

Ryan slaakt een zucht. 'Natuurlijk wil ik niet dat je gaat,' zegt hij, 'maar je moet doen wat je moet doen. Onze relatie heeft altijd om dat soort vertrouwen gedraaid en om de vrijheid om te doen wat we moeten doen.'

'Dank je wel,' zeg ik, terwijl ik in het wilde weg spullen in mijn tas gooi en de luchtvaartmaatschappij bel om mijn vlucht te wijzigen. Als ik nu een taxi neem, kan ik de vlucht van elf uur naar Seattle halen.

Ik trek een spijkerbroek aan en doe mijn haar in een staartje. Voordat ik mijn koffer naar de deur rijd, loop ik naar het bed waar Ryan nog steeds met ontblote borst onder het laken ligt.

'Ik vind het afschuwelijk om te gaan,' zeg ik. 'Maar ik moet.'

Hij kijkt me lange tijd aan en trekt me dan naar zich toe. 'Ik zou willen dat je niet weg hoefde,' zegt hij. 'Maar doe wat je moet doen, lieverd.'

Tranen springen in mijn ogen als ik hem gedag kus. 'Dank je wel. Je weet niet hoeveel dat voor me betekent, Ryan.'

24

10 oktober 1998

De pijn is ondraaglijk.

'Blijf ademhalen,' zegt Tracy, terwijl ze haar Volvo door James Street naar het Swedish Hospital rijdt. 'We zijn er bijna.'

Ik knik en haal adem, blaas de lucht uit en schreeuw dan weer van de pijn. Er liggen allemaal handdoeken onder me gepropt. Ik heb nog nooit zoveel bloed gezien.

'Hou vol,' zegt Tracy. 'Nog een paar minuten.'

Ik ben duizelig en verzwakt. Ik weet wat er aan de hand is. Ik besef dat de baby die Cade en ik hebben verwekt mijn lichaam waarschijnlijk verlaat, zoals Cade me heeft verlaten. De wereld heeft verlaten. Ik kijk naar Tracy en roep: 'Het doet zo'n pijn.' En op hetzelfde moment denk ik dat de lichamelijke pijn nog niets is vergeleken met de pijn in mijn hart. Om dit alleen te moeten dragen. Kan ik het aan?

'Ik ben bij je,' zegt ze, en ze draait de parkeerplaats op. 'Het komt goed, dat beloof ik je.'

'Ik haat hem,' schreeuw ik door de pijn heen die door mijn buik scheurt. 'Ik haat hem omdat hij er niet is.'

'Blijf ademhalen, lieverd,' zegt Tracy, terwijl ze de auto voor de ingang zet.

Tranen stromen over mijn wangen, terwijl zij het raampje opendoet en naar een ziekenhuismedewerker in blauwe kleding bij de lift roept: 'We hebben een rolstoel nodig!'

Even later word ik in een verwarrende waas naar de vierde verdieping gebracht. Medisch personeel hangt boven me.

'Mijn god, ze bloedt leeg!'

'Haal een arts!'

'Waar is de vader?'

'Snel, hang dat infuus eraan.'

'Haar bloeddruk keldert!'

Het is als zo'n nachtmerrie waarin je wilt schreeuwen, maar er geen geluid uit je mond komt. Ik ben alleen met mijn pijn, zowel lichamelijk als emotioneel. Ik kreun en jammer, Tracy praat tegen me. Ze knijpt in mijn hand en veegt het zweet van mijn voorhoofd. Ik heb het gevoel dat er met messen in mijn rug en buik wordt gestoken, zo'n pijn doet het. Ik voel alles, terwijl ik zo wanhopig graag niets wil voelen. 'Tracy,' jammer ik.

'Ik ben bij je.'

'Ik ben de baby kwijt, hè?'

Ze knijpt in mijn arm. 'Ik vind het zo akelig voor je, Kailey.'

Ik ga op m'n rug liggen en kreun, terwijl een arts met een zachte stem en een donkere bril dichterbij komt met een injectiespuit in zijn hand. 'Dit helpt tegen de pijn,' zegt hij.

De naald prikt in mijn huid en even later glijdt er een deken van rust over me neer. Verpleegkundigen en artsen drommen rond mijn gespreide benen en verwijderen de restanten van een leven dat nooit zal zijn.

Als het allemaal voorbij is, staar ik moedeloos uit het raam. De kersenbomen langs James Street beginnen hun blad te verliezen. Twee jaar geleden slenterden Cade en ik daar hand in hand toen ze nog vol in bloei stonden. Hij bleef even staan en schudde aan een tak, zodat de roze bloesemblaadjes omlaagvielen. 'Sneeuw, voor mijn geliefde.'

'Het spijt me dat ik je stoor, Kailey,' zegt de arts, die behoedzaam dichterbij komt. 'Ik dacht dat je misschien wel wilde weten...' Hij slikt moeizaam. '... dat het een meisje was.'

Mijn hart zwelt op. Mijn dochter. Cades dochter. We zijn nu een gezin, voor altijd met elkaar verbonden door dit leventje dat we hebben gecreëerd. Maar hij is weg. Ze zijn allebei weg. En de wereld is donker.

Tracy pakt mijn hand vast. 'O, Kailey. Ik vind het zo erg. Ik vind het zo erg.' Ze legt haar hand op mijn arm. Ik doe mijn ogen dicht en huil.

25

15 december 2008

Tijdens de vlucht terug naar Seattle ben ik rusteloos. Ik schuif eindeloos heen en weer, de film kan me niet boeien en ik probeer te slapen, maar dat lukt niet. Vliegen heeft me altijd gefascineerd: het idee dat je op tien kilometer hoogte tussen twee plekken zweeft. In het niets, eigenlijk. Vroeger bood me dat troost, die tussenplek – het idee dat je niet hier en niet daar was, maar ergens ertussenin – maar nu niet. De piloot kan niet snel genoeg vliegen en terwijl ik door het raampje naar de wolken kijk, word ik geplaagd door zorgen. *Cade, ik kom eraan. Ik kom eraan.*

Ik loop razendsnel langs de bagageband en door de douane en neem dan een taxi. Ik bel het Harborview, maar als ze me doorverbinden met Cades gebouw, wordt er niet opgenomen, dus geef ik de chauffeur opdracht om me naar het ziekenhuis te brengen. Ik vraag of hij wil wachten, terwijl ik naar de receptie ren. Hij is nog steeds niet terug.

Daarna rijden we naar het centrum, langs Le Marche, langs zijn oude appartement aan Pioneer Square en zes keer heen en weer door Fourth en Fifth.

'Mevrouw, wilt u nog ergens anders naartoe?' vraagt de chauffeur, als hij zich bij het stoplicht half omdraait.

Het is het duurste taxiritje dat ik ooit heb gemaakt, maar dat kan me niets schelen. Ik vraag hem om opnieuw een rondje door het centrum te maken en dat doen we, maar Cade is... spoorloos.

'Naar huis maar,' zeg ik, en ik geef hem verslagen mijn adres.

Tien minuten later staan we voor mijn huis. Ik betaal voor de rit en de chauffeur haalt mijn koffer uit de achterbak. Ik sta op de stoep terwijl hij wegrijdt en draai me dan naar het huis. Ik sper mijn ogen open als ik iemand met opgetrokken knieën en zijn armen langszij in de schaduw van de blauweregen op de tweede tree van de veranda zie zitten. Ik laat mijn tas vallen als ik de figuur herken. 'Cade!'

Zijn gezicht klaart op als hij me ziet. 'Hoi,' zegt hij.

'Cade, wat is er gebeurd? Wat doe je hier?'

Hij wrijft over zijn voorhoofd. 'Ik weet het niet. Ik... ik miste je.'

Ik voel vanbinnen iets barsten, alsof je in een citroen bijt, intens en allesverterend. 'Ja?'

'Je was zo lang weg,' zegt hij.

'Drie dagen maar,' zeg ik geruststellend, en ik pak zijn handen vast. 'Ik ben teruggekomen zodra dokter Branson belde en zei dat je zoek was.'

'Het spijt me,' zegt hij. 'Maar ik...'

'Ik ga voorlopig niet meer weg. Jij moet je eerst wat beter voelen. Je gaat zo goed vooruit. De nieuwe medicatie lijkt te werken.'

We gaan naar binnen en als hij mijn koffer wil overnemen, schud ik in eerste instantie mijn hoofd. Maar hij dringt aan, dus laat ik hem z'n gang gaan.

'Ik herinner me dingen. Steeds meer.'

'Zoals? Vertel eens.'

Hij glimlacht. 'Zoals... jou. En boten.'

'Boten?'

Hij knikt. 'We zijn een keer op een veerboot geweest, of niet? Naar een eiland.'

'Dat klopt,' zeg ik. Ik haal mijn telefoon uit mijn zak en scrol door mijn foto's, oud en nieuw, die ik heb gescand en bewaard, op zoek naar degene die Cade al die jaren geleden van mij heeft gemaakt. 'Kun je je dit nog herinneren?'

Hij knippert moeizaam met zijn ogen en pakt mijn telefoon. Verlangend staart hij naar het beeld. 'Ja.' Hij glimlacht. 'Het is net een vage droom.'

'Je hebt die dag mijn leven gered,' ga ik verder. 'Weet je dat nog?'

Hij knikt.

'Grappig dat je "boten" zei, toen ik je vroeg wat je je kon herinneren.'

Zijn gezicht betrekt.

Ik ga op de bank zitten en hij komt naast me. 'Wat is er?'

'Er is nog iets wat ik me herinner,' gaat hij verder.

'Wat dan?'

Zijn gezicht is gespannen, alsof hij aan iets afschuwelijks denkt wat hij liever weer in de stoffige uithoeken van zijn geest laat wegglijden. Dat gun ik hem, maar ik heb zo'n gevoel dat deze herinnering op de een of andere manier belangrijk is.

'Cade,' zeg ik, en ik leg mijn hand op zijn arm. 'Vertel eens.'

Hij staart recht voor zich uit. 'Het was donker. Er was water.' Zijn hand trilt in de mijne. 'Er klapte iets tegen mijn hoofd aan.'

'Iets? Wat?'

'Weet ik niet,' zegt hij. 'Het was koud. Golven sloegen over me heen. Ik kon bloed proeven.'

'Cade, weet je het zeker? Dokter Branson zei dat je herinneringen zouden terugkomen, maar dat ze soms door elkaar geschud kunnen zijn.'

'Ik weet het niet,' zegt hij. 'Misschien.'

'Kun je je nog meer herinneren? Meer details?'

Hij is een tijd stil en ik zeg niets. Ik wil hem de ruimte geven.

'Princess,' zegt hij.

'Wat?'

'Het woord op de zijkant van de boot.'

'Weet je het zeker?'

Hij knikt. 'Volgens mij wel. Het was er in donkerblauwe letters op geschilderd.'

Ik haal mijn telefoon tevoorschijn en open de browser. 'Misschien is het een soort schip.' Ik googel op *princess* en *schepen* en ja hoor, er is een bedrijf met die naam.

'Oké,' zeg ik. 'Daar ga ik achteraan.'

'Wat denk je dat het betekent?' vraagt Cade.

'Dat weet ik niet zeker,' antwoord ik. 'Maar ik beloof je dat ik er achter kom.'

Ik breng Cade terug naar het Harborview. Samen gaan we met de lift naar zijn studio.

Hij zet een kop koffie met het apparaat dat ik met toestemming van dokter Branson voor hem heb gekocht en ik glimlach als hij me de beker geeft. 'Je was vroeger gek op koffie,' zeg ik.

'Ja?'

Ik grijns. 'Je had een enorm espressoapparaat, zo'n ding dat ze in restaurants wel hebben.'

'Echt waar?' vraagt hij lachend.

'Ja. Een rode.'

Hij gaat op het tweezitsbankje zitten en ik kom naast hem. Veel ruimte is er niet, dus zitten we met onze benen en armen tegen elkaar aan.

'Wat was ik voor iemand?' vraagt Cade opeens met een bedachtzame blik.

'Je was een legende,' zeg ik. 'Je was gek op muziek en wodkamartini's met kaasolijven.'

Hij trekt zijn wenkbrauw op.

'Je hield van reizen en mensen en je had wel duizend platen. Je kon de grappigste verhalen vertellen. In de twee jaar dat wij iets met elkaar hadden, waren je verhalen onuitputtelijk en wist je me altijd aan het lachen te maken.'

'Twee jaar,' zegt hij, en er ligt een beetje ontzag en spijt in zijn stem.

'Ja,' zeg ik. 'En elke dag was geweldig, zelfs de moeilijke dagen op het eind.'

'Waarom waren ze moeilijk?' vraagt hij.

Het is alsof Cades gedachten overuren draaien. Hij vuurt vragen op me af in een tempo waarin zijn spraak moeite heeft ze bij te houden.

Ik vertel hem over de toestand bij Element Records. Ik vertel hem dat hij veel begon te drinken. Ik deel James' beschuldigingen met hem.

Hij kijkt me zo indringend en met zulke grote ogen aan, dat ik hem het liefst in mijn armen zou nemen en stevig zou vasthouden.

'Ik zou willen dat ik je nog steeds aan het lachen kon maken.' Hij knikt. 'Zoals vroeger.'

'O, Cade,' zeg ik, en de emoties spoelen over me heen. 'Ik

ben gewoon zo blij dat ik je weer heb gevonden. Ik heb je gemist. Vanaf het moment dat je weg was. En ik heb je in elke hoek van deze stad gezocht. Ik was altijd op zoek naar jou, zelfs toen een stemmetje in me zei dat het tijd was om te stoppen. Ik moest om je rouwen alsof je was overleden. Ik moest afscheid van je nemen. En ik ben sindsdien niet meer dezelfde geweest.'

Hij veegt een traan van mijn wang. 'Wat heb je al die jaren gedaan?'

Ik slik moeizaam. 'Ik vond een baan bij een tijdschrift in New York. Dat was slopend. Ik had een afschuwelijke baas en verafschuwde elk moment.' Ik schiet in de lach. 'En ik had een muizenplaag in mijn appartement.'

Hij glimlacht en luistert ingespannen en geduldig.

'Vier jaar geleden ben ik teruggekomen, toen mijn redactrice me een baan aanbood bij de *Herald*. Daarna heb ik Ryan ontmoet.'

Cade kijkt omlaag.

'Sorry, ik...' Mijn stem sterft weg. Ik weet niet wat ik wil zeggen of wat ik moet zeggen.

'Hou je van hem?' vraagt Cade opeens.

'Ja,' zeg ik. Het is de ingewikkelde waarheid.

Hij knikt. 'Wat heb ik geboft.'

'Wat bedoel je?'

'Dat ik jou in mijn leven heb gehad,' antwoordt hij gemeend en vol spijt.

'Maar je hebt me nog steeds in je leven. En dat zal altijd zo blijven. Dat verandert niet.'

'Ik zou willen...'

Ik ook. Ik zou zo veel willen.

Hij kijkt me aan, de aantrekkingskracht van zijn ogen is

magnetisch en dus doe ik de mijne dicht. Ik kan dit niet. Het is niet eerlijk. Hij is zichzelf niet en ik ben… Ik voel zijn vingertoppen op mijn lippen en er gaat een golf van emoties door me heen.

'Doe je ogen eens open,' zegt hij opeens met de air en onbevangenheid van vroeger. 'Ik wil dat je me ziet.'

Ik doe wat me gezegd wordt en als hij me naar zich toe trekt, protesteer ik niet. Ik smelt weg in zijn omhelzing. Ik sla mijn armen om hem heen en daarna mijn benen als hij me op schoot trekt. Onze lichamen zitten dicht tegen elkaar aan en dan kust hij me. Als onze lippen elkaar raken, doet niets er meer toe… het verleden, de toekomst. Alleen wij. Alleen dit moment.

Ik trek me terug als er iemand aanklopt. Snel spring ik overeind en ik haal zenuwachtig mijn vingers door mijn haar, waar zijn handen zojuist zaten.

Cade doet de deur open. Het is dokter Branson.

'Cade,' zegt ze. 'Wat fijn dat je terug bent. Ik hoop niet dat je snel weer weggaat.'

Hij knikt en kijkt dan naar mij.

'Hallo,' zeg ik. 'Ik was net… Cade aan het helpen om hier weer te wennen.'

'Natuurlijk,' zegt ze, en ze loopt de hal weer in. 'Ik zal jullie niet ophouden, maar ik wil straks nog wat onderzoekjes doen.'

Als ze weg is, blijven we stilletjes staan. Ik voel me schuldig en ben bang. Hoe graag ik ook wil doorgaan met waar we gebleven zijn, hem wil overstelpen met alle liefde die ik nog voor hem voel, ik weet dat het niet goed is. Ik ga met Ryan trouwen.

'Het spijt me,' zeg ik, en ik doorbreek de ijzige stilte die kraakt als een bevroren meer op een zonnige dag. 'Dat hadden we niet moeten doen.'

Hij kijkt verward, maar knikt dan.

Ik doe een stap in de richting van de deur.

'Je kunt wel... blijven,' zegt hij.

Er klinkt verlangen in zijn stem door en ik wil niets liever dan naar hem toe gaan, het gat in mijn hart opvullen met zijn liefde, de liefde die hij me eens zo vrijelijk gaf. Maar ik kan het niet.

'Ik moet gaan,' zeg ik. 'Ik...'

Hij gaat zitten en staart uit het raam.

'Toe,' zeg ik. 'Het is niet dat ik het niet wil. Maar ik... kan het gewoon niet.'

Als ik mijn hand op de deurklink leg, blijft hij stil zitten.

'Morgenmiddag kom ik weer langs. Dat beloof ik.'

Op de terugweg belt Ryan me vanuit Mexico.

'Hoi,' zeg ik. Mijn stem klinkt vermoeid en afstandelijk, alsof ik vanmiddag drie levens heb geleid. Ik voel me vreselijk schuldig.

'En, heb je je verdwenen zwerver gevonden?'

Even baal ik van Ryans toon, maar ik weet dat ik het recht niet heb. 'Ja,' zeg ik, 'ik heb hem gevonden en teruggebracht naar het Harborview.'

'Mooi,' zegt hij. 'Ik heb even overwogen vandaag naar huis te komen, maar het hotel vergoedt niets, dus kan ik net zo goed blijven en van de zon genieten.'

Regen spettert tegen de voorruit. Buiten is alles grijs. Het licht. De wolken. Het trottoir. De wereld is somber en naargeestig.

'Prima, toch?' zeg ik. 'Blijf lekker.'

'Ik hou van je,' zegt Ryan. 'Ik begrijp je niet altijd, maar ik hou van je.'

'Ik hou ook van jou,' antwoord ik, maar ik word gekweld

door die woorden zodra ze over mijn lippen zijn gerold. Ze echoën in mijn hoofd als ik heb opgehangen. Ik grijp het stuur wat steviger vast en begin te huilen.

26

16 december 2008

'De reacties op jouw serie breken alle records,' zegt Jan die ochtend op kantoor. 'Goed voer voor de redactionele pagina.'

Ik slaak een zucht en denk aan Ryans Pioneer Square-projecten die bijna afgerond zijn. 'Misschien moeten we het daarbij laten. Ik heb per slot van rekening beide kanten belicht. Zowel vertegenwoordigers van de daklozen als de ontwikkelaars hebben hun zegje kunnen doen.'

Jan schudt haar hoofd. 'En toch mist er nog een stuk.' Haar blik boort zich in de mijne.

Ik weet dat ze gelijk heeft.

'Wanneer mag ik het lezen?'

Ik weet precies waar ze het over heeft: het artikel over Cade. Ik ben er wel mee verdergegaan, maar het is nog lang niet af.

'Binnenkort,' zeg ik, en ik laat mijn blik op de ingelijste verlovingsfoto van Ryan en mij vallen die op mijn bureau staat.

'Jullie verlovingsfeest is dit weekend, hè?'

Ik knik.

'Ik zal mijn best doen om te komen,' zegt ze. 'Al is het maar even.'

Ik glimlach.

'Kailey, je hoeft hier niet mee door te gaan als je dat niet wilt.'

'Jan, ik ga met Ryan trouwen,' zeg ik. 'Ik ga met hem trouwen en jij komt op ons tienjarige en ons twintigjarige en ons vijftigjarige huwelijksfeest.' Ik loop naar de deur en geef haar geen kans meer om te reageren.

Voordat ik naar Cade ga, lunch ik met Tracy. Ze vertelt me over haar nieuwe vlam, Trent.

'Alles aan hem is leuk,' zegt ze, 'behalve zijn naam.'

Onwillekeurig schiet ik in de lach. 'Wat is er mis met Trent?'

'Alles,' zegt ze. 'Trents zijn nooit leuk. Dat zijn bloedsaaie boekhoudertypes met een kaarsrecht geknipte pony of het zijn hardrockkerels.'

Ik glimlach. 'Dan heb jij zo te horen de beste Trent gevonden die er bestaat.'

'Precies,' roept Tracy uit. 'Hij komt in de Hall of Fame voor Trents. Hij ziet er leuk uit, is slim en, o, hij heeft een boot en astrologisch gezien passen we heel goed bij elkaar.'

'Ik vind het heel fijn voor je,' zeg ik met een brede glimlach. 'Neem je hem zaterdag mee naar ons feest?'

'Ja,' zegt Tracy. 'Ik wil hem aan je voorstellen. En vind je het niet ongelooflijk dat ik die avond vrij heb kunnen krijgen? Daar heb ik zowat een moord voor moeten plegen.'

Ik grijns. 'Ik verwacht niets minder van mijn beste vriendin.'

Ik vertel haar over Cade – nou ja, alles behalve wat er gisteren in zijn studio is gebeurd.

'Zo te horen begint Ryan aan de situatie te wennen,' zegt ze. 'Wat een goeie vent, altijd zo begripvol.'

'Ja,' zeg ik weemoedig.

Ik vertel haar dat Cade zich herinnert dat hij op een boot is geweest.

'Weet hij het zeker?'

'Geen idee,' zeg ik. 'Volgens zijn arts kan zijn geheugen nog wel eens wisselend werken. Dat niet alle details met elkaar overeenkomen of bij elkaar passen.'

'Ah,' zegt Tracy. 'Ik heb ooit een patiënt met geheugenverlies gehad. Haar geheugen was net zo instabiel als Cades arts beschrijft. Ze bleef volhouden dat iets op haar veertigste verjaardag was gebeurd, terwijl duidelijk was dat het om een gebeurtenis in haar jeugd ging.'

'Is ze ooit hersteld?' vraag ik, ook al ben ik een beetje bang voor het antwoord.

'Ze had een bijzonder geduldige man. Die nam alles net zo vaak met haar door tot het bleef hangen,' zegt Tracy.

'In dit geval,' zeg ik, 'is er misschien niet genoeg tijd voor die aanpak. Ik ben er die avond niet bij geweest, maar ook al kan Cade zich niet herinneren wat er is gebeurd, er moet toch iemand zijn die het weet. Als het even kan, wil ik het uitzoeken.'

Ik tref Cade in de gemeenschappelijke ruimte waar hij aan het schaken is met een andere bewoner. Als hij me ziet, glimlacht hij.

'Hoi,' zeg ik.

'Hoi,' antwoordt hij.

Ik ga naast hem zitten, terwijl hij de winnende zet doet.

'Goed gespeeld,' zeg ik, en ik knik vriendelijk naar de andere bewoner, een oudere man, die opstaat en wegloopt.

'Grappig dat dit soort dingen zomaar terugkomen,' zegt hij.

'Je vooruitgang is geweldig.'

Hij glimlacht.

'Ik zat te denken,' ga ik verder. 'Het is bijna Kerstmis en je hebt nog helemaal geen boom in je studio.'

Zijn gezicht klaart op.

'Vind je het een goed idee om er samen een uit te kiezen?'

'Ja, leuk.'

Als Cade zich heeft afgemeld, lopen we naar mijn auto en rijden we naar een verkooppunt aan Capitol Hill waar een grote opblaaspop van Frosty de Sneeuwman staat.

'Wat dacht je van deze?' vraag ik aan Cade, en ik wijs naar een boompje achteraan.

Hij bestudeert hem eens goed en knikt dan. Overal om ons heen lopen gezinnen en stelletjes. Een klein meisje met blonde staartjes en roze regenlaarzen rent langs de rijen met bomen.

'Grace!' roept haar vader vrolijk. 'Ik zie je!'

Cade kijkt naar mij als hij haar naam hoort. Hij weet het nog, net als ik. Ik krijg kippenvel.

Ik reken de boom af en een medewerker biedt aan om de boom op de auto te binden, maar Cade steekt zijn hand op. 'Dat doe ik wel,' zegt hij.

Ik kijk toe hoe hij de boom optilt en hem op de auto vastzet. Hij is niet meer zo sterk als vroeger, maar nog net zo vastbesloten. Stralend van trots kijk ik hoe hij met zijn armen het touw onder het imperiaal door haalt.

'O wee als deze schoonheid eraf valt,' zegt hij met een lach, waarna hij naar mij kijkt. 'Wat vind je?'

Maar ik denk helemaal niet aan de boom. Al valt hij in een greppel langs de kant van de weg, het kan me niets schelen. Het enige wat telt is deze man die voor me staat en het feit dat zijn letsel waar ik bij sta als een pantser van hem af lijkt te vallen.

'Moet ik hem nog wat beter vastmaken aan de achterklep?' vraag hij.

Zijn ogen schitteren in de kerstverlichting die boven ons hangt en ik dwing de tranen weg die langs mijn oogleden dreigen te glippen.

'Nee,' zeg ik. 'Hij zit perfect. Je hebt het prima gedaan.'

We rijden naar een winkel in de buurt, lopen naar het gangpad met kerstartikelen en vullen ons winkelwagentje met mijn favoriete gekleurde lampjes, dozen rode en zilveren kerstversieringen en een standaard. Impulsief gooi ik er een pakje engelenhaar bij.

'Vrolijk kerstfeest,' zegt de man achter de kassa, als hij me mijn wisselgeld geeft. Eenmaal buiten laat ik het in de rode emmer van de collectant van het Leger des Heils vallen.

Terug bij het ziekenhuis dragen we de boom en de versieringen naar de lift en naar Cades studio. Hij zet de boom in de standaard en ik speel met de radio die ik een paar weken geleden voor hem heb meegenomen. Het lijkt niet op de geluidsapparatuur die Cade ooit had, maar er komt muziek uit en dat is goed genoeg. Als ik Bing Crosby 'White Christmas' hoor zingen, laat ik de knop los.

Cade heeft het boompje bij het raam gezet en samen ontwarren we de lampjes en hangen we ze aan de takken. Cade is stilletjes geconcentreerd bezig terwijl we de versieringen in de boom hangen en daarna maken we het af met engelenhaar.

Als we klaar zijn, doen we het licht uit en bewonderen we ons boompje vanaf de tweezitsbank. Ik leg mijn hoofd op Cades schouder. Het voelt goed, alsof het een plek is die speciaal voor mij is gemaakt.

Allerlei gedachten gaan door me heen: Ryan, de bruiloft, Cades genezingsproces. Er is zoveel te doen, zoveel uit te puzzelen. Een wereld aan beslissingen die genomen moeten worden. Maar voorlopig is dit genoeg. De kerstboom is niet perfect, net als het leven. Hij helt wat naar links en heeft geen piek. Er liggen geen cadeaus onder. En toch is het goed zo.

27

20 december 2008

'Ryan,' zeg ik vanuit de badkamer, terwijl ik me klaarmaak voor ons verlovingsfeest. Ik kan me nauwelijks concentreren op mijn jurk die nog gestreken moet worden, of op mijn haar waar ik nog wel krullen in moet zetten, denk ik. 'Ken jij een forensisch accountant?'

'Jazeker, hoezo?' antwoordt hij, terwijl hij zijn hoofd om een hoekje steekt en ondertussen zijn stropdas om doet.

'Iets wat naar voren kwam met betrekking tot Cade.'

Zijn blik verandert even. 'O,' zegt hij.

'Weet je,' ga ik verder, 'volgens mij zou het zo kunnen zijn dat zijn zakenpartner hem alles heeft afgepakt.'

'Tjonge,' zegt hij. 'Tja, je zou het kunnen laten onderzoeken, maar Kailey, dat soort mensen zijn niet goedkoop.'

Ik weet dat het niet eerlijk is om ervan uit te gaan dat Ryan wel zal betalen voor Cades welzijn. Hij is al op de hoogte van de kosten van het Harborview, maar heeft er niets over gezegd en daar ben ik hem dankbaar voor.

'Misschien kun je iemand vinden die op basis van *no cure,*

no pay werkt, afhankelijk van wat ze aantreffen en wat er terug te vorderen is.'

'Goed idee,' zeg ik, terwijl ik een paar diamanten knopjes pak die Ryan me vorig jaar voor Valentijnsdag heeft gegeven.

Hij haalt zijn telefoon uit zijn zak en scrolt door zijn contacten. 'Hier,' zegt hij. 'Davis, Emmerson and Barrett. Vraag naar Bruce Barrett. Hij is advocaat, maar werkt nauw samen met een team forensische accountants die alleen maar dit soort werk doen. Misschien kun je een regeling met hem treffen.' Hij haalt zijn schouders op. 'Ik zal je zijn gegevens sms'en.'

'Dank je,' zeg ik. Hij kijkt me lange tijd aan en als ik in zijn hoofd zou kunnen kruipen, zou ik zien hoe graag hij wil dat ik Cade met rust liet. Dat ik de maatschappij voor hem laat zorgen. Dat ik me geen zorgen meer om hem maak en me in plaats daarvan concentreer op mijn eigen leven, op ons leven. Maar ik kan het niet. Dat weet hij. Dat weet ik.

'Je ziet er prachtig uit,' zegt hij. Hij kijkt me stralend aan als ik mijn zwarte jurk met het kanten lijfje heb aangetrokken.

'En jij ziet er heel elegant uit,' antwoord ik. Ryan ziet er altijd elegant uit.

Als we bij Serafina arriveren, zijn er al zeker tien vrienden. Ik zie Tracy aan de andere kant van de ruimte met een aantrekkelijke man met grijs haar. Ik zwaai en loop naar ze toe. Ryan blijft in de buurt van de ingang staan en praat met een collega van kantoor die een chique brunette aan zijn arm heeft.

'Kijk nou toch eens,' zegt Tracy. 'Wat een prachtige jurk!'

'Dank je,' antwoord ik met een glimlach. 'En dit is zeker Trent.'

'Ja,' zegt ze, en ze wendt zich tot de man naast zich. 'Trent, dit is mijn beste vriendin, Kailey.'

'Eindelijk ontmoeten we elkaar,' zegt hij, en hij steekt zijn hand uit.

Hij heeft een stevige grip en vriendelijke ogen. Ik mag hem direct. 'Ik hoor dat je een boot hebt,' zeg ik. 'Een zeilboot?'

'Ik heb vroeger wel gezeild,' zegt hij. 'Maar toen werd ik veertig en lui.'

'Trent is bescheiden,' zegt Tracy. 'Hij heeft een prachtig jacht.'

'Wat leuk,' zeg ik.

'Als je voor de bruiloft nog een dagje vrij hebt, wil ik jou en je verloofde wel een keertje meenemen.'

'Graag,' zeg ik, terwijl Ryan naast me komt staan en een arm om mijn middel slaat.

'Ik ben Ryan,' zegt hij tegen Trent. 'Leuk je te ontmoeten.'

'Trent,' zegt hij.

'We hadden het net over zijn jacht,' zeg ik tegen Ryan. 'Hij heeft ons uitgenodigd om een keertje mee te gaan.'

'Geweldig,' zegt Ryan. 'Ik ben met boten opgegroeid. Ooit hoop ik deze dame nog eens over te halen er een te kopen. Tot die tijd moeten we het van jou hebben.'

'Trent,' zeg ik. 'Ken je het merk Princess?'

'Princess Yachts? O, ja. Dat is een goed merk. Zelf heb ik een Sunseeker, maar Princess heeft ook een goede naam.'

Ryan zwaait naar een collega die net is binnengekomen en geeft me een zoen op mijn wang. 'Neem me niet kwalijk,' zegt hij. 'Trent, het was leuk je te ontmoeten.'

Als hij weg is, ga ik verder. 'Als iemand in 1998 een jacht van het merk Princess Yacht had, zou ik dat dan kunnen terugvinden?'

'Tracy vertelde al dat je voor een krant werkt,' zegt hij. 'Onderzoeksjournalist?'

'Ja, maar meer op het gebied van sociale kwesties dan watersport,' zeg ik met een glimlach. 'Dit is een privéproject.'

'Tja,' zegt hij, 'als die persoon hem nieuw heeft gekocht, zou je daar beslist aankoopgegevens van kunnen vinden. Een vriend van mij heeft in de verkoop van jachten gezeten. Ik zou het hem eens kunnen vragen.'

'Dat zou fantastisch zijn,' zeg ik. 'Dank je wel.'

Het is een geslaagd feest en overal staan mensen die lachen en drinken. Iedereen geniet. Ik vergeet bijna dat dit mijn verlovingsfeest is in plaats van een reünie van oude vrienden. Maar dan hoor ik iemand op de microfoon tikken en wordt het stil in de zaal.

'Staat dit ding aan?' vraagt Ryan.

Iedereen lacht en een van zijn collega's maakt een grapje dat ik niet goed begrijp.

'Goed, nu ik jullie aandacht heb, luidruchtig stelletje,' grapt Ryan, 'wil ik graag een toost uitbrengen op mijn beeldschone aanstaande bruid Kailey.'

Ik voel mijn tranen branden als iedereen mijn kant op kijkt. Ik glimlach, maar het voelt geforceerd en mijn wangen staan strak, alsof ik mijn spieren te veel span.

'Mijn beeldschone meisje,' zegt hij. 'De dag dat ik jou ontmoette, wist ik het. Een pijl door mijn hart. Ik was verloren. En ik wist het om ontelbare redenen: je glimlach, je vriendelijke karakter, de manier waarop je neus rimpelt als je lacht, het feit dat je het verschil tussen dragon en tijm weet en alle andere kruiden van a tot z...'

Ik glimlach en denk aan onze eerste afspraakjes toen ik voor hem kookte in mijn oude appartement in Belltown en hem lesgaf in kruiden en specerijen.

'Het zijn er te veel om op te noemen. Maar boven alles hou ik van je ziel en je hart. En ik voel me zo vereerd dat jij jouw leven met mij wilt doorbrengen.' Hij schraapt zijn keel. 'De weg naar dit moment is niet altijd over rozen gegaan. En jij hebt het veel moeilijker gehad dan ik, dat is een feit.' Hij heft het glas. 'Dus ik toost op jou, Kailey, en op alle plannen die niet gelukt zijn, op alle mislukkingen en omwegen. Want zonder al die dingen zou het leven dat we hebben en de liefde die we voor elkaar voelen niet mogelijk zijn. Teleurstelling is niet meer dan een opstapje naar mooiere dingen, het allermooiste.' Hij is even stil en veegt een traan uit zijn ogen, waarna hij zich tot mij wendt. 'En Kailey, ondanks alle omwegen die jij en ik allebei hebben moeten maken, ben jij de beste bestemming. En ik ben intens dankbaar dat mijn pad naar jou heeft geleid.'

Iedereen klapt en doet een stap naar achteren, zodat ik naar Ryan toe kan. Ik geef hem een zoen en hoop dat hij niet merkt dat mijn lippen trillen. 'Dank je wel,' zeg ik. 'Wat heb je dat mooi gezegd.'

'Elk woord was gemeend,' zegt Ryan. Even later komt zijn broer bij ons staan die hem joviaal op zijn rug slaat.

In de verte zie ik Tracy en ik zigzag tussen de mensen door en zwaai onderweg naar Jan en een van mijn collega's van de *Herald*.

'Trent moest vroeg weg om zijn dochter op te halen,' zegt ze.

Ik frunnik aan mijn jurk en ben niet in staat haar recht aan te kijken.

'Kailey, ik heb naar je staan kijken toen Ryan aan het woord was. Wat hij zei kwam recht uit zijn hart, maar zijn woorden gingen dwars door je heen.'

'Niets aan de hand,' zeg ik, en ik probeer een trilling in mijn kin en onderlip te onderdrukken.

'Er is wel iets aan de hand, dat weet ik.' Ze pakt mijn arm vast. 'Toe, ik ben je beste vriendin. Als je tegen mij niet eerlijk kunt zijn, tegen wie dan wel? Kailey, je hoeft dit niet alleen te doen.'

Ik knik.

'Je kunt niet met hem trouwen, Kailey.'

'Maar ik ga met hem trouwen,' zeg ik. Ik til mijn hoofd iets op en kijk naar Ryan in de verte: zo aantrekkelijk, zo zelfverzekerd, zo... alles. 'Tracy, ik hou van hem. Ik hou echt van hem.'

'Ja,' zegt ze. 'Maar lieverd, je weet net zo goed als ik dat liefde niet altijd genoeg is.'

Als ik opkijk, zie ik dat Ryan op me af komt. Als hij zich al zorgen heeft gemaakt om Cade, dan heeft hij die met succes opzijgezet en ervoor gekozen me te vertrouwen. Ik krijg een knoop in mijn maag door mijn eigen onmacht om mijn gevoelens tot rust te brengen.

'Hoi,' zegt hij. Hij geeft me een zoen op mijn wang en glimlacht naar Tracy.

'We hadden het net over die fantastische toost van je,' zegt Tracy, waarmee ze mij te hulp schiet.

'Hij was prachtig,' zeg ik, als ik mijn stem heb gevonden.

De leden van de jazzband die we hebben gehuurd lopen terug naar hun instrumenten en beginnen te spelen. In eerste instantie herken ik het nummer niet, maar dan schiet het me te binnen: 'All of Me'. Dat oude nummer waar mijn oma zo dol op was.

All of me, why not take all of me?

Ik dring de tranen terug terwijl Ryan me dichter naar zich toe trekt. Op dat moment besef ik dat ik mezelf nooit helemaal aan hem kan geven, hoezeer ik mijn best ook heb gedaan.

28

22 december 2008

Dankzij een afzegging kunnen we direct bij Bruce Barrett terecht, de advocaat die Ryan voorstelde, en om negen uur begroet hij Cade en mij in de hal van zijn kantoor. Het is een grote man met grijs haar en een brede grijns. Hij draagt een tweed pak met een donkerblauwe stropdas en als hij me een hand geeft, is zijn greep zo stevig dat het een beetje pijn doet. Ik vermoed dat Cade daarom wat ongemakkelijk kijkt.

'Fijn dat we zo snel konden komen,' zeg ik.

'Het is ons genoegen,' zegt hij, en hij gaat ons door een smalle gang voor naar een vergaderzaal.

Op tafel staat een ontbijt uitgestald: oudbakken bagels, treurig uitziende druiven en meloen. De eieren zien er versteend uit.

'Neem gerust,' zegt hij, terwijl een andere man, jonger en met een serieuzere blik, binnenkomt.

'Nee, dank u,' zeg ik. 'We hebben al gegeten.'

Hij knikt. 'Dit is Tom Lawton, een van onze beste forensische accountants. Tom haalt de onderste steen boven, dat kan ik u verzekeren. Zo,' gaat hij verder, en hij slaat zijn handen ineen, 'dit is me nogal een zaak. Ik ben zo vrij geweest Tom te informeren en hij is vanmorgen al even aan het spitten geweest... voor zover daar tijd voor was. We denken dat u blij zult zijn met wat hij al heeft kunnen vinden.' Hij slaat een map open en schuift ons een vel papier toe.

Ik leun naar voren en pak het. Cade kijkt naar mij alsof de woorden en getallen op de pagina abracadabra voor hem zijn.

'Meneer McAllister,' zegt Bruce, 'toen u verdween, was u een rijk man.'

Cade kijkt naar mij en werpt dan een sceptische blik op Bruce.

'U bezat de helft van Element Records,' legt Bruce uit, 'u had een auto, uw appartement aan Pioneer Square en u was mede-eigenaar van twee gebouwen in het centrum.'

Ik knik. 'Maar Element Records was bijna bankroet,' zeg ik. 'Het was een noodlijdend bedrijf.'

Hij schudt zijn hoofd en toont die brede grijns weer. 'Destijds misschien. Maar het bedrijf maakte later een miljoenenwinst. Dat lijkt allemaal te zijn doorgesluisd naar een nieuw bedrijf dat op naam staat van een zekere meneer Keatley.'

Ik schud mijn hoofd. 'Wat is er dan gebeurd? Waar is Cades spaargeld? Zijn aandeel in het bedrijf... daar heeft hij toch zeker nog toegang tot?'

'Zoals de situatie nu is, nee,' antwoordt hij. 'Het spaargeld van meneer McAllister is verdampt. Zijn appartement is opgenomen in Element Records en dat bedrijf is enige tijd geleden opgeheven.'

Mijn hart gaat sneller slaan. 'Dus iemand heeft alles op zijn naam gezet?'

'Alles,' zegt hij. 'Heel simpel.'

Ik schud mijn hoofd weer. 'Maar hoe is dat mogelijk?'

'Heel gemakkelijk,' zegt Bruce. 'Stond de naam van meneer Keatley op alle aktes en contracten? Had hij een volmacht? Kon hij over het geld beschikken?'

'Ja, dat geloof ik wel,' zeg ik. 'Hij regelde de financiën van het bedrijf. Cade deed meer de creatieve kant.'

Bruce glimlacht weer. 'Zo gemakkelijk gaat het.'

Tom, de vlijmscherpe accountant, komt met een volgend document en geeft ons een kopie. 'Meneer McAllister, we zijn van mening dat u een vordering hebt van ten minste acht miljoen dollar, mogelijk meer, als we de huidige marktwaarde van het appartement en uw persoonlijke bezittingen meerekenen.'

Cades ogen gaan wijd open. Ik geef onder tafel even een kneepje in zijn hand.

'Ik zeg u dit allemaal onder voorbehoud,' gaat Tom verder. 'Dit geld komt u toe, maar de vraag is of het er nog ís. En aangezien dit een gecompliceerde zaak is, zal het nog moeilijk worden om criminele opzet aan te tonen. Uw bezittingen, inclusief uw appartement en auto, zijn verweven met Element Records. Maar daar zitten mensen achter en ik ben van mening dat die verantwoordelijk gesteld moeten worden.'

Ik hang aan zijn lippen.

'Er was wat speurwerk voor nodig,' zegt Tom, 'maar ik heb een reeks overschrijvingen gevonden van de zakelijke rekening van Element Records naar een privérekening.'

'Op wiens naam?'

'Dat weten we nog niet, maar we willen dit tot op de bodem uitzoeken.'

'Wij ook,' zeg ik. 'En uit ons telefoongesprek heb ik begrepen dat u twintig procent rekent over alles wat u kunt terugvorderen?'

'Dat klopt,' zegt Bruce.

'Akkoord,' zeg ik, en ik kijk vragend naar Cade.

Bruce knijpt zijn ogen samen. Hij leunt naar voren en elk spoor van een glimlach is nu verdwenen. 'Ik moet u waarschuwen om deze zakenpartner niet te confronteren met de kwestie,' zegt hij. 'We hebben het verrassingselement nodig om deze zaak op te lossen.' Hij knipoogt. 'We kunnen hem beter op heterdaad betrappen.'

'Eh... ik heb al contact met hem gehad,' zeg ik enigszins berouwvol.

'Weet hij dat u met een advocaat en accountant samenwerkt?'

Ik schud mijn hoofd.

'Goed. Houdt u dat zo.' Hij kijkt naar Cade, dan naar mij. 'U moet uzelf beschermen. Als de inzet hoog is, zoals in dit geval, kunnen mensen door het lint gaan en vreselijke dingen doen. Geld kan een monster zijn.'

Er gaat een rilling door me heen.

'Past u goed op,' zegt hij. 'Mengt u zich niet in dingen waar u zich beter buiten kunt houden. Laat dat aan ons over.'

Voordat we weggaan, steekt Cade, die het grootste deel van deze bijeenkomst stil is geweest, zijn hand uit naar Bruce. 'Dank u dat u mij wilt helpen,' zegt hij. Daarna werpt hij een zelfverzekerde blik op mij. 'Ik wil mijn leven terug.'

Ik breng Cade terug naar het Harborview en als hij aan zijn middagsessie is begonnen, loop ik even langs de kamer van dokter Branson.

'O, Kailey,' zegt ze, als ze opkijkt van haar computer. 'Goed je te zien.' Achter haar hangen tien of meer ingelijste artistieke weergaven van de hersenen.

Ik laat me in een stoel naast haar bureau zakken. 'Het gaat zo goed met hem,' zeg ik. 'Toen ik hem vandaag terugbracht na een afspraak, zei hij een gedicht van Robert Frost op.'

Ze glimlacht. 'Welk?'

'"Nothing Gold Can Stay".'

'Ah,' zegt ze. 'Dat is een van mijn lievelingsgedichten. Ik had literatuur als hoofdvak voordat ik besloot om geneeskunde te gaan doen.' Ze doet haar ogen even dicht alsof ze de woorden van heel diep moet halen. '*So dawn goes down to day.*'

De laatste zin zeggen we samen op: '*Nothing gold can stay.*'

Ze glimlacht. 'Een prachtig couplet. Ik heb altijd gedacht dat het een realistisch beeld van het leven weergeeft, ook al is het een beetje pessimistisch.'

'Hoezo?'

'Goud blijft niet eeuwig blinken,' zegt ze. 'Aan al het goede komt een einde. En in sommige gevallen is dat ook zo en dus moeten we ervan genieten zolang het er is. Maar ik weet niet of ik het daar helemaal mee eens ben. Want uiteindelijk denk ik toch dat het goede wel kan blijven en dat het vaak ook zo is.'

'Echt?' vraag ik sceptisch. 'Ik weet het niet zeker. Misschien gaat het daar juist om bij mooie dingen. Dat we ze maar even hebben.' Ik denk aan bloemen die in de zomer bloeien en verwelken, aan herfstbladeren die de prachtigste goudtinten hebben voordat ze verschrompelen en van hun takken vallen. Ouders die doodgaan. Liefde die verloren gaat. In de wereld en in mijn leven blijft goud niet eeuwig blinken.

Ze schudt haar hoofd. 'Ik zou me als arts niet met het genezen van hersenfuncties bezig kunnen houden als ik dat dacht.'

'Ik zou het bijna gaan geloven,' zeg ik met een glimlach. 'U hebt bijzonder veel voor Cade betekend.'

'Het is eigenlijk opmerkelijk dat hij in zo'n korte tijd zoveel vooruitgang heeft geboekt,' zegt ze. 'De hersenwetenschap is gecompliceerd. We weten niet waarom sommige mensen zo goed reageren op de behandeling en anderen niet. Maar Cade praat, zijn spraak is vloeiend, zijn herinneringen komen terug en op de scans is te zien dat zijn hersenen zich herstellen.'

'Ik weet het,' zeg ik. 'Hij lijkt bijna zichzelf weer. Bijna.'

Dokter Branson kijkt bedachtzaam. 'Misschien zal het altijd "bijna" blijven.'

Ik knik, denk aan de Cade die ik heb gekend – de man die me wist te betoveren vanaf het moment dat ik hem zag, me in een oogwenk aan het lachen kon maken en me spontaan meenam naar Big Sur.

'Ik verwacht dat hij vooruit zal blijven gaan,' zegt ze. 'Normaal gesproken zien we graag dat patiënten een heel jaar ons programma blijven volgen, maar het is voor ons ook een leerproces en misschien is het voor Cade goed om stapje voor stapje weer een eigen leven op te bouwen. We moeten het maar eens hebben over zijn plannen voor werk en onderdak, dat soort dingen. Heb je al bedacht naar wat voor baan Cade zou kunnen solliciteren?'

'Wat voor baan?' zeg ik vragend.

'Ja, misschien als conciërge of iets in een restaurant?'

Ik zie Cade nog geen borden wassen in een of ander restaurant of stofzuigen in een tandartspraktijk. 'Hij heeft een miljoenenbedrijf gerund,' zeg ik.

'Ja, dat begrijp ik,' zegt ze onverstoorbaar. 'Maar misschien is hij gelukkiger met iets... eenvoudigers.'

'O,' zeg ik. Ik denk aan onze afspraak vanmorgen bij de jurist en hoop dat die in staat is in elk geval een deel van Cades geld terug te krijgen.

'Zo,' zegt ze, en ze komt overeind. 'Ik ben al laat voor mijn middagsessie.'

Ik loop achter haar aan de gang op, waarna ze me nogmaals met een glimlach aankijkt. 'Wat goud is, kan wél blijven,' zegt ze. 'Vergeet dat niet.'

'Wauw, niet te geloven dat hij naar onze bruiloft komt,' zegt Ryan later die avond aan de keukentafel, terwijl hij op zijn telefoon kijkt.

'Wie?' vraag ik. Ik kijk op van mijn bord overgare lasagne die Ryans moeder heeft gemaakt en die nog in de vriezer lag. Ik was vergeten de oven voor te verwarmen en nu is de bovenkant ook nog eens verbrand.

'Josh Graham,' zegt hij. 'Een oude vriend van Yale. Hij stuurt me net een mailtje.'

'Je hebt het nooit eerder over hem gehad,' antwoord ik, en ik trek mijn neus op.

'Josh is een jaarclubgenoot,' zegt hij. 'Hij woont in New York met zijn vrouw en twee kinderen. Hij is vermogensbeheerder en heeft het goed voor elkaar.'

Ik stel me de e-mail van Josh Graham voor waarin hij zegt dat hij komt en iemand meeneemt en ik wend onverschillig mijn hoofd af.

'Is er iets, lieverd?' vraagt Ryan.

Ik zucht weer. 'Ik weet het niet,' zeg ik, en ik frunnik aan mijn trui die opeens erg jeukt bij mijn hals. 'Ik vraag me eigenlijk af of we ons niet hadden moeten beperken tot vrienden en familie.'

'Maar toen we het erover hadden, heb je helemaal niet aangegeven dat je je zorgen maakte over de grootte van de bruiloft. En Josh is een goede vriend.'

'Een goede vriend? Ik heb nog nooit van hem gehoord en zo te horen hebben jullie elkaar sinds je studietijd niet meer gezien.'

'Ja, nou ja,' zegt hij afwerend, 'maar we mailen en bellen zo nu en dan. Trouwens, hij is een goed zakelijk contact.' Hij buigt zich weer over zijn laptop en kijkt gekwetst.

'Een zakelijk contact?' vraag ik. Het komt er iets feller uit dan ik had bedoeld. 'Is onze bruiloft een netwerkgelegenheid geworden?'

'Kailey, overdrijf nou niet zo.'

Ik zucht. 'Vertelde je niet dat er ook een stel collega's van je vader komt?'

'De Hartmans, ja,' zegt Ryan. 'Maar die ken ik al mijn hele leven.'

'Oké, goed dan,' ga ik verder. 'Maar je vader heeft ook gezegd dat hij een tafel wil reserveren voor zijn medewerkers. Serieus, Ryan? Zijn medewerkers?' De benauwdheid die ik voel begon in mijn buik en kruipt omhoog.

Hij slaakt een zucht. 'Wat dacht je dan, Kailey? Mijn ouders betalen de bruiloft.' Hij staat op, loopt naar de koelkast en pakt een biertje.

'Dat weet ik,' zeg ik. 'Sorry. Ik wilde je niet boos maken.'

Mijn telefoon gaat voordat Ryan kan antwoorden en ik ben blij dat ik een excuus heb om het niet meer over de bruiloft te hebben. Sinds het verlovingsfeest heeft elke vorm van contact gespannen aangevoeld en is elk gesprek stressvol.

Ik herken het nummer op mijn telefoon: het Harborview. Dokter Branson misschien? Ik neem op. 'Hallo?'

'Hoi, met Cade.'

'Hoi,' zeg ik. Ik draai me om en kijk naar Ryan die zit te typen.

'Sorry dat ik je lastigval,' zegt hij.

Ik loop naar de woonkamer. 'Dat geeft niet. Vertel eens.'

'Ik, ik...'

'Cade, wat is er aan de hand?'

Ryan kijkt op van zijn laptop en werpt een snelle blik op mij, voordat hij zijn hoofd afwendt.

'Ik... mis je gewoon, denk ik,' zegt hij.

Zijn woorden doorboren mijn hart. Ik kan me nog herinneren dat hij dat voor het eerst tegen me zei. Toen we net een maand iets met elkaar hadden, belde hij me op een avond op en glipten die woorden er zomaar uit, met als gevolg dat ik op een donderdagavond op de bank als een blok voor hem viel. En nu zegt die stem aan de telefoon het opnieuw. De wereld is veranderd, maar zijn woorden raken me nog net zo hard als al die jaren geleden. Misschien wel harder.

'Wil je dat ik langskom?' vraag ik, me ervan bewust dat Ryan meeluistert.

'Als het kan,' zegt Cade. 'Als het niet te veel moeite is.'

'Natuurlijk niet.' Ik kijk naar de klok. Het is half acht. 'Ik ben er om acht uur.' Als ik heb opgehangen, zeg ik tegen Ryan: 'Dat was Cade. Hij... heeft het vanavond moeilijk. Ik ga even bij hem langs.'

Ryan bromt iets, maar kijkt niet op van zijn laptop.

'Ik blijf niet lang weg,' zeg ik. 'Alleen even snel heen en weer.' Ik pak mijn sleutels en mijn tas.

Ryan zegt me geen gedag.

Het is een schitterende avond in Seattle. Als ik over de I-5 rijd, zie ik de skyline boven Lake Union glinsteren en word ik getroffen door mijn liefde voor deze stad, van alle kanten en in al haar facetten. Vanaf het moment dat Tracy en ik hier met al onze aardse bezittingen achter in haar auto arriveerden, voel ik me ertoe aangetrokken. Ik ben gevallen voor de kletsnatte straten, de zilte lucht van de zee, het geluid van toeterende veerboten op Elliott Bay, muziek die vanuit restaurants en bars klinkt, een nieuw talent, een nog niet ontdekt geluid rond elke hoek.

Maar zoveel van mijn liefde is verweven met Cade. Elk nummer. Elke buurt. Elk cafeetje. We hebben samen zoveel herinneringen gemaakt in deze stad en zonder die herinneringen zou Seattle net zo goed Chicago, Los Angeles of New York kunnen zijn. Cade is Seattle. En Seattle is Cade.

'Hallo,' zeg ik tegen de beveiliger achter de balie. Ik probeer te bedenken hoe hij ook alweer heet. Mijn hoofd zit vol watten. Chris, volgens mij. Ja, zo heet hij.

'Wat zal hij blij zijn om je te zien,' zegt Chris. 'Hij heeft een moeilijke avond gehad.'

'Wat is er gebeurd?'

Hij leunt wat naar voren. 'Iemand heeft hem doodsbang gemaakt.'

'Hoe bedoel je?'

'Hij ging om een uur of vier een stukje wandelen,' legt Chris uit, 'en kwam een uur later helemaal overstuur terug.'

'Mag hij zomaar in zijn eentje naar buiten?'

'Dokter Branson zegt dat het prima is als hij een wandeling maakt,' zegt hij, en hij wijst naar een lijst op zijn klembord. 'Kijk maar, ze heeft hem zelf uitgeschreven.'

Ik knik. 'Waarom was hij overstuur?'

'Hij zei dat iemand hem achterna had gezeten, dat iemand hem iets wilde aandoen.'

'Denk je dat het echt was of dat het posttraumatische stress is, zoals dokter Branson dat heeft omschreven?'

Chris haalt zijn schouders op. 'Dat zou ik niet weten, maar hij was echt bang. Hij bleef maar over zijn schouder kijken alsof hij achtervolgd werd.'

'Wat akelig,' zeg ik. 'Geen wonder dat hij niet alleen wilde zijn.'

'Aardig dat je langskomt,' zegt Chris, terwijl ik naar de lift loop. 'Laat maar weten als je iets nodig hebt.'

De lift brengt me naar de tweede verdieping en als ik bij Cade aanklop, doet hij onmiddellijk open.

'Hoi,' zeg ik, en ik geef hem even een knuffel.

'Hoi,' zegt hij, en hij trekt me dicht tegen zich aan.

Ik ben me bewust van zijn handen rond mijn middel.

'Het spijt me,' zegt hij.

'Welnee,' antwoord ik. 'Ik ben blij dat je belde. Vertel me eens wat er is gebeurd? Iemand zat je achterna?'

'Hoe weet je dat?'

'Dat vertelde Chris net.'

Hij kijkt me nietszeggend aan.

'De beveiliger.'

'O, ja,' zegt hij. 'Kailey, het is daarbuiten niet veilig voor me.'

'Ga zitten,' zeg ik. 'Wat bedoel je?'

'Iemand volgde me. Toen ik wat sneller ging lopen, deed hij hetzelfde. Toen ik begon te rennen, begon hij ook te rennen.'

'Weet je zeker dat die persoon jóú volgde?'

'Ja,' zegt hij.

'Heb je gezien wie het was?'

'Nee,' zegt hij. 'Het was te donker.'

'We moeten je beschermen. Ga alsjeblieft niet meer in je eentje op pad. Ik weet niet wat er aan de hand is of waarom iemand je iets wil aandoen, maar Cade, beloof me dat je binnen blijft en jezelf beschermt totdat we dit hebben uitgezocht.'

Hij knikt. 'Ik ben blij dat je er bent. De wereld voelt beter als jij bij me bent.'

Voordat ik kan reageren, gaat de telefoon. 'Ik neem wel even op,' zeg ik. 'Hallo?'

'Kailey?'

'Ja?'

'Met Chris van de receptie. Er staat hier iemand die zegt dat hij jou moet spreken.'

'Een man? Wie?'

'Hij zegt dat hij Ryan heet.'

Wat doet Ryan nou hier? 'Oké,' zeg ik, 'eh... ik kom wel even naar beneden.'

'Nou,' zegt Chris, 'hij staat al in de lift. Ik wilde hem nog tegenhouden, maar hij zei dat hij je verloofde was.'

'Ja,' zeg ik. 'Dat klopt. Het is goed.'

'Ik kom zo terug,' zeg ik tegen Cade, als ik naar de gang loop.

Ryan komt net uit de lift. Hij ziet lijkbleek.

'Wat doe jij hier?' vraag ik.

'Ook leuk om jou weer te zien,' antwoordt hij.

'Ryan wat is er aan de hand?'

Hij gooit zijn armen in de lucht. 'Wat er aan de hand is? Ik denk dat je wel weet wat er aan de hand is.'

'Zachtjes,' zeg ik. 'Toe, straks hoort hij je nog.'

'Kailey,' zegt hij, 'het kan me op dit moment niet schelen of hij me hoort.'

Ik kijk naar de grond.

'Ik ben er klaar mee,' zegt Ryan. 'Ik heb geen zin meer om te doen alsof deze poppenkast me niet raakt, want het raakt me wel. Jij bent de vrouw van wie ik hou, maar ik moet van de zijlijn toekijken hoe jij elke vrije minuut, elk grammetje emotionele energie aan deze man besteedt en ik alleen maar kruimels krijg toegeworpen. En Kailey, ik zou nog genoegen nemen met kruimels als ik wist dat je echt van me hield, als ik er zeker van was dat je bij me wilt zijn zoals ik bij jou wil zijn.' Hij schudt zijn hoofd. 'Maar ik ben daar niet zeker van. Sterker nog, ik denk dat ik geen schijn van kans heb zolang Cade er is.'

Ik sper mijn ogen wijd open. 'Ryan, dat zou je niet doen.'

Hij kijkt me onderzoekend aan. 'Wat zou ik niet doen?'

Het is geen moment in me opgekomen, deze akelige gedachte die nu door mijn hoofd zweeft, maar ik heb Ryan ook nog nooit zo boos gezien. Ik heb nog nooit zo'n hartstochtelijke reactie van hem meegemaakt. En hij was vanavond ook nog eens laat thuis. Ik voel mijn hart in mijn borstkas bonzen. 'Zeg me dat je Cade nooit iets zou aandoen.'

Hij schudt zijn hoofd. 'Waar heb je het over?'

'Cade is vanavond door iemand gevolgd. Iemand wilde hem kwaad doen.'

Hij schudt zijn hoofd opnieuw. 'Niet te geloven. Zelfs nu. Zelfs terwijl ik hier sta en mijn hart bij je uitstort, kun je alleen maar aan hem denken? Of erger, beschuldig je mij ervan dat ik hem iets zou aandoen?'

Ik doe een stap naar hem toe. 'Maar ik...'

'Het is al goed,' zegt hij met een geforceerde glimlach. 'Ik weet dat het moeilijk voor je is. En als het erop aankomt, wil ik het leven alleen maar gemakkelijker voor je maken. Ik wil alleen maar dat je gelukkig bent. En als je met Cade gelukkig bent, dan moet je bij hem zijn.'

'Ryan, alsjeblieft, ik...'

'Vaarwel, Kailey. Ik hou van je. Ik zal altijd van je houden. Het spijt me dat ik... dat ik niet de ware ben.' Hij stapt de lift in voordat ik hem kan smeken om niet te gaan.

Ik laat me op mijn knieën vallen en huil.

Een paar minuten later hijs ik mezelf overeind. Ik veeg de tranen van mijn wangen, loop naar Cades deur en steek mijn hoofd om een hoekje. 'Cade?' De studio is leeg.

'Cade!' roep ik. Op de salontafel ligt een met de hand geschreven briefje.

Mijn liefste Kailey,

Je hebt me gered en de enige manier waarop ik je kan bedanken is door jouw leven niet kapot te maken. Het is tijd om afscheid te nemen.

Ik zal altijd van je houden, waar je ook bent.

Cade

'Nee!' roep ik. 'Cade, nee.'

Hij moet zijn studio uit zijn geglipt en via de trap naar beneden zijn gegaan terwijl ik met Ryan stond te praten. Heeft hij alles gehoord? Is hij overstuur?

Ik wacht niet tot de lift er is, maar ren naar het trappenhuis. Mijn voeten roffelen de betonnen treden af, het geluid van mijn voetstappen weerkaatst tegen de muren. Als ik op de begane grond ben, ren ik naar de receptie. 'Is Cade hier langsgekomen?'

Chris knikt. 'Vijf minuten geleden, ongeveer.'

'Waarom heb je hem niet tegengehouden?'

'Iedereen is verplicht om in en uit te tekenen, maar we kunnen patiënten alleen adviseren. Ze hebben een eigen vrije wil.'

Ik knik en kijk serieus. 'Heeft hij gezegd hij waar hij naartoe ging?'

'Nee, maar hij ging die kant op.' Hij wijst naar rechts, in de richting van het centrum en mijn hart breekt.

Het is al tien uur geweest tegen de tijd dat ik naar huis rijd. Ik heb echt overal gezocht, maar deze keer lijkt het erop dat hij echt is verdwenen. Ryan ook. Zijn auto staat niet voor het huis en binnen voelt het eenzaam, alsof er zomaar een tijdperk ten einde is gekomen zonder dat ik ervan wist of erom heb gevraagd. Gewoon weg.

Ik loop naar de keuken en weet dat Ryan daar morgenochtend niet aan de ontbijttafel zal zitten. Ik kan me niet eens herinneren wanneer ik voor het laatst een omelet voor hem heb gemaakt. Zondag? Vorige week dinsdag? Was het met spinazie of met prei en champignons? Ik denk aan al onze laatste keren. Onze laatste zoen. De laatste keer dat hij in de woonkamer met me heeft gedanst, op zondagochtend met me heeft gevreeën terwijl de vogels bij ons slaapkamerraam tsjilpten. De laatste keer dat we hand in hand zaten en met elkaar lachten. Ik wil me de details herinneren en afscheid van ze nemen.

Toch vraag ik me nog steeds af of hij de reden is dat Cade vanavond is vertrokken. Heeft Ryan hem bang gemaakt? Zou hij hem iets aangedaan kunnen hebben? Onmogelijk. Of toch niet? De wereld is wreed en verdrietig en verwarrend, alsof alles wat ik liefheb is teruggebracht tot een hoopje zand dat ik moet zien vast te houden terwijl de korrels door mijn handen glippen.

Ik schrik als er wordt aangeklopt en ik schrik nog meer als ik James op de stoep zie staan. Het regent, nou ja, het plenst gewoon en James heeft nat haar. Zijn pony zit tegen zijn voorhoofd geplakt. Hij ziet er slordig en zorgelijk uit.

'Het spijt me dat ik je thuis stoor,' zegt hij. 'Je vertelde dat je in Wallingford woonde en, nou ja, het was niet moeilijk om je adres op internet te vinden.'

'Ik weet niet wat ik moet zeggen.'

'Kailey, we moeten praten,' zegt hij met een droevige, smekende blik.

In eerste instantie wil ik hem wegsturen. Ik vertrouw hem niet en ik weet niet wat er nog te zeggen valt. Maar iets in zijn blik zegt me dat ik hem binnen moet vragen, dus doe ik dat.

'Ga zitten,' zeg ik, en ik wijs naar de bank.

Uitgeput laat hij zich zakken alsof er een enorm gewicht op zijn schouders rust. Hij heeft donkere wallen rond zijn ogen en voor het eerst lijkt de eens zo jeugdig ogende James vermoeid en verweerd, alsof de tijd hem heeft ingehaald. Hij laat zijn hoofd in zijn handen zakken. 'Waar moet ik beginnen?' mompelt hij.

Mijn hart begint sneller te slaan. Ik weet niet wat hij me wil vertellen, maar ik weet dat het een lang en pijnlijk verhaal wordt. 'Zeg nou maar wat je me te zeggen hebt, James. Alsjeblieft.'

Hij kijkt op en knikt. 'Cade en ik hebben altijd een moeilijke relatie gehad,' zegt hij. 'Dat weet je.'

'Ja.'

Hij haalt diep adem. 'Element Record was ons kindje. We waren er allebei razend trots op en we brachten ieder verschillende talenten in.'

Hij staart weemoedig naar het plafond, terwijl ik een glas whisky voor hem inschenk. Hij neemt het aan.

'Cade had een gave, weet je. De bijzondere gave om talent te herkennen. Hij had er een zesde zintuig voor, zei ik altijd. Hij kon een ruimte binnenlopen en de volgende Nirvana opsporen. Heel lang leek het alsof alles wat hij aanraakte in goud veranderde en ik was zo naïef om te denken dat dat altijd zo zou blijven. Dat was een domme gedachte. Alles komt en gaat. Ups en downs. Cade kwam in een neerwaartse spiraal terecht.

Eerst was het een band hier of daar. Dan contracteerde hij een groep, bood ze een enorm voorschot en vervolgens werden er maar tienduizend albums verkocht in plaats van de honderdduizend waar we op gerekend hadden. We hebben een keer vijftigduizend dollar aan marketing uitgegeven voor een artiest die na amper tweeduizend verkochte albums mislukte.' Hij knikt. 'Het bleef gebeuren. Maar Cade wilde meer en meer investeren. Er kwam geen eind aan zijn pogingen, hij kon niet eventjes een pas op de plaats maken. Hij bleef maar zeggen dat de grote klapper elk moment kon komen, dat ik hem moest vertrouwen, me niet zo veel zorgen moest maken.'

'Maar jij vertrouwde hem niet meer.'

'In veel opzichten, inderdaad,' gaat James verder. 'Hij was niet scherp meer en niet alleen dat, hij dronk steeds meer. De drank, de pillen. Hij had het niet langer in de hand, Kailey.'

'Dat weet ik,' zeg ik. 'Ik was erbij. Maar was het echt zo erg als je nu schetst?'

'Ja en nee,' zegt James. 'Ik moet je iets vertellen wat ik al veel te lang bij me draag.'

'Wat?'

Hij wrijft over zijn voorhoofd. 'Ik had hem kunnen helpen. Ik was zijn beste vriend. Maar ik liet me leiden door mijn eigen angst.'

'Angst?'

'Alexis,' zegt hij. 'Ze was verliefd op hem.'

'Wat?'

Hij knikt. 'Jij wist dat niet. Niemand wist het. Maar ik wel. Ik kon het voelen als ze bij me was. Ze wilde alleen Cade. Iedereen wilde altijd Cade. Na een tijdje begon dat aan me te knagen. Ik had altijd het gevoel dat ik op de tweede plaats kwam.' Hij zucht. 'Dus toen Cade van het pad af raakte, dacht ik dat het mijn beurt was om te schitteren. Ik dacht dat zijn falen mijn succes zou betekenen. Dat Alexis en iedereen zou zien dat ik de moeite waard was.' Hij kijkt omlaag. 'Ik was een sukkel.'

'Jeetje,' zeg ik, en ik denk terug aan de manier waarop Alexis naar Cade keek. Ik had liefde voor bewondering aangezien. Waren die gevoelens wederzijds geweest? Ik huiver. 'Ik weet niet wat ik moet zeggen.'

'Jij en ik weten allebei dat Cade het moeilijk had in die tijd,' gaat James verder. 'Zijn drankgebruik. Zijn grillige gedrag. Zou hij zich eroverheen hebben kunnen zetten? Misschien. Ik weet het niet.' Hij zucht. 'Maar ik moest iets doen. Dus sloeg ik met het bedrijf een andere weg in, contracteerde popartiesten, verlegde de aandacht naar andere dingen. Toen we hem het bedrijf uit dwongen, had ik niet het idee dat hij eraan onderdoor zou gaan. Ik dacht dat hij wat tijd nodig had om zich te herpakken en misschien zelfs wel zijn eigen label zou beginnen. In plaats daarvan liep het helemaal mis. Denk alsjeblieft niet dat ik me de afgelopen jaren niet schuldig heb gevoeld, want dan zie je het verkeerd.'

Ik schuif een stukje naar hem toe. 'James, wat is er met hem gebeurd? Jij weet het, of niet?'

Hij knikt met een serieuze blik. 'Het ging wat beter. Ik had een paar veelbelovende bands gecontracteerd. We zouden dat jaar winst maken, daar leek het op. Het was augustus en ik had met mijn spaargeld een boot gekocht. De Stella May.'

'1 augustus is de dag dat ik Cade voor het laatst heb gezien, tot deze herfst,' zeg ik. Ik slik moeizaam. De dag dat ik hem zou vertellen over de baby. 'Jij was misschien goed bezig, maar ik ging kapot.'

'Dat weet ik, daarom is het volgende deel van het verhaal des te moeilijker.' James zwijgt even. 'Alexis en ik wilden de eerste tocht bijzonder maken, dus hadden we een voltallige bemanning ingehuurd, compleet met obers in smoking en met vlinderdasje. Net toen we wilden vertrekken, dook Cade in de haven op. Hij kwam dronken aan boord, was strijdlustig. Ik baalde van hem. Hij was kwaad en zei een paar nare dingen tegen Alexis die ze denk ik nooit meer zal vergeten.' Hij is even stil. 'Ik probeerde hem te kalmeren, maar we kregen ruzie en dat liep uit de hand. Ik weet niet meer wie de eerste klap uitdeelde, maar het werd een vechtpartij aan boord. Ik zat net zo onder het bloed als hij, maar wist hem uiteindelijk een flinke dreun te verkopen. Hij had een enorme jaap op zijn voorhoofd.'

'Zijn litteken,' zeg ik. 'Dat verklaart het.'

Hij knikt. 'Hij bloedde als een rund. Alexis smeekte ons om te stoppen. Ze vond ons altijd net broers die een levenslange wrok uitvochten, maar deze keer waren we allebei te koppig om een stap terug te doen en elkaar onze excuses aan te bieden voor onze fouten. We gingen te ver.'

'Waarom riep je niet om hulp?'

Zijn stem slaat over. 'Ik wou dat ik dat had gedaan, Kailey.'

'Maar je hebt het niet gedaan en toen is er iets gebeurd.'

'Dat is het juist,' zegt hij met een zucht. 'Ik heb Cade van boord gestuurd. Een van de obers heeft hem de steiger op gesleept en toen zijn we vertrokken.'

'Een ober met een vlinderdasje?'

'Ja,' antwoordt James somber.

'Je liet hem bloedend achter?'

'Ik was een lafaard, maar ik vond dat ik een goede reden had,' zegt hij. 'Alexis was zwanger, Kailey. Dat had ik net de vorige dag gehoord. Stel dat ik was aangeklaagd wegens mishandeling. Ik stond op het punt om vader te worden en ik kon het allemaal nog niet bevatten. Ik moest mijn gezin beschermen.' Hij zucht. 'Hoor eens, hij kwam onuitgenodigd aan boord en verpestte mijn feest. Trouwens, volgens mij was hij niet zo erg gewond.'

Hij kijkt naar zijn handen alsof Cades bloed daar nog steeds aan kleeft.

'Je zei dat hij alleen een snee in zijn voorhoofd had,' zeg ik. 'Maar volgens het medisch dossier uit 1998 was er mogelijk hersenletsel. Hoe verklaar je dat?'

James schudt zijn hoofd. 'Dat kan ik niet, Kailey. Er moet die nacht nog iets anders zijn gebeurd. Ik heb me zo lang schuldig gevoeld. Toen jij die dag mijn kantoor binnenkwam en me vertelde dat hij nog leefde, was ik geschokt. Cade was niet iemand om te verdwijnen. Hij was altijd aanwezig. En toen hij er niet meer was, ging ik uit van het ergste.'

Ik schud mijn hoofd. 'Ik weet niet wat ik moet zeggen, James.'

'Ik heb het niet gedaan, Kailey.'

Ik sper mijn ogen wijd open. 'Als jij het niet was, wie dan wel?'

'Ik zou willen dat ik het je kon zeggen.'

'En het geld, James? Heb jij Cades geld gestolen? Hij was minstens acht miljoen waard op de avond dat hij verdween. Ik heb een jurist en een forensisch accountant ingehuurd. Zij gaan hun best doen om terug te krijgen wat rechtmatig van hem is.'

'En terecht,' zegt James, en hij slaakt een diepe zucht. 'O Kailey, ik zit er tot m'n nek toe in.'

'Wat bedoel je?'

Hij wrijft over zijn voorhoofd. 'Het geld is er nog. In investeringen. Ik zal uiteraard meewerken.'

'James, alsjeblieft, kun je iemand bedenken die Cade iets zou willen aandoen?'

Hij schudt zijn hoofd, maar na een tijdje verschijnt er een ongeruste blik op zijn gezicht. 'Waar is Cade nu?'

Ik schud somber mijn hoofd. 'Ik weet het niet. Ryan, mijn verloofde, heeft me vanavond geconfronteerd met mijn gevoelens voor Cade en vervolgens heeft hij de verloving verbroken. Cade hoorde alles en is toen… vertrokken.'

'We moeten hem zien te vinden.' James' blik is bezorgd, bang.

29

22 december 2008

'Waar zou hij kunnen zijn, denk je?' vraag ik James, als we naar zijn auto rennen. 'Ik heb al in het centrum, bij zijn oude appartement en op de bekende plekken gekeken.'

'Ik heb een idee,' zegt hij, en hij klaart opeens op. 'Laten we naar het centrum gaan.'

Ik doe mijn gordel om en bel dokter Branson. 'Hallo, met Kailey,' zeg ik.

'Kailey, is alles goed?'

'Nee,' zeg ik. 'Het gaat om Cade. Hij wordt vermist.' Ik vertel haar dat Cade bang is dat hij door iemand achterna wordt gezeten.

'Dat is inderdaad beangstigend,' zegt ze. 'Maar het is niet waarschijnlijk dat Cade daadwerkelijk achtervolgd wordt. Sterker nog, dit soort acute angst komt vaak voor bij mensen met hersenletsel. Hersenen die zich aan het herstellen zijn, zijn net als de naald op een beschadigde langspeelplaat die het volgende couplet probeert te bereiken, maar steeds dezelfde kras raakt en op die manier het trauma uit het verleden keer op keer afspeelt.'

'U zegt dat Cade dit heeft verzonnen?'

'In zekere zin,' gaat dokter Branson verder. 'Maar vergeet niet dat het voor hem allemaal heel echt lijkt.'

Ik knik. 'Ik zorg dat ik hem vind en dan breng ik hem terug.'

'Kailey, jouw liefde voor hem is grenzeloos.'

Ik krijg kippenvel. We hebben het nooit over mijn liefde voor Cade gehad, maar toch weet ze het. Natuurlijk weet ze het. 'Ja,' zeg ik, na een bedachtzame stilte.

Met zijn voet stevig op het gaspedaal gedrukt, rijdt James de oprit van de snelweg op. Mijn hart slaat met elke seconde sneller. Even later neemt James de afrit bij Stewart Street en geeft dan weer plankgas. 'De markt,' zegt hij. 'Daar moet hij zijn.'

'Pike Place?'

'Ja,' zegt hij. 'Cade was altijd dol op Pike Place.'

Natuurlijk. Pike Place Market. De herinneringen komen boven, de ene na de andere. Al onze wandelingen daar, als het donker was. De kleine wijnhandel waar hij altijd langsging. De visboer met wie hij bevriend was geraakt door een gezamenlijke liefde voor tarbot. De straatviolist die hij elke vrijdagmiddag een briefje van twintig gaf.

Op hetzelfde moment kijken James en ik elkaar aan en zeggen in koor: 'De telefooncel.'

Bij de markt zet James de auto naast het beroemde koperen varken bij de ingang. Het is donker, maar de kasseien, die zijn bedekt met een laagje pas gevallen regen, glinsteren in het licht van de straatlantaarns. Aan weerszijden van de ingang staan rijen kerstbomen met brandende lampjes en onder het bord PIKE PLACE hangt een krans.

James en ik springen de auto uit en zetten het op een rennen. We kijken naar links en naar rechts. Ik ben hier al een tijd niet meer geweest en besef nu waarom. Te veel herinneringen.

'Welke kant op?' vraag ik James. Normaal gesproken is het hier een drukte van jewelste, maar nu lijkt het wel een spookstad, op het koeren van slaperige duiven in de dakspanten na.

'Naar beneden,' zegt hij, en hij wijst naar een plek verderop.

Nu weet ik het weer. Een trap af, door een slecht verlichte gang, langs dat oude restaurant waar hij graag kwam en de specerijenwinkel waar het altijd naar kaneel en curry ruikt en dan die telefooncel: kersenrood met TELEFOON in zwarte letters aan de bovenrand. Authentiek, geïmporteerd uit Londen.

Natuurlijk, de telefooncel. Cade zwoer altijd dat hij daar beter kon nadenken. Hij had in 1998 zelfs een kopie gekocht voor in zijn appartement aan Pioneer Square.

De telefooncel is een klein stukje verderop en hoewel het donker is, zien we allebei iemand zitten, voorovergebogen, alsof de persoon slaapt.

'Cade!' roep ik, en ik ren ernaartoe. Ik leg mijn hand op de kleine ijzeren deurknop en hij kijkt op. Als hij me herkent, klaart zijn blik op, maar zodra hij James ziet, dreigt zijn glimlach weer te verdwijnen.

'Cade,' zeg ik, 'wees niet bang. Ik heb met James gepraat. We zijn hier om je te helpen.'

Behoedzaam staat hij op en komt de telefooncel uit. Hij kijkt ons aan.

'Het spijt me, man,' zegt James, en hij doet een stap naar voren. 'Ik wou dat het anders was gegaan. Dat zal ik de rest van mijn leven met me mee moeten dragen.'

Cade knikt. 'Ik herinner het me weer.'

'Dat weet ik,' zegt James. 'Het spijt me zo van alles wat ik wel en niet heb gedaan. Ik ga het goedmaken, dat beloof ik je.'

Hij zwijgt bij het horen van voetstappen en als we ons omdraaien, zien we een politieagent dichterbij komen.

'Is alles in orde hier?' vraagt hij, en hij werpt een blik op mij.

'We zijn het aan het goedmaken,' zeg ik, waarna hij knikt en zijn weg vervolgt. Ik wil geloven dat ik de waarheid spreek.

Cade doet zijn mond open. Ik zie dat hij nog meer te zeggen heeft. 'Ik weet weer wat er die avond is gebeurd, nadat we hadden gevochten.'

Allebei hangen we aan zijn lippen.

'Op de een of andere manier wist ik thuis te komen,' vertelt hij. 'Ik zat op het bankje bij Ivan.'

'De man die buiten bij jouw gebouw leefde,' roep ik uit. 'Je was altijd zo lief voor hem. Je hebt hem een keer een deken gegeven en op oudjaarsavond je leren jasje.'

Cade knikte. 'Er kwam een man bij ons staan. Hij wilde geld, maar ik had niets bij me. Ivan was een oude man. Hij was bang. Ik zei dat hij maar met mij mee moest gaan, dat ik hem naar een veilige plek zou brengen. We wilden weglopen en daar houden mijn herinneringen op.'

'Als laatste daad in je vorige leven heb je iemand geholpen,' zeg ik. 'Dat is de Cade die ik ken.'

'Ik ben geen heilige,' zegt Cade. 'En ik moet verantwoordelijkheid nemen voor mijn daden. Ik ben mijn leven kwijtgeraakt.' Hij kijkt me aan. 'Ik ben mijn geliefde kwijtgeraakt.'

Ik knipper mijn tranen weg.

'Ik wil mijn leven terug,' gaat Cade verder, met een blik vol emotie. 'Ik wil de tijd inhalen.'

'Dat gaan we doen,' stel ik hem gerust.

James duwt zijn handen in zijn zakken en kijkt ons door emoties overweldigd aan. 'En ik heb mijn beste vriend in de steek gelaten.' Hij slikt moeizaam. 'Al het geld, het bedrijf. Ik zorg dat je terugkrijgt wat van jou is, man. Dat beloof ik je.'

Cade knikt. Hij ziet er uitgeput uit. Maar er flikkert iets in zijn ogen, een vuur dat ik sinds 1998 niet meer heb gezien. Is zijn geest aan het ontwaken? Zal hij zijn leven terugeisen? Ik heb goede hoop.

'Kun je het me ooit vergeven?' vraagt James met overslaande stem.

'Dat heb ik al gedaan,' antwoordt Cade, en hij doet een stap in de richting van zijn vriend. Ze omhelzen elkaar en ik veeg een traan weg.

'Laat mij als eerste daad in mijn nieuwe leven en het jouwe,' zegt James, en hij slikt moeizaam, 'ervoor zorgen dat ik jullie veilig thuisbreng. Vinden jullie dat een goed begin?'

Ik kijk naar Cade en dan weer naar James. 'Ja, laten we daar beginnen.'

Aan de balie van het Harborview zegt James ons gedag. Cade pakt mijn hand vast en als we in de lift stappen, heb ik het gevoel dat ik verloren en gevonden ben, ik voel me zeker en onzeker tegelijk.

'Blijf vannacht bij me,' fluistert hij in mijn oor als we zijn studio binnenlopen. Er gaat een siddering door mijn lijf bij zijn aanraking en ik doe bijna een stap terug. Bijna, maar niet helemaal en als hij me naar zich toe trekt, laat ik me gewillig tegen hem aan vlijen.

Daar zijn we dan, samen. Zijn ziekenhuisstudio is geen thuis, maar het huis in Wallingford dat ik deel met de man met wie ik had zullen trouwen is dat ook niet. Op de een of andere manier weet ik dat mijn thuis bij Cade is. Misschien heb ik dat altijd geweten.

Het is helemaal donker, alleen de lichtjes van de stad schijnen door de ramen. Ons Seattle. In de wolkenkrabber aan de overkant heeft iemand kerstlichtjes rond zijn raam gehangen.

Ik glimlach en denk aan de keer lang geleden dat Cade en ik lichtjes langs zijn trapleuning hingen.

Er is geen muziek maar er klinkt een melodie. Die van ons. En terwijl we heen en weer wiegen, denk ik aan alles wat Cade heeft bereikt. Het is een moeizame strijd voor hem geweest. En misschien zal hij altijd moeten blijven strijden. Twee stappen vooruit, een stap achteruit. Herinneringen die gegijzeld worden. Mentale mist. Jaren die zijn verdwenen. Rommelige zinnen. Verwarring. Ik ben me ervan bewust en accepteer het. Want ik hou van deze man. Met elke vezel in mijn lijf.

'Cade,' zeg ik. 'Ik moet ergens met je over praten.'

Hij raakt mijn wang heel lichtjes aan.

'Ik heb iets geschreven over jou, voor de *Herald*. Jouw verhaal. Maar het is meer dan jouw verhaal. Het is een verhaal voor iedereen op straat, voor iedereen die tegenslag heeft gekend. Voor iedereen wiens leven niet verloopt zoals gepland.' Ik zwijg. 'Ik hoef het niet te publiceren. Ik...'

'Publiceer het,' zegt hij. 'Het is net zo goed jouw verhaal.' Hij kust mijn hals en zijn lippen glijden naar mijn kin, mijn wang. Dan trekt hij me naar zich toe, net als vroeger; zijn arm om mijn middel, zijn hand in mijn haar.

'Cade,' fluister ik. 'Er is nog iets. Iets wat ik al zo lang met je wil delen.' Nieuwe tranen stromen over mijn wangen. 'Die laatste dag dat ik je zag, wilde ik je vertellen dat...'

'Wat is er, mijn liefste?' vraagt hij, op de manier waarop hij vroeger ook met me praatte. Hij legt zijn gezicht in mijn hals, tussen mijn schouder en kin.

'Toen we die dag uit elkaar gingen in jouw appartement aan Pioneer Square, wilde ik je iets vertellen, iets heel belangrijks.'

'Wat?'

'Ik was zwanger,' zeg ik. 'Ik wist het nog maar net. Ik kwam het je vertellen, dat was ik van plan, maar toen…' Ik veeg mijn tranen weg. 'Toen kregen we ruzie en, nou ja, toen verdween je.'

Hij pakt mijn hand vast.

'Ik had een miskraam,' zeg ik snikkend. 'Het was afschuwelijk, maar vooral omdat jij niet bij me was.'

Hij slikt moeizaam, kijkt diep in mijn ogen en houdt me dan heel lang vast. Zijn omhelzing zegt alles: het spijt me. Ik hou van je. Ik zou willen dat we de tijd konden terugdraaien en het leven konden hebben dat ons is afgenomen.

We zeggen niets. Er zijn geen woorden. Er is geen woord dat hier iets aan toevoegt. Er is alleen liefde, de kracht die ons al die jaren met elkaar heeft verbonden, ook al waren we niet bij elkaar.

Ik krom mijn rug als hij mijn hals weer kust en duw me tegen hem aan. Ik kan niet dicht genoeg bij hem zijn. Ik heb nooit dicht genoeg bij deze man kunnen komen.

Daar moet ik aan denken als hij mijn blouse over mijn armen omhoogtrekt en TOUJOURS op mijn schouder zichtbaar wordt. Ik denk aan alle dromen die ik voor ons had. De kinderen die we zouden opvoeden. De bloemen die we in onze tuin aan zee zouden kweken. De gezinsfoto's waar we voor zouden poseren, met gekke bekken of juist heel lief met onze armen om elkaar heen. Feesten, plezier en muziek, altijd muziek.

Cade laat zich op zijn knieën zakken en frunnikt aan de knoop van mijn spijkerbroek, en terwijl zijn lippen mijn huid raken, gaat er een rilling door mijn lijf.

'Ik ben altijd van je blijven houden,' fluister ik.

'Ik heb altijd van je gehouden,' antwoordt hij.

Altijd. Tranen springen in mijn ogen.

Hij tilt me op, zijn blote borst en lichaam tegen het mijne, en als hij me op bed legt, kussen we elkaar alsof het onze laatste dag op aarde is. Misschien is het dat ook wel. Wie weet wat morgen brengt? Als ik iets geleerd heb, dan is het wel dat morgen misschien nooit komt, maar ook – en nog erger – dat bij zonsopkomst de dierbare persoon met wie je wakker wordt, kan verdwijnen en dan een stukje van jou meeneemt. Vandaag nog hier, morgen verdwenen, als een legendarisch schip in de Bermudadriehoek. Ten onder gegaan.

Maar nu is hij hier. Mijn liefde is hier en ik adem zijn adem en zijn huid in. Zijn handen onderzoeken elke centimeter van mijn lichaam. Ik hap naar adem en slaak een kreetje. En als onze lichamen een worden, weet ik dat ik de rest van mijn leven alleen maar dit wil. Ik wil alleen deze liefde. Die wil ik elke dag. 's Morgens, 's middags en 's avonds. Ik wil hem inademen. Ik wil erin verdrinken. En ik word getroffen door de schoonheid en tragiek van het feit dat er in een zee van mensen één persoon is die je zo kan raken.

Terwijl Cades lichaam op en neer beweegt tegen het mijne, knijp ik mijn ogen dicht en bid ik dat hij nooit meer zal verdwijnen. Ik bid dat deze liefde, zo kostbaar en puur, voor altijd zal blijven.

30

Anderhalf jaar later

'Moet je kijken,' zeg ik tegen Cade, en ik wijs uit het raam van de trein. Het Franse platteland is verbluffend mooi, even mooi als ik me uit mijn jeugd herinner, tijdens die magische reis met mijn grootouders. 'Dit landschap zou je in Amerika nooit tegenkomen.'

Hij glimlacht en geeft een kneepje in mijn hand als we langs een weiland rijden vol met donzige witte schapen. Achter hen staat een vervallen kasteel dat er zelfs als bouwval waardig uitziet, alsof het vele bankettafels en flessen voortreffelijke wijn in zijn geschiedenis heeft.

Frankrijk. Ik kan nauwelijks geloven dat we er echt zijn. Samen. Straks stappen we in Normandië uit en rijden met de auto naar het stenen huisje aan zee dat we ons thuis zullen noemen.

Vlak voordat ik vorig jaar mijn ontslag nam bij de *Herald*, heb ik mijn laatste artikel over Pioneer Square gepubliceerd. Ik vond het fijn om op die manier te vertrekken, met een artikel dat zowel persoonlijk als schokkend was. Het was Cades verhaal, helemaal. En het was ook mijn verhaal. Het werd nergens voor genomineerd, maar Jan vond het geweldig. Cade ook. Evenals honderden lezers die de moeite namen om te schrijven. Ryan wist zijn deal voor de joint venture rond Pioneer Square niet te sluiten, het plan werd slachtoffer van de recessie, hoewel Ryan er mede voor wist te zorgen dat de HD Studio on the Square van Portlands KGW News Channel 8 volgens plan openging. De daklozenopvang bij Cades oude appartement kon blijven. Samen hadden we hem gered.

Onze jurist Bruce Barrett slaagde erin, met de medewerking van James en Alexis, om meer dan tien miljoen dollar terug te krijgen en toen het grootste deel van het bedrag op Cades rekening stond, besloten we ons geliefde Seattle te verlaten en ergens anders opnieuw te beginnen.

'Normandië,' zeiden we tegelijk, zodra Cades zakelijke beslommeringen waren afgewikkeld. En zo geschiedde.

'Heb je ergens trek in?' vraagt Cade, en hij staat op. 'Ik ga even iets te eten en een flesje water halen.' Hij praat langzamer dan vroeger. Het leven gaat langzamer voor hem, maar ik straal vol trots als ik zie wat hij allemaal heeft bereikt. Dokter Branson is van mening dat zijn toestand zal blijven verbeteren zolang de behandeling wordt voortgezet.

'Lekker, een croissant misschien?' vraag ik met een glimlach. Het is prachtig en beangstigend om te zien dat hij steeds onafhankelijker wordt. Aan de ene kant heeft hij die onafhankelijkheid nodig om zich verder te ontwikkelen, maar aan de andere kant maak ik me zorgen. Stel dat hij verdwaalt. Dat hij niet meer weet waar hij is.

Terwijl hij naar de restauratiewagen loopt, denk ik aan het leven dat we in Frankrijk gaan hebben. Ik ga in ons keukentje heerlijk koken, met de ramen open, omgeven door de geur van de zee en de kruiden in ons tuintje. Om de andere woensdag ga ik met Cade naar de neuroloog in Parijs, de beste in Frankrijk volgens dokter Branson. En – ik leg mijn hand op mijn buik, waar nieuw leven in groeit – we gaan samen een kind opvoeden. Ons kind. Ik weet het nog maar net en hoewel ik het Cade wilde vertellen zodra de test positief bleek, heb ik besloten om te wachten en hem ermee te verrassen als we in ons nieuwe huis zitten. Ik wil niet dat hij zich zorgen om me maakt tijdens de verhuizing.

Ik draai aan de ring aan mijn linkerhand: platina, met een rijtje van afwisselend saffieren en diamantjes. Hij is van Cades oma is geweest. Eenvoudig vergeleken met de enorme diamant die Ryan me gaf, maar ik vind hem prachtig. James had hem achter in de la van Cades bureau bij Element gevonden en heeft hem al die jaren bewaard.

Ik vond het afschuwelijk om Ryan te vertellen dat ik met Cade ging trouwen. Ik wilde het niet door de telefoon doen. Hij verdiende het om te weten en ik wist dat ik het hem moest vertellen, zodat hij het niet van een van onze gemeenschappelijke vrienden zou horen. Dus reed ik op een donderdagavond naar het huis. Hij zat op de veranda met een glas whisky met een groot stuk ijs uit de ijsblokjestray die ik hem afgelopen Kerstmis had gegeven. De rozen die we samen voor het huis hadden geplant stonden er verlept bij omdat ze niet genoeg water hadden gekregen. Ryan zag er ook verwelkt uit. Ik vond het afschuwelijk om hem zo te zien.

'Hoi,' zei ik, en ik liep afwachtend naar hem toe.

'Hoi,' zei hij. Zijn ogen lichtten even op, maar vervolgens liet hij zijn blik weer naar het glas in zijn handen zakken. Hij nam een slok. Het geluid van het ijsklontje tegen het glas drong door tot de kloof tussen ons.

‘Ik wilde langskomen om je te vertellen…’

‘Ik weet het,’ zei hij. ‘Je hoeft het niet te zeggen. Je gaat met hem trouwen.’ Hij knikte en nam weer een slok.

‘Ryan, het spijt me zo,’ zei ik, en ik voelde de tranen in me opwellen.

Hij keek me aan en heel even zag ik het leven voor me dat ik met hem had kunnen hebben. De vreugde. De kinderen. De dinertjes en brunches en het samenzijn. Het zou een prachtig leven zijn geweest, ja, maar wel een leven zonder Cade.

‘Weet je, Kailey,’ zei Ryan, en hij haperde een beetje, ‘ik denk niet dat ik jou ooit zal kunnen vergeten.’ Hij slaakte een zucht. ‘Ik zal altijd van je blijven houden en door die liefde voor jou kan ik je laten gaan.’

‘O, Ryan,’ zei ik. Intuïtief deed ik een stap naar voren, maar ik moest me inhouden om niet mijn armen om hem heen te slaan zoals vroeger.

‘Ik moet je loslaten,’ ging hij verder, en hij stond op. ‘Dus ga.’

Ik kon hem alleen maar aanstaren.

‘Ga,’ zei hij door zijn tranen heen. ‘Ga, voordat ik je smeek om te blijven.’

Ik zie het Franse landschap even door een mist van tranen. Maar naast het verdriet vanwege het afscheid van Ryan was er vreugde in het samenvoegen van mijn leven met dat van Cade. De ceremonie was bescheiden en kort. Tracy en haar vriend waren bij ons in het kapelletje op Bainbridge Island. Oma kwam ook. Hoewel we te weten kwamen dat Cades tante Fay inmiddels was overleden, was ze in gedachten bij ons. Dat konden we voelen.

Cade zag er zo elegant uit in zijn pak, nog even aantrekkelijk als altijd. Ik droeg een eenvoudige witte jurk van satijn met bandjes die kruislings over de rug liepen en had een boeket lelies. Het was in alle opzichten volmaakt. Nou ja, bijna.

Net toen we de kerk verlieten, zag ik Ryan tegen zijn witte BMW geleund staan; eens een vertrouwd persoon, maar nu een geest uit mijn verleden. Waarom was hij hier? Had hij achter in de kerk zitten kijken en luisteren naar onze trouwbeloften?

'Ga met hem praten,' zei Cade, voordat we wegreden. Hij keek me stralend aan, met een zelfvertrouwen dat alleen van ware liefde komt. 'Het is goed.'

Tranen sprongen in mijn ogen toen ik mijn man aankeek. 'Echt?'

'Natuurlijk,' zei hij. 'Hij heeft voor jou gezorgd toen ik dat niet kon.'

Dat was waar. Ryan had intens veel van me gehouden, had met heel z'n wezen van me gehouden. Ik knikte en liet Cades hand los om het parkeerterrein over te steken in de richting van de straat waar Ryan stond.

'Hoi,' zei ik, terwijl ik in mijn trouwjurk op hem afliep. Die leek in de verste verte niet op de bewerkelijke Vera Wang die ik had zullen dragen op de dag dat ik met Ryan zou trouwen. Ik had mijn boeket nog in mijn handen en kon me niet voorstellen hoeveel verdriet het hem moest doen om me zo te zien. Een bruid van wie hij niet de bruidegom was.

'Je ziet er schitterend uit,' zei hij. 'Ik heb altijd geweten dat je een prachtige bruid zou zijn.' Hij zuchtte. 'Ik wist het, maar toch moest ik het met eigen ogen zien.'

Ik slikte moeizaam en vocht tegen de tranen. Het liefst wilde ik mijn hand tegen zijn wang leggen en net als vroeger een spoor trekken over het zachte plekje tussen zijn jukbeen en zijn oog. Maar die tijd was voorbij. Dat wist hij. En ik ook.

En dus glimlachte ik. En zei hem dat het me speet.

Hij knikte en sprak me nog een keer aan voordat hij instapte. 'Ik hoop dat hij van je houdt zoals ik,' zei hij.

Toen Ryan die dag wegreed, had ik het gevoel dat ik overliep van emoties. Om hem, om mezelf, om Cade.

'Dank je,' zei Cade, toen ik terugliep naar de auto.

'Waarvoor?' vroeg ik, terwijl ik mijn boeket op de achterbank legde.

'Dank je dat je mij hebt gekozen,' ging hij verder, terwijl het geluid van Ryans auto nog in mijn oren nagalmde.

Ik veegde een traan weg, dacht aan al die mensen die je in je leven ontmoet en aan dat nummer van The Beatles, 'In My Life', dat de ervaring zo perfect onder woorden brengt. Want in mijn leven hield ik meer van Cade. Ik zou altijd meer van hem houden, zo simpel was het.

Cade komt weer naast me zitten met een beker koffie en een croissant en ik voel een golf van dankbaarheid over me heen komen voor de manier waarop het leven is gelopen, voor die lange, kronkelige weg die ons weer bij elkaar heeft gebracht.

In een klein plaatsje stappen we uit. We zetten onze koffers op een karretje en vragen een taxichauffeur om ons naar het kleine huis te brengen dat we hebben gekocht, maar waar we nog nooit zijn geweest.

'Het is ongeveer twintig minuten rijden,' zegt Cade, terwijl hij de chauffeur een kaartje op zijn telefoon laat zien. De chauffeur gromt iets. Ik doe mijn best hem te begrijpen, maar mijn schoolfrans is niet toereikend. Er is nog genoeg tijd om de taal te leren.

De zon gaat straks onder, maar als we snel zijn, kunnen we ons nieuwe thuis nog een paar minuten bij daglicht zien. Warme lucht waait door de open ramen van de taxi als we over bochtige weggetjes langs de kust rijden. We komen door een dorpje, maar de kilometers daarna is het landschap kaal, op een paar stenen huizen na die eruitzien alsof ze een zekere wijsheid bezitten door hun eeuwen als bewaarders van de kust.

Mijn hart begint sneller te slaan als de met cipressenbomen omzoomde weg – onze weg – naar rechts slingert en dan naar links. En dan zijn we er. Voor ons staat ons huisje. De stenen muren hebben de kleur van licht zand en zien er stevig maar zacht en op de een of andere manier uitnodigend uit. We worden gewenkt door de deur, die donkerpaars is geschilderd en past bij de prachtige lavendelstruiken aan weerszijden.

We betalen de chauffeur en rijden onze koffers over het stenen pad. Daar staan we dan, hand in hand, voor ons nieuwe huis.

'Thuis,' fluistert Cade. Hij pakt mijn hand vast en loopt met me naar de deur, steekt de sleutel in het slot, neemt me dan in zijn armen en tilt me over de drempel zoals onze pasgetrouwde grootouders zoveel jaar geleden misschien ook hebben gedaan.

'O, Cade,' zeg ik, als hij me weer neerzet. 'Het is perfect.'

Samen slenteren we door het huisje en doen de ramen open om de zeelucht binnen te laten. De gezellige woonkamer die grenst aan de keuken heeft een grote stenen haard. Ik laat mijn handen over het massiefhouten aanrechtblad glijden en kan niet wachten om het oude koperen fornuis op te stoken. Ik denk aan alle quiches en cassoulets die hier door de decennia, door de eeuwen heen zijn bereid.

In de grootste van de twee slaapkamers passen een paar bedden of zelfs meerdere stapelbedden, voor onze kinderen, een of twee, en voor die van onze vrienden. Eerst wordt het een babykamer. Ik krijg vlinders in mijn buik als ik me Cade voorstel met onze baby in zijn armen. Ik denk ook aan Tracy. Afgelopen week heeft ze me haar grote nieuws verteld: verloofd en zwanger van een tweeling. Ik glimlach in mezelf. Het leven. Hoe grappig en prachtig kan het zijn.

De tweede slaapkamer is kleiner, maar heel charmant, met grote ramen die uitkijken over zee. 'Laten we hier onze slaapkamer van maken,' zeg ik tegen Cade, die knikt en op het bed gaat liggen om het te testen. Ik kom naast hem.

'Niet slecht,' zeg ik. Er moet natuurlijk nog wel wat gebeuren. Een lik verf. Wat nieuwe meubeltjes. Gordijnen, het liefst van linnen. Maar Cade heeft gelijk, het voelt nu al als een thuis. Ons thuis.

Samen slenteren we naar het terras. Het ligt zo dicht bij het strand dat de wind hoopjes zand langs de tuin heeft gedeponeerd. 'Kijk,' zeg ik, en ik wijs naar een terracotta pot naast de teakhouten tafel en stoelen. 'Een citroenboompje.'

Golven slaan zachtjes tegen de kust. De zon gaat onder en de schemering kleurt de lucht oranje. Ik kijk naar Cade. Hij lijkt zich niet los te kunnen maken van de oceaan, alsof hij erdoor wordt geroepen. Zenuwachtig pak ik zijn hand vast. 'Je moet wel voorzichtig zijn,' zeg ik. 'Je was op school misschien wel een geweldige zwemmer, maar vergeet niet dat je het nog niet opnieuw hebt geleerd.' Ik weet dat ik eerder als een moeder dan een minnares klink, maar zijn ongeluk heeft een beschermende aard in me wakker gemaakt die ik nooit, maar dan ook nooit meer van me af zal kunnen schudden.

Hij glimlacht. 'Schatje, er zijn honderdduizend dingen die ik opnieuw moet leren.' Hij pakt mijn hand. 'Deze zet ik erbij.'

Ik glimlach ook.

'Stapje voor stapje,' zegt hij.

'Ja,' antwoord ik. En toch wil ik hem beschermen tegen de wereld.

'Hoe ver denk je dat het naar dat ene strand is?'

'Welk strand?' vraag ik verward.

Hij pakt het medaillon dat aan het gouden kettinkje om mijn nek hangt. 'Het strand waar je opa die schelp heeft gevonden.'

Ik wijs. 'Volgens mij ligt het een paar kilometer die kant op. Maar we hebben geen haast. Daar gaan we samen naartoe als we een beetje op orde zijn.'

Hij knikt en we gaan op het bankje aan de rand van het terras zitten. Ik leg mijn hoofd op zijn schouder. Geen enkele liefde is volmaakt en ik vermoed dat mijn liefde voor Cade altijd een zekere eenzaamheid met zich mee zal brengen. Iets van spijt en zelfs verdriet. Een pijn die nooit verzacht zal worden. We hebben per slot van rekening veel moeten overwinnen om hier te komen. Eigenlijk hebben we een berg beklommen. En samen hebben we de top bereikt.

'We zijn er,' zeg ik, en ik duw mijn hoofd tegen Cades hals.

'We zijn er,' antwoordt hij met een glimlach, terwijl hij naar de oceaan staart.

Hij is de mijne en ik ben de zijne. En als je me vraagt hoelang ik van hem zal houden, dan is het antwoord: zolang er sterren aan de hemel staan, zolang er zand op het strand ligt.

Toujours.

Nawoord

Lieve lezer,

In 1994 was ik zestien, had kort goudblond haar en was de trotse eigenaresse van een groene Volkswagen Kever (die ik voor negenhonderd dollar had gekocht van het geld dat ik met babysitten had verdiend) en een doos vol cassettebandjes. Ik woonde in een slaperige, regenachtige buitenwijk van Seattle en in het weekend gingen mijn vrienden en ik met de veerboot naar het centrum waar muzikanten als Kurt Cobain en Eddie Vedder vaak kwamen. Dan zaten we in cafés, hingen rond in platenzaken of – als we wat langer uit mochten (soms na een smeekbede aan onze ouders in een telefooncel voor een kwartje) – liepen we naar Capitol Hill om een band te zien optreden. Geïnspireerd door de iconische film *Singles* droegen we tweedehandskleding – flanellen blouses, vintage jurken, vesten – gingen uit met jongens die in een band speelden en dronken te veel lattes. 'Muziek, koffie en vrijheid' was ons motto. Het was ons eigen nirwana.

Maar de tijd stond niet stil. Ik studeerde journalistiek, gaf mijn Dr. Martens weg en ruilde mijn gitaar (waar ik nooit goed op had leren spelen) voor een laptop. Ik trouwde, kreeg kinderen en maakte een pijnlijke scheiding mee. Maar altijd dacht ik terug aan die tijd, die periode. De muziek. De cafés. De regenachtige middagen onder het genot van koffie en foute poëzie. Het met klimop begroeide gebouw aan Pioneer Square kan ik me nog zo goed herinneren. Volwassen worden in de jaren negentig.

Nu zit ik op een zonnige middag in mijn werkkamer in Seattle. Ik heb inmiddels zeven romans geschreven (tien, als je de boeken meetelt die ik heb weggegooid) en ik denk aan *Om nooit te vergeten*, mijn achtste roman. Toen ik aan dit boek begon, voelde ik direct een onmiskenbare aantrekkingskracht tot Seattle ten tijde van haar muzikale hoogtijdagen. Ik wilde dat het verhaal zich afspeelde in de straten en cafés, met de mensen die ik kende en van wie ik zoveel hield (en nog steeds houd). Seattle in de jaren negentig heeft een bijzonder plekje in mijn hart en ik hoop dat ik haar eer aan heb gedaan, al was het maar een beetje.

Maar hoewel de achtergrond van dit verhaal voortkomt uit het landschap van mijn tienerjaren, omvat die inspiratie meer. Twee jaar geleden reed ik op een dag een parkeergarage in het centrum van Seattle uit. De helling naar Seventh Avenue was steil en halverwege moest ik opeens hard op mijn rem trappen toen een zwerver met een baard langzaam over de stoep langsliep.

We keken elkaar even aan en op dat moment werd ik getroffen door een onwrikbaar gevoel van vertrouwdheid – het gevoel dat we elkaar jaren geleden tijdens mijn studie hadden gekend. Maar hoe kon dat nu? Hoe kon een man die destijds geneeskunde had gedaan dakloos zijn? Hoe kon een vroegere gangmaker van feesten zijn studentikoze kleren en mooie appartement hebben verruild voor vodden en een slaapzak op straat?

Voordat ik mijn raampje omlaag kon doen en hem kon vragen hoe hij heette, sloeg hij de hoek om. Bovendien had ik mijn kinderen bij me. Tijdens de rit naar huis werd ik gekweld door dat moment waarop onze blikken elkaar hadden gekruist en door een verhaal dat zich in mijn hart begon te vormen: dat van Cade en Kailey.

Wat zou ik hebben gedaan als ik Kailey was? Wat zou ik doen als ik voor zo'n belangrijke en hartverscheurende keus stond? Wat zouden anderen doen? Ik had er plezier in om te stoeien met dit soort onderwerpen in het verhaal en ik besef dat ik, ondanks alle verdriet dat ik zelf in mijn leven heb gekend, in de liefde geloof en dat altijd zal blijven doen.

xo
Sarah

Dankwoord

Ik heb deze roman geschreven in de nasleep van een van de meest hartverscheurende periodes in mijn leven. Mijn wereld stond in alle opzichten op z'n kop en ik moest mijn best doen om alles te begrijpen en nog een sprankje vreugde te vinden. Ik ben bijzonder dankbaar dat mijn vrienden en familie geduld met me hadden, in me geloofden en me eraan hielpen herinneren dat er voor alles een seizoen is, dat ik de regen zou overleven en dat de zon weer zou schijnen.

Ook mijn uitgeversteam, dat geduldig toekeek terwijl ik mijn leven op een rijtje probeerde te krijgen en ondertussen aan deze roman werkte, ben ik oprechte dank verschuldigd. Ik wil Elisabeth Weed en Jenny Meyer, die al zo lang mijn agenten zijn, bedanken omdat ze vanaf dag een en tot op de dag van vandaag in mij hebben geloofd. Verder ben ik de fantastische mensen bij Random House en Ballantine, Shauna Summers, Jennifer Hersey en het hele team dankbaar voor hun geduld en vriendelijkheid en voor het feit dat ze zich zo direct en met zoveel enthousiasme achter dit boek schaarden.

Dank aan Denise Roy, Katie Hunger, Jane Green, Jane Porter en zoveel anderen die me hebben geholpen met hun wijsheid, steun, advies en aanmoedigingen.

Aan mijn vader en moeder, mijn geweldige familie, de enige echte Claire Bidwell Smith en mijn club vriendinnen die met me hebben gelachen en gehuild, en in moeilijke tijden mijn hand hebben vastgehouden: dank jullie wel.

Aan mijn drie jongens, Carson, Russell en Colby: ik hoop dat jullie liefde zullen kennen die prachtig en oprecht is en dat jullie niet zullen stoppen tot je die hebt gevonden. En aan Brandon: dank voor je liefde en voor het feit dat je me hebt laten zien hoe mooi het is om weer lief te hebben.

LEES MEER VAN

Sarah Jio

Als twintiger kon Emily Wilsons leven haast niet stuk: ze was een bestsellerschrijfster, getrouwd met een man die zo covermodel had kunnen zijn, en er was niets wat hun eeuwige geluk in de weg zou kunnen staan.

Tien jaar later liggen de kaarten heel anders, en is haar relatie gestrand. Wanneer haar oudtante Bee haar uitnodigt om een maand door te brengen op Bainbridge Island in Washington State, hapt Emily meteen toe, verlangend naar een rustig plekje aan zee waar haar gebroken hart kan helen. Terwijl ze research doet voor haar volgende boek, vindt Emily een roodfluwelen dagboekje uit het jaar 1943. Ze begint te lezen en ontdekt verbazingwekkende overeenkomsten tussen haar eigen leven en dat van de onbekende dagboekschrijfster…

LEES MEER VAN

Sarah Jio

Een vrouw komt bij in het ziekenhuis, ze is in de war en lijdt aan geheugenverlies. Ze krijgt te horen dat ze Caroline heet en al jaren een eenzaam en teruggetrokken leven leidt in een appartement aan de Seine. Verder is het enige houvast dat ze heeft wat vage flarden van herinneringen aan een man en een jong kind, en Caroline probeert uit alle macht haar verleden terug te krijgen.

Als Caroline naar huis mag, vindt ze daar in een kast een stapel brieven van ene Celine, een jonge weduwe die in de Tweede Wereldoorlog met haar vader en dochter in hetzelfde appartement woonde en die werkte in een bloemenwinkel. Geschokt leest ze over de nazicommandant die Celine chanteerde met haar Joodse afkomst en haar dwong zijn minnares te worden. Over de afschuwelijke dingen die Celine moest doen om haar innig geliefde dochter te beschermen. Naarmate Caroline verder leest, komen er steeds meer herinneringen boven, en langzamerhand realiseert Caroline zich hoe sterk de overeenkomsten tussen haar en Celine zijn.